ज्ञान गरिमा के
68 वर्ष
भारतीय
ज्ञानपीठ

प्रेम की भूतकथा

(उपन्यास)

प्रेम की भूतकथा

विभूति नारायण राय

भारतीय ज्ञानपीठ

लोकोदय ग्रन्थमाला : ग्रन्थांक 1111
ग्रन्थमाला सम्पादक
रवीन्द्र कालिया
सह-सम्पादक
गुलाबचन्द्र जैन

पहला संस्करण : 2009
दूसरा संस्करण : 2010
तीसरा संस्करण : 2012

ISBN : 978-81-263-4004-0

प्रकाशक :
भारतीय ज्ञानपीठ
18, इन्स्टीट्यूशनल एरिया, लोदी रोड
नयी दिल्ली-110 003

मुद्रक : बालाजी ऑफसेट, नवीन शाहदरा, दिल्ली-110 032

आवरण-सज्जा : ज्ञानपीठ कला प्रभाग

तीसरा संस्करण : 2012
मूल्य : 150 रुपये

PREM KI BHOOTKATHA
(Novel)
by Vibhuti Narain Rai

Published by
Bharatiya Jnanpith
18, Institutional Area, Lodi Road
New Delhi-110 003

Website : www.jnanpith.net
e-mail : Jnanpith@satyam.net.in, sales@jnanpith.net

Third Edition : 2012
Price : Rs. 150

पद्मा के लिए

पत्नी के लिए

आज से ठीक 100 वर्ष पहले 1909 में दो घटनाएँ हुई थीं— मसूरी में पहली बार बिजली आयी और वहाँ पहली हत्या हुई। हत्या भी कोई साधारण नहीं। अँग्रेजी शासन में मरनेवाला अँग्रेज था और उसकी हत्या के जुर्म में जिसे फाँसी चढ़ाया गया, वह भी एक अँग्रेज फ़ौजी था। वर्षों पूर्व मैं अपने एक मित्र के साथ लैण्डोर में रुका हुआ था और वहीं रस्किन बांड की मसूरी पर लिखी अद्‌भुत पुस्तक ***'मसूरी ऐंड लैण्डोर : डेज़ ऑफ़ वाइन ऐंड रोज़ेज़'*** *मेरे हाथ लगी। इसी पुस्तक में पहली बार मुझे इस हत्या की जानकारी मिली थी। दो तीन पैराग्राफ़ों में बिखरी कहानी के सूत्र तलाशते हुए जब मैंने नैनी जेल, इलाहाबाद, मसूरी और देहरादून की खाक छानी तो एक अद्‌भुत प्रेमकथा मेरे सामने खुलती चली गयी। कोई भी कथा यदि सौ वर्ष बाद सुनाई जाए तो स्वाभाविक है कि उसमें काफ़ी कुछ कल्पना रचित भी होगा ही। इस कथा में भी है।*

—विभूति नारायण राय

नो रिग्रेट्स माय लव

फ़ादर कैमिलस और जल्लाद कल्लू मेहतर के बीच का संवाद!

कितना मुश्किल था कल्लू का प्रश्न, ''फ़ादर आपको लगता है कि साहब कतल किये हन?''

फ़ादर कैमिलस के मन की छटपटाहट और कल्लू का सहज विश्वास। फ़ादर पढ़े-लिखे हैं और पादरी हैं, कल्लू के हाथ की पर्ची लेकर उलटते-पलटते हैं। एक अनगढ़-सी हस्तलिपि में लिखा हुआ एक वाक्य— 'नो रिग्रेट्स माय लव।'

इसे पढ़कर कल्लू की नज़र बचाकर अपनी बायीं आँख पोंछते हैं। कल्लू की तरह कह नहीं पाते— ''साहब लड़ाई के मैदान में बहुतन के जान लिये हैं पर ई कतल ऊ नाहीं किये।''

कल्लू ने कितनों को फाँसी चढ़ाया है पर रो पहली बार रहा है।

फ़ादर कैमिलस रो नहीं सकते। पढ़े-लिखे आदमी का दुख। पढ़ा-लिखा आदमी इतनी आसानी से किसी नतीजे पर नहीं पहुँच सकता। या शायद पहुँच भी जाए तो इतनी आसानी से किसी अनपढ़ के सामने स्वीकार नहीं कर सकता। उन्हीं जैसे गोरों का न्यायप्रिय शासन है। इस व्यवस्था में एक निर्दोष गोरे को फाँसी पर कैसे चढ़ाया जा सकता है? फ़ादर कैमिलस इस द्वन्द्व को इस अनपढ़ जाहिल जल्लाद के सामने स्वीकार भी नहीं सकते। फ़ादर कैमिलस इसलिए भी रो नहीं सकते कि वे पादरी हैं। उनके सामने कितने लोग क्या-क्या कनफेस करते हैं। पत्थर जैसा भावहीन चेहरा लिये वे अक्सर सामने देखते रहते हैं, कई बार तो कन्फेशन करने वाले की आँखों में भी झाँकते हैं पर उस समय भी चेहरा पूरी तरह भावशून्य

बना रहता है।

मैं भूत से जानना चाहता हूँ कि कल्लू जिस पर्ची को जेल से अपनी तहमद में छिपा कर लाया था और डाक बम्बे में डालने के पहले फ़ादर कैमिलस को दिखाकर आश्वस्त होना चाहता था कि उसमें सरकार के ख़िलाफ़ कुछ ऐसा तो नहीं था कि बाद में किसी झमेले में फँस जाए, उस पर लिखा वाक्य— 'नो रिग्रेट्स माय लव' किसे सम्बोधित था ?

मैं जानना चाहता हूँ कि उस पर्ची के साथ एलन ने पता लिखकर जो दूसरा पर्चा कल्लू को दिया था और जिस पते को फ़ादर कैमिलस ने एक लिफ़ाफ़े पर लिखकर कल्लू को डाकख़ाने में डालने के लिए दे दिया था, वह किसका था ? क्यों उस पते को कल्लू की नज़रें बचाकर अपनी डायरी में नोट करने के बाद भी फ़ादर कैमिलस ने इलाहाबाद वापसी के दौरान यमुना पुल पर से गुज़रते हुए धीरे से डायरी खोलकर, पता लिखा पृष्ठ ढूँढ़ निकाला और फिर चलते इक्के के हिचकोलों के बीच उसे इतनी सावधानी से फाड़ा कि डायरी के दूसरे पन्ने अव्यवस्थित न हों और फिर धीरे-धीरे उसकी चिन्दियाँ करते हुए विशालकाय लोहे के पुल पर से एक-एक कर नीचे फेंकते चले गये! डायरी का वह पृष्ठ असंख्य छोटे-छोटे टुकड़ों में बँटा हुआ हवा में इस तरह उड़ाया गया कि कुछ टुकड़े पुल के दैत्याकार खम्भों के बीच की दरारों से तैरते हुए यमुना की तरफ़ उड़ गये, कुछ पुल पर ही गिरे तो कुछ इक्के के पहियों और पायदान पर चिपक-से गये। ऐसा लगता था कि फ़ादर कैमिलस उस सम्भावना को भी नष्ट कर देना चाह रहे थे जिसमें कोई सतर्क खोजी इन टुकड़ों को मेहनत करके बीन ले और एक-एक टुकड़े को जोड़ता हुआ उस पते तक पहुँच जाए जिसके पास उस अभागे क़ैदी का यह आश्वासन पहुँचने वाला था कि जो कुछ हुआ, उसका उसे कोई पछतावा नहीं है...

'नो रिग्रेट्स माय लव!'

सँकरे पुल पर फ़ादर कैमिलस के इक्के के आगे-आगे भैंसों का एक झुंड जा रहा है, नीचे धीर-गम्भीर यमुना डूबते सूरज की ललौंछ में धीरे-धीरे बह रही है और उसके गहरे हरे जल के बरक्स दूर थोड़ी छिछली गंगा का हल्का सफ़ेद जल उसकी प्रतीक्षा कर रहा है। डूबता सूरज कुछ इस कोण से जल समाधि लेने जा रहा है कि उसकी कमज़ोर रोशनी गंगा-यमुना की सन्धि स्थली पर श्वेत फेनिल पानी की मेंड़ पर पड़ रही थी। इन सबके बीच एक निर्लिप्त क़िला खड़ा है जैसे उसका काम यमुना को मोड़ कर गंगा से मिलने के लिए प्रेरित करना भर है। फ़ादर

कैमिलस हवा में उड़ती चिन्दियों को देख रहे हैं और उनके चेहरे पर वही निर्लिप्त तटस्थता है जो कन्फेशन के दौरान उन्हें घेरे रहती है।

पर जिस भूत ने यह दृश्य मुझे दिखाया, उसी भूत ने कितनी आसानी से मेरी जिज्ञासा को एक वाक्य में ख़ारिज कर दिया, "मुझे पता नहीं।"

अगर पता लिखे काग़ज़ के हज़ार टुकड़े हुए भी और बावजूद भूत के इस शायराना वक्तव्य के कि 'कोई यहाँ गिरा कोई वहाँ गिरा' उसके लिए क्या मुश्किल है कि काग़ज़ों के उन टुकड़ों को एक बार फिर जोड़कर उसमें लिखा हुआ पता मुझे पढ़कर सुना दे। भूत तो कुछ भी कर सकते हैं! आख़िर इसी भूत ने तमाम ऐसे दृश्य दिखाये, तमाम ऐसी घटनाओं का आँखों देखा हाल सुनाया जहाँ वह ख़ुद उपस्थित नहीं था। फिर इसी एक मामले में वह इतना ज़िद्दी क्यों हो रहा है?

मैं जितना पूछता गया वह उतना ही ख़ामोश होता गया। यह भूतों को लेकर मेरे अब तक के अनुभवों के ख़िलाफ़ था। मेरा अनुभव था कि भूत वाचाल होते हैं और उन्हें आप दुख या सदमे की किसी ऐसे भँवर में नहीं डाल सकते, जहाँ से ख़ामोशी की यात्रा शुरू होती हो।

आप थोड़ा चकित होंगे कि भूत इस कथा का सूत्रधार कैसे हो गया? दरअसल बिना इस गुत्थी को सुलझाए कथा आगे बढ़ेगी भी नहीं।

आपने कभी कोई भूत देखा है? कभी उसके साथ वक़्त काटा है? उसके साथ हँसे हैं? बोले-बतियाये हैं या कुछ दूर साथ चले हैं? अगर आप भूत में यक़ीन करते हैं तब तो मैं दावे से कह सकता हूँ कि आप भूत से डरे होंगे। अँधेरे एकान्त में भूत के खिलखिलाने से आपके मन में गुदगुदी नहीं पैदा हुई होगी, भय से आपके माथे पर पसीना चुहचुहाने लगा होगा और आपकी घिग्घी बँध आयी होगी। अगर आप भूत के अस्तित्व में विश्वास रखते होंगे तो यह हो ही नहीं सकता कि आपने फुसफुसाकर भूत से अपने मन का रहस्य बतलाया हो या भूत ने मुस्कराकर आपके कन्धे पर हाथ रखा हो और आप और आपका मित्र भूत गपियाते हुए दूरदराज किसी अनजान अपरिचित वादियों में उतर गये हों। भूत आपका दोस्त तभी हो सकता है जब आपको उसके अस्तित्व पर विश्वास न हो। आधा अधूरा यक़ीन आपके किसी काम नहीं आएगा। ज़रा भी संशय आपका काम बिगाड़ सकता है। इसलिए भूत के साथ दोस्ती करने की ज़रूरी शर्त है कि आपके मन में भूतों के अस्तित्व को लेकर सौ प्रतिशत अनास्था हो।

मेरी भूतों से चटपट दोस्ती हो जाती है। मज़ेदार बात यह है कि एक साथ कई भूतों से एक ही समय में दोस्ती चलती रहती है। भूतों में एक अच्छी बात मैंने यह पाई है कि वे ईर्ष्यालु नहीं होते। एक ही समय में आपके कई बेस्ट फ्रेंड हो सकते हैं। कोई बेस्ट फ्रेंड किसी दूसरे बेस्ट फ्रेंड से ईर्ष्या नहीं करता। इन भूतों से मैं घंटों बतिया सकता हूँ। भूत भी अपने मन की अतल गहराइयों से निकाल-निकालकर न जाने कैसी-कैसी गाथाएँ ले आते हैं और किसी पटु क़िस्सागो की तरह मुझे सुनाते हैं। कई बार ये कथाएँ कई किस्तों में सुनाई जाती हैं और दो वृत्तान्तों के बीच कई दिनों और कभी-कभी तो महीनों का फ़र्क़ पड़ जाता है। जाहिर है कि निपुण से निपुण क़िस्सागो भी लम्बे अन्तराल के बाद जब कहानी के सूत्र फिर से पकड़ता है तो उसमें कुछ न कुछ जुड़ जाता है या कुछ छूट जाता है। अगर आप भूत को याद दिलाएँ कि गुरू कुछ गड़बड़ हो रही है, पिछली बार तो तुमने नायिका का नाम फलानी बताया था, इस बार अलानी कैसे हो गया, या फलाँ घटना इस तरह नहीं, उस तरह घटी थी या ऐसी ही कोई और ग़लती तो भूत इस पर मनुष्य कथाकार की तरह तर्क-कुतर्क नहीं करेगा या आपको दुष्ट, अज्ञानी और विरोधी खेमे का एजेन्ट घोषित नहीं करेगा। वह तो सिर्फ़ फिस्स-से हँस देगा और कथा के सूत्र को फिर से जोड़कर आगे बढ़ जाएगा। इसीलिए कई बार कथा की शुरुआत में आप जिस अन्त की कल्पना कर रहे होते हैं अन्त एकदम उल्टा हो जाता है।

इस कथा का सूत्रधार था नहीं, थी। मेरा पाला इस बार एक स्त्री भूत से पड़ा था। मैंने बड़ी कोशिशें कीं पर मुझे भूत का कोई सम्मानजनक स्त्रीलिंग नहीं मिला। हमारा समाज सिरे से स्त्री विरोधी है। स्त्री वाचक शब्द और स्त्री शरीर गालियों के लिए सबसे उपयुक्त माने जाते हैं, शायद यही कारण है कि भूत के स्त्रीलिंग भूतनी या चुड़ैल गाली-गलौज के काम ही ज़्यादा आते हैं। आपने कभी किसी पुरुष को गाली देते समय भूत नहीं कहा होगा पर जब कभी किसी औरत को चुड़ैल कह कर पुकारा होगा, आपके मन में उसके लिए ख़राब भाव ही रहे होंगे। इसीलिए मैं अपनी इस बार की मित्र को भूतनी नहीं, भूत ही कहूँगा। जो कथा मैं आपको सुनाने जा रहा हूँ, वह मुझे इसी भूत ने सुनाई थी और पूरी कथा के दौरान मैं सजग रहा कि मैं उसे भूतनी न कह बैठूँ। क्या पता वह मुझसे नाराज़ हो जाए? या यह भी हो सकता है कि वह मुझसे नाराज़ न हो क्योंकि एक बार मनुष्य योनि से छुटकारा पाने के बाद ज़्यादा सम्भावना है कि भूत उन सारे ओछेपनों से मुक्त हो जाते हों जिनसे पृथ्वी पर वे ग्रस्त रहते हैं। बहरहाल, मैं कोई जोखिम नहीं लेता चाहता था। जो कहानी मुझे सुनायी जा रही थी वह इतनी दिलचस्प थी कि मैं कथावाचक को नाराज़ करके

कहानी के बीच में व्यवधान नहीं पैदा करना चाहता था। इसलिए मैंने पूरी कथा भूत से सुनी, भूतनी से नहीं।

इस भूत से मुलाक़ात अचानक हुई थी और मिलने की कथा भी कम दिलचस्प नहीं है।

एक औसत भारतीय के मन में गोरी चमड़ी को लेकर हमेशा लालसा मिश्रित कौतूहल रहता है। आज़ादी के इतने सालों बाद भी इसमें बहुत फ़र्क़ नहीं आया है। गोरी चमड़ी अगर किसी मेम की हो तो हिन्दुस्तानी मर्द के मन में फ़ौरन खदबदाहट शुरू हो जाती है। मैं अब आपसे क्या छिपाऊँ कि मेरे मन में भी मादा गोरी चमड़ी के लिए दुर्निवार आकर्षण है। कभी कोई गोरी मेम हिल स्टेशन पर मुझसे टकरा जाए, यह मेरी एक बहुत पुरानी फैन्टेसी का भाग था। जीवित संसार में तो ऐसा हुआ नहीं, पर एक बार फिर इस मामले में भूत ही मेरे काम आए। इस बार जो भूत मेरे सम्पर्क में आया या यों कहिए आयी, वह एक गोरी मेम का था। गोरी भी ऐसी वैसी नहीं, विशुद्ध योरोपीय नस्ल की और उस पर सोने में सोहागा यह कि उस अँग्रेज़ कौम से ताल्लुक़ रखनेवाली, जिन्होंने दो सौ वर्षों तक हमारे ऊपर हुकूमत की थी।

मुलाक़ात का लोकेल भी बड़ा ख़ूबसूरत था। मसूरी हिल स्टेशन की रानी कही जाती है। मुलाक़ात वहीं हुई। मसूरी आज वाली नहीं, जिसका नाम सुनते ही टूटी सड़कें, बजबजाती नालियाँ, पॉलीथीन के ढेर, कन्धे से कन्धा छीलती भीड़ और ग्राहकों को लूटना ही जिनके जीवन का एकमात्र उद्देश्य है, ऐसे दुकानदारों से पटी कंक्रीट के जंगलवाली नगरी का चित्र आँखों के सामने घूमने लगता है और जिसे बसाने वाले गौरांग महाप्रभुओं की भाषा में ही अगर कहना हो तो कहा जाएगा कि इट इज़ बर्स्टिंग एट द सीम्स।

मैं मसूरी गया था एक निहायत ही घटिया मक़सद से। घटिया सिर्फ़ इसलिए कह रहा हूँ कि मैं भी उन तमाम हज़ारों-लाखों लोगों में शरीक़ हूँ जो यह मानते हैं कि उन्होंने जिस पेशे को अपनाया है, वे उससे कहीं बेहतर जरिया माश के पात्र थे। उन्हें जहाँ होना चाहिए था वे वहाँ नहीं हैं। वहाँ वे लोग बैठे हैं जिन्हें वहाँ नहीं होना चाहिए था। मसलन मैं पत्रकारिता में आ गया लेकिन हमेशा सोचता हूँ कि मुझे किसी रोबदाब, तड़क-भड़क वाली जगह पर होना चाहिए था जैसे पुलिस, सेना या इसी तरह की कोई और संस्था मेरे व्यक्तित्व के अनुकूल होती। बहरहाल कुछ नहीं मिला तो पत्रकारिता में आ गया पर शुरुआती सालों में लगातार हाथ-पैर मारता रहा कि किसी मनपसन्द जगह पर पहुँच जाऊँ पर मेरी जैसी स्थिति में आमतौर से जैसा

होता है, चार-पाँच वर्षों के जद्दोजहद के बाद नियति मानकर मैंने अपने दफ़्तर में क़लम घसीटना शुरू कर दिया था।

मेरा सम्पादक कब्ज़, अपच और बवासीर का पुराना मरीज़ था। वह अजीब उकताई नज़रों से मुझे देखता था। उसकी दृष्टि में मैं निहायत ही नाकारा, बोर, काहिल और न जाने क्या-क्या था। मुझे भी कोई असुविधा नहीं थी। वह मुझे चुपचाप काम करने देता और रात को दारू पीने के समय दफ़्तर छोड़ देने देता तो मैं भी ख़ुश और वह भी ख़ुश। टकराव के मौक़े तभी आते जब वह मेरी इस छोटी-सी कामना के रास्ते में रोड़े अटकाता। तब कुछ दिनों तक दफ़्तर में तनाव रहता। उसकी बवासीर उसे कुछ ज़्यादा परेशान करने लगती, मुझसे भी वर्तनी की ग़लतियाँ अधिक होतीं और मेरी कुर्सी के नीचे की धरती काग़ज़ की चिन्दियों से पट जाती। गनीमत यह थी कि मेरे अख़बार के मालिकान पुराने स्कूल के लोग थे। उनके अख़बारों से सिर्फ़ अर्थियाँ ही बाहर निकलती थीं। इसलिए मेरी नौकरी को ख़तरा नहीं था और तनाव के इन अस्थायी क्षणों के अलावा जीवन काफ़ी हद तक इकहरी दिनचर्या और बेस्वाद अनुभवों के साथ, आप कह सकते हैं कि मज़े से बीत रहा था।

मेरे इस उथल-पुथल रहित जीवन में भूचाल इस दुष्ट सम्पादक की वजह से आया।

अनुभवी लोग जानते हैं कि जब वह अपनी खल्वाट खोपड़ी पर पेंसिल से टिक-टिक करने लगता और यह टिक-टिक एक निरन्तर मद्धम संगीत लहरी की भाँति उसके शीशों वाले केबिन से टकराने लगती, तब बाहर हॉल में बैठे लोगों को सतर्क हो जाना चाहिए कि कोई दुष्टतापूर्ण विचार उसके भुस्स भरे दिमाग में उमड़-घुमड़ रहा है। भाई लोग पेंसिल के शुरुआती आघातों से ही सतर्क हो जाते। इन दिनों वह आश्चर्यजनक रूप से भलामानुष हो जाता। अपनी घूमनेवाली कुर्सी पर बैठकर शीशों वाले कैबिन से वह बाहर हॉल में बैठे हम लोगों की निगरानी करता था। मुझसे पुराने लोगों का कहना था कि उसके पहलेवाले सम्पादक का केबिन शीशे का नहीं था। इस दुष्ट ने आते ही मालिकों से कहकर जिस हॉल में हम लोग बैठते थे, उसी में अपने लिए शीशे का केबिन बनवाया था। अन्दर से बैठकर वह हमलोगों के हगने-मूतने पर निगाह रखता था। हम बतियाते रहते और अचानक पाते कि कोई ठंडी निगाह हमें घूर रही है। हमारे ठहाके हवा में लटके रह जाते और उन्हें उसकी घूरती दृष्टि बीच में ही लोक लेती। जिन दिनों उसकी सफ़ा बाल चाँद पर पेंसिल ठक-ठक करती उन दिनों उसकी निगाह अदृश्य हो जाती। हम ज़ोर-ज़ोर से

बातें करते और उम्मीद करते कि एक डाँटती हुई नज़र हमें बरजेगी पर हम पाते कि केबिन के पीछे से सम्पादक की निगाह हमारे ऊपर से सर्कस की सर्चलाइट की तरह घूमती हुई गुज़र जाती। हम उसकी आँच से झुलसते नहीं, बल्कि उसकी निरपेक्ष उदासी से चकित रह जाते। छुट्टी माँगने पर वह काट खाने को नहीं दौड़ता। उन दिनों यह भी होता कि केबिन में ख़बर की बाबत बात करने गये किसी रिपोर्टर को पानी या चाय के लिए पूछ लेता।

पुराने घाघ ऐसी स्थिति में उससे दूर ही रहते। मुझे बहुत अनुभव नहीं था इसलिए फँस गया।

हुआ कुछ ऐसे कि मैं एक राष्ट्रीय दलाल के बारे में, जो आजकल हमारे सूबे की सरकार का सूत्रधार था, सम्पादक से पूछने गया था कि उसका हाजमा ख़राब होने की ख़बर मुखपृष्ठ पर छपेगी या तीसरे पेज पर। पहले तो मुखपृष्ठ पर छपती थी लेकिन इस बीच केन्द्र में उस दलाल को नापसन्द करनेवाली पार्टी की सरकार आ गयी थी और मैंने उड़ती-पुड़ती अफ़वाहें सुनी थीं कि हमारे मालिकान अब इस दलाल से दूरी दिखाना चाहते हैं। मामला गम्भीर और नीतिगत था, इसलिए सम्पादक की राय ज़रूरी थी।

मैं जब कमरे में घुसा वह पेंसिल से अपनी खोपड़ी खटखटा रहा था। हालाँकि उसके चेहरे पर वही पुरानी उबाऊ उदासी थी पर मुझे देखकर वह मुस्कराया। मैं थोड़ा असहज ज़रूर हुआ पर बिना किसी औपचारिकता के मैंने अपनी समस्या उसके सामने रखनी शुरू कर दी।

वह आँख मूँदे मुझे सुनता रहा। उसकी पेंसिल खोपड़ी पर टिक-टिक करती रही। अचानक उसने अपनी आँखें खोलीं। हाथ के इशारे से मुझे बोलने से रोका और मुझे उसका यह बेहूदा प्रस्ताव सुनने को मिला, जिसके कारण मैं मसूरी पहुँच सका।

"तुम इस सड़ी गर्मी में यहाँ क्या कर रहे हो? किसी हिल स्टेशन पर क्यों नहीं चले जाते?"

मैंने अचकचा कर उसे देखा। जाहिर था कि पैसे या छुट्टी जैसी बातें इस समय बहुत छोटी लगती। मेरा कुछ बोलना ही मुझे निरर्थक लगा। इसीलिए मैं चुप रहा।

"मेरा मतलब है तुम मसूरी हो आओ—मालिकों के खर्चे पर।"

वह हँसा जैसे उसने कोई बहुत बड़ा मज़ाक़ किया हो। मेरी चुप्पी से उसकी हँसी लम्बी नहीं खिची।

"मेरे पास एक दिलचस्प काम है तुम्हारे लिए। एक घंटे बाद आओ बताऊँगा।

तब तक इस कूड़े करकट को निपटा लूँ।''

उसने अपने सामने पड़े काग़ज़ों की तरफ़ इशारा किया।

मैंने राष्ट्रीय दलाल वाला मसला फिर उसके सामने रखने का प्रयास किया पर उसने सामने पड़े काग़ज़ों में अपनी आँखें गड़ा ली थीं और हाथ से मुझे जाने का इशारा करते और बुदबुदाते हुए जो कुछ कहा उसका मतलब कुछ भी हो सकता था— मैं ख़ुद फ़ैसला करने में सक्षम था, राष्ट्रीय दलाल वाली ख़बर ऊपरी पृष्ठ पर छपनी चाहिए या कि यह ख़बर अन्दर कहीं जा सकती है। यह उसकी पुरानी आदत थी। ऐसा कोई फ़ैसला वह नहीं करता था जिसमें बाद में कोई पचड़ा हो। वह हमेशा इतनी गुंजाइश रखता था कि ऐसा काम जो बाद में मालिकों को पसन्द न आये, उसके लिए नीचेवाले को दोषी ठहराया जा सके।

मैं बाहर निकल आया। अब दलाल के ख़बर की समस्या उतनी बड़ी नहीं रह गयी थी। मेरी समझ में आ गया था कि ज़्यादा बड़ी मुसीबत मेरे सामने आनेवाली थी।

बाद में मेरे साथ सम्पादक के केबिन में जो कुछ घटा, उसे बयान करने के पहले मुझे अपने अख़बार में हालिया दिनों में हुए परिवर्तनों के बारे में अपको बताना पड़ेगा।

हमारे सम्पादक के दिमाग़ में अक्सर मूर्खतापूर्ण तरंगें उठा करती थीं। इन तरंगों के वजह से वह अधीनस्थों को भाँति-भाँति के प्रोजेक्ट सौंपा करता था। दरअसल हमें बहुत बाद में पता चला कि इन योजनाओं के पीछे मालिकों के परिवार की विलायत पलट लड़की थी जो उनके काग़ज़, जूट, स्टील और दूसरे कारख़ानों के साथ-साथ अख़बारों में भी प्रयोग करती रहती थी। उसने विदेशी अख़बारों को सालों-साल पढ़ा था और देशी ख़ासतौर से हिन्दी अख़बारों के बारे में निहायत घटिया राय रखती थी। जब वह विलायत से पढ़कर लौटी और उसे अपने घराने के साम्राज्य में दख़ल देने का मौक़ा मिला तो सबसे पहले उसने हिन्दी के अख़बारों को बन्द करने का ही फ़ैसला किया। उसका इरादा तब बदला जब परिवार के बुज़ुर्गों ने यह समझाया कि इस देश में जूट और काग़ज़ के कारख़ाने भी फ़ायदे में तभी चलते हैं जब पास में घाटे में चलने वाला एक अख़बार भी हो। उसे बताया गया कि विलायत में कल-कारख़ाने किसी भी वजह से चलते हों पर हमारे यहाँ भी तभी चलते हैं जब अफ़सर और नेता उन पर मेहरबान हों। अफ़सरों और नेताओं को ठीक रखने के लिए अख़बार सबसे बढ़िया तरीक़ा है। नेताओं की नयी पीढ़ी भले ही

अँग्रेज़ी अख़बार पढ़ती हो पर उनके वोटर अभी भी देशी भाषाओं के जरिये ही ख़बरें हासिल करते हैं। उसकी समझ में यह बात बैठ गयी है और उसने हमारे अख़बार को बन्द करने का इरादा छोड़ दिया है लेकिन इसे सुधारने का बीड़ा ज़रूर उठा लिया।

हमारे अख़बार में तरह-तरह के प्रयोग किए गये। उसका शीर्षक अँग्रेज़ी में रखा गया, कॉलम विदेशी अख़बारों से उठाए गये, पूरी की पूरी सामग्री अनूदित जाने लगी वग़ैरह वग़ैरह। मेरे जैसे लोगों की सेहत पर इससे ज़्यादा असर नहीं पड़ा। जब तक नौकरी सुरक्षित रहे और देर शाम तक दफ़्तर में न बैठना पड़े— मुझे कोई दिक़्क़त नहीं आने वाली थी। पर दिक़्क़तें दूसरे रूप में आयीं। हम पूरी तरह से आश्वस्त थे कि यह आइडिया उस विलायत पलट लड़की की वजह से हमारे सम्पादक के मस्तिष्क में आया होगा। सम्पादक के मन में तो ऐसे विचार आ ही नहीं सकते थे— ऐसा हम सभी का मानना था।

दूसरे अख़बारों से हम अलग दिखें— इसे लेकर सम्पादक ने हम सभी की बैठक बुलायी। सभी की राय माँगी गयी। सब जानते थे कि यह सिर्फ़ औपचारिकता है। मालिकों ने, ख़ासतौर से मालिकों के परिवार की इस विलायत पलट लड़की ने कुछ न कुछ तय कर रखा होगा और सनकी सम्पादक बड़े दम्भ और मूर्खता से मुस्कराएगा और जादू के पिटारे की तरह अपने मेज़ की दराज खोलेगा, उसमें से एक काग़ज़ निकालेगा और हम सबको तुच्छ और बुद्धि तथा कल्पना से हीन साबित करता हुआ कुछ मूर्खतापूर्ण सुझाव रखेगा। हममें से कुछ वाह-वाह करने लगेंगे, कुछ नज़रें दायें-बायें करते हुए उपहास से अपने होंठ चौड़े करेंगे और कुछ मेरे जैसे दो-एक ऊबकर जमुहाई लेंगे और बैठक के बर्ख़ास्त होने का इन्तज़ार करेंगे। हर बार यही होता था।

आज भी कमोबेश यही हुआ।

हममें से कुछ नये थे। वे जोश में बोले। उन्होंने तरह-तरह के सुझाव दिये। सम्पादक बत्तख की तरह अपनी गर्दन आगे बढ़ाकर आधी मुँदी आँखों से उन्हें ध्यान से सुन रहा था। पुराने लोग जानते थे कि यह उत्सुकता सिर्फ़ दिखावटी थी। अगर किसी वक्ता को बीच में रोककर उसके सुझाव के बारे में सम्पादक की राय पूछी जाती तो निश्चित था कि वह अचकचा जाता। उसके बारे में मशहूर था कि वह सिर्फ़ मालिकों की बात ध्यान से सुनता था। उनका टेलीफोन आने पर फ़ौरन जेब से छोटी डायरी निकाल कर पेन खोल लेता था। इसीलिए पुरानों में से ज़्यादातर कुछ

बोले नहीं और जब उनमें से एक–दो का नाम लेकर सम्पादक ने बोलने को कहा तो उन्होंने कुछ औपचारिक से वाक्य बोलकर छुट्टी पा ली।

फिर वह क्षण आया जिसका ऊब और खीझ के साथ हम इन्तज़ार कर रहे थे।

''हम कुछ हत्याओं की रिपोर्टिंग करेंगे।'' उसने घोषणा की।

हे भगवान! हममें से ज़्यादातर के चेहरे उतर गये। हम और क्या करते हैं?

''हम शताब्दी की हत्याओं की रिपोर्टिंग करेंगे।'' उसने रहस्यमय मुस्कान के साथ कहा। हम सुनने के अलावा कर भी क्या सकते थे! वह हमारा बॉस था। बॉस की दिमाग़ी तरंगें हमेशा अद्‌भुत होती हैं।

''पिछली शताब्दी में बहुत–सी हत्याएँ हुई हैं जो अनसुलझी रह गयीं। मेरा मतलब उन हत्याओं से है जिनमें अदालतों ने तो सज़ा दे दी पर लोगों के मन में हमेशा यह शक़ बना रहा कि जिन्हें फाँसी पर लटका दिया गया, क्या वे सचमुच हत्यारे थे! हम ऐसी हत्याओं की पड़ताल करेंगे।''

हम सुनते रहे और वह बोलता रहा। वह बोलता रहा और हम सुनते रहे। बाहर निकलकर हममें से कोई बहुत उत्साही नहीं दिखा। कम से कम मैं तो नहीं ही था। जो कुछ मैं समझ पाया, उसके मुताबिक़ हमें पुराने केसों की फाइलें खँगालनी थीं, अगर उन मामलों में कोई जीवित बचा हुआ था तो उससे बातें करनी थीं और किसी न किसी तरह एक ऐसा सनसनीखेज़ मामला बनाना था जिससे पाठकों की सहानुभूति हत्यारे के साथ हो जाए।

ऐसी सीधी–सादी कहानी, जिसमें वास्तविक हत्यारा फाँसी चढ़ गया हो, हमारे लिए बेकार थी। हमें तो ऐसी कहानी ढूँढ़नी थी जिसमें कोई निर्दोष फाँसी चढ़ गया हो या कम से कम कहानी सुनाते समय साबित करना था कि जो फाँसी चढ़ा, वह निर्दोष था। तभी पाठकों की दिलचस्पी हमारी क़हानी में पैदा होगी।

बाहर निकलते समय मैंने यह नहीं सोचा था कि इस योजना का पहला शिकार मैं बनूँगा।

राष्ट्रीय दलाल की ख़बर वाला मसला तो पीछे रह गया और यह एक नयी मुसीबत मेरे सामने आ गयी थी। एक घंटे बाद जब मुझे सम्पादक ने अपने केबिन में बुलाया, मैं किसी बड़ी मुसीबत के लिए तैयार था। मेरे बैठते ही वह शुरू हो गया।

''1909 में मसूरी में एक हत्या हुई थी।'' उसने मेरे चेहरे पर नज़रें गड़ाईं।

ज़रूर उसे निराशा हुई होगी। मेरे चेहरे पर कोई भाव नहीं थे। हर साल मसूरी में हत्याएँ होती हैं, इसमें नया क्या है?

''1909 में मसूरी में पहली बार बिजली आयी थी।'' उसने चौंकाने वाले भाव से मुझे देखा। मुझे उस पर दया आयी। हर शहर में बिजली कभी न कभी पहली बार आयी होगी। इससे क्या बनता बिगड़ता है?

इसके बाद वह फ़िल्मी वकीलों की तरह बोलने लगा। उसने क़ातिल, मकतूल, मौक़ा-ए-वारदात, आत्मा, क़त्ल जैसे न जाने कितने शब्द मेरे सामने दोहराये और हर बार उनके इस्तेमाल के बाद मेरे चेहरे पर पड़ने वाले भावों का अध्ययन करने के लिए रुका। मेरा ख़याल है कि हर बार उसे निराशा ही हाथ लगी होगी। मेरा चेहरा ख़ाली था।

उसका सुनाया हुआ क़िस्सा कुछ यों था कि सन् 1909 में, जब मसूरी अभी बसनी शुरू ही हुई थी और जब तक उस इलाक़े में लैण्डोर नाम का एक छोटा-सा कैण्टोनमेंट ही आबाद हुआ था और उसी सन् में जब मसूरी में पहली बार बिजली आयी थी, एक अँग्रेज़ केमिस्ट की हत्या हुई थी। हत्या दवा की दुकान के अन्दर की गयी थी जिसमें वह केमिस्ट काम करता था और जिसके पिछले हिस्से में वह रहता था। केमिस्ट की हत्या के सिलसिले में एक अँग्रेज़ सिपाही पकड़ा गया था और देहरादून सेशन अदालत में मुक़दमे की सुनवाई के बाद उसे फाँसी की सज़ा सुनाई गयी थी और बाद में नैनी सेण्ट्रल जेल में उसे फाँसी पर लटका दिया गया था।

मामला बड़ा सीधा-सादा था। जो कथा सुनाई जा रही थी उसमें मुझे सिर्फ़ यही दिलचस्प लगा कि यह मसूरी की पहली हत्या थी, इसीलिए मसूरी और लैण्डोर के छोटे से ऐंग्लो इंडियन समुदाय में अगले कई वर्षों तक इस हत्या की चर्चा होती रही। उन दिनों योरोपियन ख़ासतौर से अँग्रेज़ जो भारत में काम या व्यापार के सिलसिले में रह रहे थे, ऐंग्लो इंडियन कहलाते थे। यह तो कुछ दशकों बाद हुआ कि आधे गोरे आधे हिन्दुस्तानी ऐंग्लो इंडियन कहलाने लगे और गोरे अँग्रेज़ योरोपियन हो गये।

उन दिनों मसूरी से एक अख़बार 'मसूरी टाइम्स' निकलता था और हत्या के बाद बहुत दिनों तक यह घटना उस अख़बार की सुर्ख़ियों में छायी रही। सम्पादक के नाम सैकड़ों पत्र छपे, कई सम्पादकीय लिखे गये और सालों-साल लोग मनुष्य स्वभाव की उस कमज़ोरी को तलाशते रहे जिसके वश में होकर कोई अपने इतने नज़दीकी दोस्त की ऐसी नृशंस हत्या कर सकता था। केमिस्ट जेम्स रेगिनैल्ड क्लैप और उसका हत्यारा सार्जेंट एलन घनिष्ठ मित्र थे। एलन ही नहीं, उस जैसे दर्जनों गोरे सिपाही जेम्स के क़रीबी थे। ख़ुशमिज़ाज जेम्स अभी कुँवारा था। पीछे ब्रिटेन में वह

अपनी माँ को छोड़कर अकेला पैसा कमाने हिन्दुस्तान आया था। किसिम-किसिम के धन्धे करती और पेशावर से कलकत्ता तक घूमी हुई उसकी जवान काठी आराम करने के लिहाज़ से मसूरी में टिकी तो फिर यहीं की हो गयी। कुछ दिन मटरगश्ती करने के बाद उसने इस केमिस्ट शॉप पर नौकरी कर ली। दुकान जिन मिसेज़ सैमुअल की थी उनके पति कैप्टेन सैमुअल की उसी साल सहारनपुर में हैजे से मृत्यु हो गयी थी। गर्मियों में दूसरी अँग्रेज़ मेमों के साथ मसूरी आयी हुई मिसेज़ सैमुअल को पति की मृत्यु की सूचना तब मिली जब सैमुअल की रेजिमेंट की एक टुकड़ी उसके सामान के साथ सहारनपुर से देहरादून की यात्रा नयी-नयी आरम्भ हुई रेल से और उसके बाद बैलगाड़ी और खच्चरों पर करने के बाद मसूरी में दाख़िल हुई। ऐसे ही थे वे दिन। सहारनपुर से देहरादून तक की यात्रा रेल से तय की जाती थी और वहाँ से यात्रा बैलगाड़ी से तथा फिर पैदल या खच्चरों पर होती थी। वर्दी, पेटी और दूसरे सामानों के साथ पलटन के कमांडिंग अफ़सर का शोक सन्देश था और यह सूचना थी कि पलटन ने अपने बहादुर अफ़सर को पूरे धार्मिक कर्मकाण्ड तथा सैनिक सम्मान के साथ दफ़्न कर दिया है और मिसेज़ सैमुअल जब कभी अपने पति की क़ब्र पर आएँगी, उसे अपने स्वर्गीय पति की गरिमा के अनुकूल पाएँगी।

मिसेज सैमुअल उसी टुकड़ी के साथ दूसरे दिन सहारनपुर रवाना हो गयीं। जाते समय उन्होंने मसूरी के उस छोटे से समूह के सामने, जो उन्हें सान्त्वना और विदा देने के लिए इकट्ठा हुआ था, ज़रूर यह घोषणा की कि पति के बिना जीवन निरर्थक हो गया है; लिहाज़ा वे मसूरी वापस नहीं लौटेंगी और शेष जीवन किसी कॉनवेण्ट में प्रभु यीशू की पूजा और दीन-दुखियों की सेवा करते हुए बिता देंगी।

पर पुरानी कहावत है कि सबकुछ वही नहीं होता जो मनुष्य चाहता है। पता नहीं यह सहारनपुर की सड़ी गर्मी थी या कैप्टन सैमुअल की पलटन के कमांडिंग अफ़सर मेजर स्टीव और उनकी पत्नी की निरन्तर सलाह, दो महीने बाद मिसेज़ सैमुअल वापस मसूरी लौट आयीं। जब तक वे वापस विलायत नहीं जातीं, उन्हें जीवन यापन के लिए कुछ करना था। उन दिनों न तो फ़ौज में अच्छी पेंशन थी और न ही आज की तरह ड्यूटी पर मरनेवालों के परिजनों को पूरा वेतन मिलता था। पर इसके बावजूद सरकार, रेजिमेंट और मसूरी के गोरे समुदाय ने मिसेज़ सैमुअल की इतनी मदद ज़रूर की कि मसूरी के धीरे-धीरे विकसित हो रहे बाज़ार में उन्होंने दवा की यह दुकान खोल ली और हर साल इस इरादे के साथ सर्दियाँ बिताने के बाद कि अगले साल ज़रूर सब कुछ बेच-बाच कर विलायत वापस चली जाएँगी, वे कहीं

नहीं गयीं और एक निःसन्तान विधवा की तरह उन्होंने शेष जीवन मसूरी में ही काटा, जहाँ दवा की यह दुकान उनके भरण-पोषण का भरपूर सहारा बनी रही।

दवा की इस दुकान पर पहले तो मिसेज़ सैमुअल ख़ुद ही बैठती थीं पर बाद में जब कारोबार बढ़ा और मसूरी की सोशल सर्किल में उनकी व्यस्तता बढ़ी तो उन्हें एक सहायक की ज़रूरत पड़ी और तभी यह जेम्स नौकरी की तलाश में मसूरी आ पहुँचा। आजकल की तरह बेरोज़गारी नहीं थी, जेम्स दुनिया घूमा था, मसूरी के प्रभु वर्ग में सब एक-दूसरे को जानते थे, इसलिए यह स्वाभाविक ही था कि जब एक रविवार को प्रार्थना समाप्त होने के बाद उसने पादरी के सामने अपनी नौकरी की इच्छा रखी तो उसे मिसेज़ सैमुअल से मिलने की सलाह दी गयी। सलाह ही नहीं दी गयी, बल्कि उन दोनों को वहीं मिला भी दिया गया। पादरी के सहायकों में से एक दौड़ा हुआ गया और प्रार्थना समाप्त कर चर्च के बाहर निकली ही थीं मिसेज़ सैमुअल कि वह उन्हें पादरी का सन्देश देकर बुला लाया।

मिसेज़ सैमुअल और जेम्स चर्च से दुकान तक टहलते हुए आये और रास्ते में ही सारी शर्तें तय हो गयीं। उसी शाम जेम्स ने कारोबार सम्भाल लिया। छोटी-सी दुकान थी। एलोपैथिक दवाएँ बिकती थीं इसलिए शहर के गोरे और पास के लैण्डोर कैण्टोनमेंट के फ़ौजी ही ग्राहक थे। ज़्यादातर ग्राहकों को नाम से पुकारा जाता था। जेम्स ने भी हफ़्ते-दस दिन में ज़्यादातर के नाम याद कर लिये थे। इस दुकान पर जेम्स ने अपने जीवन के नौ वर्ष बिताये और यहाँ से ही उसकी अन्तिम यात्रा क़ब्रिस्तान के लिए रवाना हुई।

जैसा कि एक छोटे क़स्बे में, जहाँ सिर्फ़ गर्मियों से बचने के लिए गोरी मेमें रहती थीं, थोड़ी बहुत शिक्षण संस्थाएँ थीं और पास ही लैण्डोर क़स्बे में स्वास्थ्य लाभ कर रहे फ़ौजी रह रहे थे, हो सकता था यहाँ भी हुआ। सन्ध्याकालीन चाय पार्टियों और खच्चरों की पीठ पर चढ़कर पहुँच पानेवाले पिकनिक स्थलों में चटखारों के साथ जेम्स और मिसेज़ सैमुअल के बीच पल-बढ़ रहे प्रेम प्रसंगों की चर्चा हुई। इस पूरे घटनाक्रम के लगभग सौ वर्षों बाद जब मैं मसूरी पहुँचा, यह प्रसंग अफ़वाहों के रूप में अभी भी कहीं न कहीं जीवित था। सुन्दर सिंह थापा नाम के एक कुली ने, जिसकी उम्र उसके चेहरे की झुर्रियों में कहीं गुम हो गयी थी और जो अभी भी पचास-साठ किलो का वजन अपनी पीठ पर रस्सी से बाँधे फुर्ती से ऊबड़-खाबड़ पहाड़ियों पर चढ़ सकता था, मेरा सामान एक चट्टान पर रखकर सुस्ताते हुए मुझे बताया था कि एक ऐसी अपराह्न चाय पार्टी में जिसमें अठारह साल की उसकी नानी

गोरी मेमों को चाय परोस रही थी मिसेज़ सैमुअल ने अपने छलकते हुए आँसुओं को दबाकर मिसेज़ जेफरसन से जो कहा उसका मतलब था कि अच्छा ही हुआ जो उन्होंने जेम्स का प्रस्ताव अभी तक स्वीकार नहीं किया था अन्यथा ईश्वर उन्हें एक बार फिर विधवा बना देता। यह जेम्स की हत्या के बाद वाले सप्ताह का कोई दिन था।

दुकान के पिछले हिस्से में जेम्स रहता था। रोज़ ठीक दस बजे वह दुकान खोलता था, दोपहर 12 से 2 तक लंच और आराम के लिए दुकान बन्द करता और फिर 2 से अँधेरा होने तक दुकान खोले रहता। बन्दी का समय मौसम के अनुसार घटता-बढ़ता रहता। हालाँकि मसूरी में उसकी मृत्यु के साल बिजली आ गयी थी लेकिन बिजली का मतलब स्ट्रीट लाइट से था। एक खम्भा तो मिसेज़ सैमुअल की दुकान के ठीक सामने भी था पर अभी घरों या दुकानों में बिजली नहीं पहुँची थी और जेम्स को अँधेरा होने के बाद लालटेन की रोशनी में काम करना पड़ता था। जब तक कोई ग्राहक दुकान की साँकल पीटकर रात में ही दवा ख़रीदने की ज़िद नहीं करता, वह अँधेरा होने के बाद दुकान नहीं खोलता था।

शाम होते-होते जेम्स की व्यस्तता और बढ़ जाती थी। लैण्डोर के फ़ौजियों के बीच वह बहुत लोकप्रिय था। दिन ढलते ही उसके यहाँ फ़ौजियों का जमावड़ा लग जाता। फ़ौजी अपने साथ शराब और अलग-अलग तरह का गोश्त लाते थे। इनमें एलन भी था जो दक्ष शिकारी था और जिसके मारे गये खरगोश, तीतर या हिरन अक्सर जेम्स के यहाँ पकते। फ़ौजी ताश खेलते, गोश्त खाते और नाइट रोलकॉल के पहले अपनी-अपनी बैरकों की तरफ़ भागते। जेम्स उनके लिए एक दूसरा आकर्षण भी था। वह फ़ौजियों को कर्ज़ देता था। ज़्यादातर फ़ौजी जुआ खेलते थे। शराब और जुआ उनकी एकरस ज़िन्दगी के सबसे बड़े सहारे थे। वे जुआ खेलते और हारते, शराब पीते और महीना ख़त्म होने के पहले ही उनकी तनख़्वाह ख़त्म हो जाती।

ये सभी बीमार लोग थे जो स्वास्थ्य लाभ के लिए लैण्डोर छावनी में लाये गये थे। सुबह एक बार वे पी.टी. के लिए फालिन होते थे और फिर दिन भर अमूमन उन्हें कोई नहीं पूछता था। अफ़सरों के लिए उनका दिन अस्पताल और डाक्टरों के चक्कर में बीतता था इसलिए रात की रोलकॉल के पहले अफ़सर उन्हें नहीं तलाशते। इन फ़ौजियों को जेम्स कर्ज़ देता था। तीन रुपया सैकड़ा, महीना। ब्याज की यह पद्धति जेम्स ने भारत में आकर यहाँ के साहूकारों से सीखी थी। जुए और शराब में रुपया गँवाकर फ़ौजी उससे कर्ज़ लेते और अपने घरों को पैसा भेजते।

तनख़्वाह मिलते ही जेम्स का कर्ज़ चुकाते और दूसरा हफ़्ता ख़त्म होते-होते फिर कर्ज़ ले लेते। वह फ़ौजियों की लायी शराब पीता और वसूले गये ब्याज के पैसे मिसेज़ सैमुअल के पास जमा करके एक सपना बुनता। वह देखता कि बुढ़ापे में वापस बर्मिंघम चला गया है और फिर एक लम्बे फार्म हाउस का मालिक बनकर ठाठ से घोड़े पर सवार अपने गायों और भेड़ों के झुण्ड को तृप्त आँखों से निहार रहा है। जाहिर है कि उसका यह सपना उसकी भय और दर्द की पछाड़ें मारती लहरें समेटे अधमुँदी आँखों के साथ मसूरी के गोरा क़ब्रिस्तान में दफ़्न हो गया।

"तो कब जा रहे हो मसूरी?" सम्पादक ने कथा का प्रवाह बीच में रोककर टोका तो मैं अचकचा गया।

"भूत से पूछ कर बताऊँगा।" अनजाने मेरे मुँह से निकला।

"भूत से... ?" सम्पादक के चेहरे पर बेचैनी थी।

"मेरा एक दोस्त है... उसे मैं भूत कहता हूँ।" मैंने बात टाली।

सम्पादक के चेहरे पर कुटिल मुस्कान थी, "भाई तुम भी ख़ूब हो। हिल स्टेशन पर जाने का फ़ैसला बीवी की जगह दोस्त से पूछ कर करते हो।"

वह अपने असली रूप में वापस लौट रहा था। मैं जानता था कि वह कुछ न कुछ ऐसा कहेगा जो मुझे आहत करे। मैंने उसे इसका मौक़ा नहीं दिया। पूरी कहानी सुने बिना मैं उठ खड़ा हुआ।

"मैं एक-दो दिन में बताऊँगा।"

"बताना क्या है... जाना तो तुम्हें ही है..."

मैं अन्दर से जल-भुन गया लेकिन बिना कुछ जवाब दिये बाहर निकल आया। उससे कुछ कहने का मतलब था, उसे नमक-मिर्च लगाकर मालिकों से अपनी शिक़ायत करने का मौक़ा देना।

उन दिनों मेरी एक फ्रांसीसी भूत से ख़ूब छन रही थी। मेरा यह दोस्त निकोलस फ्रांसीसी क्रान्ति में राजा के ख़िलाफ़ लड़ा था। उसका दावा था कि मेरी अल्लायेनेत की गर्दन जिस गिलेटिन पर कटी थी। उसे चलाने वाला वही था। इस भूत से मेरी मुलाक़ात बड़ी दिलचस्प परिस्थितियों में हुई थी। मैं इस बीच फ्रांसीसी इतिहास पढ़ रहा था। 1789 की फ्रांसीसी क्रान्ति के बारे में पढ़ते-पढ़ते अचानक एक रात यह भूत किताब में छपी अपनी तस्वीर से बाहर निकल आया। मुझे इतिहास के पन्नों में छिपी गाथाएँ हमेशा आकर्षित करती रही हैं और इसीलिए ऐसे भूतों से मेरी दोस्ती भी जल्दी और गाढ़ी हो जाती है जो मुझे इतिहास कथाएँ सुनाते हैं। इतिहास में भी

असफल क्रान्तियों में मेरी विशेष दिलचस्पी रही है। फ्रांस की यह क्रान्ति तो बाद की सभी क्रान्तियों की जनक कही जाती है, इसीलिए इसके क़िस्से और भी आनन्द देते हैं।

एक दिन लेटे-लेटे मैं इस क्रान्ति के नायकों-प्रतिनायकों की तस्वीरें देख रहा था। बड़े-बड़े गलमुच्छों वाले, फ्राक कोट और ब्रीचेज पहने लांग बूट डाँटे अहंकार से मदमस्त सिपाही और उनके नायक। काले रंग के स्वर्णाभूषण जड़ित जैकेट और प्लम हैट धारण किये हुए सामन्त और प्लेन ब्लैक में मध्यवर्ग, जिनके सर पर बिना किसी अधिकार चिन्ह वाला हैट दिख रहा था। इन सबसे अलग लियों और पेरिस की सड़कों पर 'रोटी-रोटी' की पुकार लगाते गैंती, फावड़ों और छुरों के साथ तेज़ रफ़्तार से हवा में मुट्ठियाँ लहराते चलते किसानों के ठठ्ठ के ठठ्ठ। सबकुछ इतना सम्मोहक था कि मैं पिछले कई दिनों से इन सबमें उलझा हुआ था।

मुझे इन सबमें से एक ऐसे भूत की तलाश थी जो तस्वीरों से बाहर निकलकर आए और मुझे अपने समय की गाथा सुना सके। भूतों को बुलाने का मेरा अपना तरीक़ा था। आपने प्लेन चिट से भूतों का आह्वान करते लोगों को देखा होगा, ओझाओं-सोखाओं को भूत नचाते भी देखा-सुना होगा। पर मेरा तरीक़ा इन सबसे भिन्न था।

दरअसल मेरी भूतों से इतनी जल्दी दोस्ती हो जाती है कि आपको सुनकर आश्चर्य होगा। मुझे बस किसी आकृति पर पूरे मन से ध्यान केन्द्रित करने की ज़रूरत पड़ती है और उसका भूत मेरे सामने हाजिर हो जाता है।

अब आप अगर इस तरह के सवाल पूछें कि क्या भूत इतने सहज उपलब्ध हैं या हर मनुष्य मरने के बाद भूत बन जाता है क्या या दूसरे क्यों नहीं इतनी आसानी से भूतों का सान्निध्य हासिल कर पाते हैं तो जाहिर है कि मैं आपको कोई बहुत आश्वस्तिकारक उत्तर नहीं दे पाऊँगा। मेरा मानना यही है कि आप यदि निश्छल मन से भूत की संगत माँगें और आप भी मेरी तरह उसके अस्तित्व में यक़ीन न रखते हों तो आपको भी भूत की दोस्ती सहज उपलब्ध हो सकती है।

मेरा यह दोस्त निकोलस फ्रांस के उन हज़ारों दीन-हीन किसानों में से था जिनकी ठठरियों की नींव पर फ्रांसीसी क्रान्ति खड़ी हुई थी। ज़मीन के छोटे-से टुकड़े के मालिक निकोलस का बचपन अपने बाप को भूमि-कर, धर्म-कर और नमक-कर अदा करते हुए देखते बीता था। इन करों के अलावा ज़मींदार की लड़की की शादी, बपतिस्मा या किसी बड़ी दावत के लिए भी उससे वसूली की जाती थी। बेगार अलग से। ज़मींदार के कारिन्दे भी अपने हिस्से की लूट-पाट करते थे।

कहावत थी कि सामन्त लड़ता है, पादरी पूजा करता है और सामान्य जन कर देता है।

ऐसे मुश्किल वक़्त में वही हुआ जो होना चाहिए था। किसानों के सब्र का बाँध जब टूटा तो वे गोदामों और कारख़ानों पर टूट पड़े। उन्होंने अनाज के बोरे लूट लिये, मशीनें तोड़ दीं और जहाँ बन पड़ा सामन्तों के सर काट दिये। लियों में ऐसी ही एक भीड़ 1786 की हाड़ कँपाती सर्दियों में 'रोटी-रोटी' चिल्लाती हुई गलियों में पगलाई घूम रही थी कि राजा की जर्मन और स्विस पलटनों से उसकी मुठभेड़ हो गयी।

निकोलस को अब भी अच्छी तरह से याद नहीं कि उनमें कितने मरे और कितने ज़ख़्मी हुए थे। उसे सिर्फ़ इतना याद था कि उसके सर पर बन्दूक का एक कुन्दा पड़ा था और उसे जब होश आया तो वह एक ऐसी अँधेरी, सीलन और बदबूदार तंग कोठरी में था, जहाँ से उसे 14 जुलाई 1789 को ही मुक्ति मिली। यही वह कोठरी थी जहाँ मेरी निकोलस से पहली मुलाक़ात हुई थी।

हुआ कुछ ऐसा कि मैं फ्रांसीसी क्रान्ति पर एक ऐसी किताब पढ़ रहा था जिसमें बहुत-सी तस्वीरें थीं। इसमें एक पूरा अध्याय 14 जुलाई 1789 को बास्तीय के क़िले पर मज़दूरों, किसानों और छोटे किरानियों के हमले पर था। बास्तीय पेरिस से थोड़ी दूर एक छोटा-सा क़िला था जो वर्षों से ख़ूँखार क़ैदियों को रखने के काम आ रहा था। इस समय स्वतन्त्रता और समानता का नारा लगाते हुए 'रोटी-रोटी' चिल्लाते किसानों से ख़तरनाक कौन हो सकता था?

मेरी जब निकोलस से मुलाक़ात हुई, क़िले का कमाण्डर द लोने मारा जा चुका था। राजा के शस्त्रागार से लूटे गये शस्त्रों और अपने विशाल संख्याबल से जनता राजा के सिपाहियों के शस्त्र रखवा चुकी थी और शोर मचाती हुई, मशालों की रोशनी में क़िले के छोटे-छोटे तहख़ानों, कोटरों की तलाशी ले रही थी।

मेरी नज़र हड्डियों की ऐसी ठठरी पर पड़ी जो सीधे खड़ी नहीं हो पा रही थी और जिसे कई लोग सहारा देकर चला रहे थे। उसने अपनी आँखें ढाँप रखी थीं। ऐसा लग रहा था कि मशाल से पड़नेवाली रोशनी से उसकी आँखें चकाचौंध हो रही थीं। उसमें कुछ ऐसा था जिसने मुझे यकबारगी उसकी तरफ़ आकर्षित किया। मैं टकटकी लगाकर उसे देखता रहा और जैसा कि ऐसे मौक़ों पर होता था, वह मेरा दोस्त बन गया। उससे मेरा मतलब उसके भूत से है।

निकोलस के भूत ने मुझे बताया कि बास्तीय के नर्क में उस जैसे बहुत-से लोग थे जो बरसों से अँधेरी तंग कोठरियों में बन्द थे। वे चलना-फिरना भूल चुके थे और

उनकी आँखें अँधेरे की ही अभ्यस्त हो चुकी थीं। इसलिए जब क्रान्तिकारी जनता ने उन्हें आज़ाद कराया तो उन्हें अपने पैरों पर खड़े होने में दिक़्क़त हुई और ज़रा-सी रोशनी से उनकी आँखें चौंधियाने लगती थीं।

निकोलस ने मुझे बहुत कुछ बताया। फ्रांसीसी क्रान्ति के तमाम नायकों से मेरी मुलाक़ातें करायीं। जिन लोगों से मैं मिला, उनमें रूसो, मान्टेस्क्यू और वाल्तेयर थे, लूई सोलहवाँ और मारी आन्तुआनेत थे, तूर्जो, नेकर और मिराबो थे, इतिहास की एक से एक शख़्सियतें थीं, जिन्होंने अगले दो सौ सालों तक मनुष्यता के इतिहास को प्रभावित किया था। उसने उन युद्धों, षड्यन्त्रों, जनसैलाबों से मुझे परिचित कराया जिनका असर सिर्फ़ उस समय के फ्रांसीसी समाज पर ही नहीं पड़ा, बल्कि पूरी दुनिया जिनके प्रभाव से वर्षों थरथराती रही।

आजकल वह मारी आन्तुआनेत के बारे में बता रहा था। मारी आन्तुआनेत—वही दम्भी कुटिल रानी, जिसने अपने सौन्दर्य और षड्यन्त्रों के बल पर राजा को बेबस कर दिया था और जिसका यह कथन कि अगर लोगों को रोटी नहीं मिल रही तो केक क्यों नहीं खाते— जनता के गाल पर तमाचे की तरह पड़ा जरूर, पर उसने मुकुट राजा का गिराया। उसने रस ले-लेकर मारी के बारे में महल में प्रचलित कहानियाँ सुनाईं। उस प्रसंग को वह हँस-हँसकर सुनाता रहा जिसमें महल के कुछ दुष्ट षड्यन्त्रकारी सामन्तों ने एक धूर्त पादरी को मारी आन्तुआनेत को एक महँगी भेंट देने के लिए उकसाया और फिर भेंट लेती रानी को पकड़वा दिया। रानी की कामुकता को लेकर महल और उसके चारों तरफ़ फैले बर्साय शहर में जो गीत दबे स्वर में गाये जाते थे, वे भी उसने सुनाये।

अब वह मारी को गिलोटिन पर चढ़ाये जाने की कथा सुनानेवाला था और इसे लेकर बहुत उत्तेजित था। अन्य कथाओं के बीच-बीच में वह किसी मँजे कथावाचक की तरह यह सूचना देता रहता था कि अभी तो मुझे उसने सिर्फ़ ट्रेलर दिखाया है, असली कथा तो अब आएगी। उसने मेरे अन्दर यह जानने की उत्कट इच्छा पैदा कर दी थी कि कैसे एक अधखाया, अधनंगा किसान क्रान्ति की लड़ाई में सिपाही बन बैठा और कैसे उसने एक कड़ी प्रतियोगिता में दूसरे सिपाहियों को पछाड़ते हुए मारी आन्तुआनेत की गर्दन गिलोटिन पर काटने का सम्मान हासिल कर लिया।

"क्या मैं इस दिलचस्प गाथा से वंचित रह जाऊँगा?"

मैंने दफ़्तर में बैठे-बैठे सोचा कि अगर मैं मसूरी चला गया और किसी दूसरे गम्भीर प्रोजेक्ट में लग गया तो इस कथा का क्या होगा? हालाँकि मेरा पुराना अनुभव कहता था कि भूत समय का व्यतिक्रम नहीं मानते और किसी भी कथा के

सूत्र कहीं भी छोड़कर कभी भी उठा सकते हैं। वे इतने पटु क़िस्सागो होते हैं कि आपको पता भी नहीं चलता और कहानी अपनी पुरानी रफ़्तार से चलने लगती है। इसके बावजूद मेरा अनुभव यह भी था कि कई मामलों में एक बार साथ छूटने के बाद भूत फिर पकड़ में नहीं आते। अगर ऐसा इस भूत के साथ भी हुआ तो मैं फ्रांसीसी क्रान्ति की इस अद्भुत कथा से वंचित रह जाऊँगा।

मैं कर भी क्या सकता था? यह तय था कि दुष्ट सम्पादक मुझे मसूरी भेजकर ही मानेगा। मैंने सबकुछ भूत के ऊपर ही छोड़ने की ठानी और अपने काम में डूब गया। घर लौटकर रात में जब मेरी मुलाक़ात भूत से हुई और उसने कहानी आगे बढ़ायी तो मैं इसी उलझन में था।

कहानी सुनाते-सुनाते अचानक भूत ठिठका। उसका स्वर कुछ धीमा हुआ और उसने पूछा, "क्या हुआ दोस्त? कुछ अनमने लग रहे हो?"

मैं समझ गया कि वह क्षण आ गया है जब मैं उससे अपनी समस्या के बारे में प्रश्न कर सकता था।

"देखो मुझे ग़लत मत समझना। मुझे तुम्हारी बातों में बड़ा मज़ा आ रहा है। अब तो कहानी का वह क्षण आनेवाला है जिसका इतने दिनों से इन्तज़ार कर रहा था। रोटी माँगने पर केक खिलाने वाली रानी की गर्दन कटती और उसे तुम काटते। मज़ा आ जाता। पर दोस्त मुझे कुछ दिनों के लिए बाहर जाना है। शहर से बाहर। क्या ऐसा हो सकता है कि कुछ दिनों के लिए तुम इस कथा को यहीं रोक दो? लौटने के बाद फिर यहीं से शुरू करेंगे।"

मैंने देखा कि भूत का चेहरा लटक गया। बात सँभालने के लिए मैंने कहा, "या ऐसा करते हैं कि तुम भी साथ चलो। हिल स्टेशन चलेंगे। तुम्हारा साथ रहेगा तो और मज़ा आएगा। रास्ते में कहानी भी चलती रहेगी।"

भूत को बच्चों की तरह बहलाया-फुसलाया नहीं जा सकता। मेरा दोस्त भी कोई अपवाद नहीं था। यह उसकी भलमनसाहत ही थी कि उसने सख़्ती से कुछ नहीं कहा पर नर्मी से जो कुछ कहा उसका मतलब था कि कल किसने देखा है। कल का भरोसा उसने जीवित रहते नहीं किया तो अब भूत योनि में जाने के बाद क्यों करेगा? रही बात बाहर जाने की, तो भूत बाहर सिर्फ़ विश्वासी लोगों के साथ ही जाते हैं। मेरे जैसे आदमी का क्या भरोसा जिसे भूतों के अस्तित्व पर ही विश्वास नहीं है? मुझे पहाड़ों पर कोई दूसरा भूत मिल जाएगा तो मैं उसकी दोस्ती में रम जाऊँगा और उसे भूल जाऊँगा। इससे अच्छा है कि वह यहीं रह जाए और अगर मेरे लौटने तक उसे कोई दूसरा श्रोता नहीं मिला या मेरी उससे दोस्ती की इच्छा बरकरार

रही तो फिर मिलेंगे। तब तक के लिए बाय... बाय... टा... टा...!

मुझे अफ़सोस हुआ कि मैंने उसे बताने में जल्दी क्यों कर दी! अभी तो मसूरी के लिए निकलने में पूरे अड़तालीस घंटे बाक़ी थे। तब तक उससे इस दिलचस्प कथा के अगले हिस्से सुने जा सकते थे। हालाँकि वह कातता बहुत था और कहानियों से कहानियाँ गढ़ता था पर क्या पता वह इन अड़तालीस घंटों में उस बिन्दु तक पहुँच ही जाता जिसका मैं बेसब्री से इन्तज़ार कर रहा था— यानी रानी मारी आन्तुआनेत की गिलेटिन पर कटती हुई गर्दन और दर्प, विस्मय तथा भय से भरी आँखों वाला कटा सर, गिलेटिन के सामने छटपटाकर शान्त होता धड़, गिलेटिन के पीछे लीवर हाथ में पकड़े हुए सिपाही में तब्दील एक किसान, जो काम ख़त्म होने के सन्तोष के अलावा दुख और घृणा के साथ अपने माथे का पसीना पोंछ रहा है— इस दृश्य में मैं अपने दोस्त का दो सौ साल पुराना चेहरा देखना चाहता था। जिस तरह से वह कहानी बुनता था उसमें उम्मीद तो कम थी पर क्या पता हम अगले अड़तालीस घंटों में वहाँ तक पहुँच ही जाते!

बहरहाल अब किया ही क्या जा सकता था? शायद उसे मेरी बेवफ़ाई की फ़ितरत का सही अन्दाज़ा था। उसका शक़ ठीक ही था। पहाड़ पहुँचने के दो-एक दिनों के अन्दर ही मेरी दोस्ती दो भूतों से हो गयी जिनमें एक स्त्री भूत थी और जैसा मैं ऊपर निवेदन कर चुका हूँ मैं इसे भूतनी नहीं भूत ही पुकारूँगा। मुलाक़ात के बाद मैं उनमें इतना रम गया कि अपने इस मित्र को लगभग भूल-सा गया।

इन भूतों से मिलने की कथा भी बड़ी दिलचस्प है और बिना आपको सुनाए कहानी आगे नहीं बढ़ेगी।

मैं मई के पहले हफ़्ते में मसूरी पहुँचा था और उस समय मसूरी भीड़ से पटी पड़ी थी। कन्धे से कन्धा छिल रहा था। टैक्सी से उतरते ही मेरा मूड ऑफ हो गया। इस भीड़ में काम क्या हो पाएगा? मेरे हाथ में जो प्रोजेक्ट था उसके लिए सन्नाटा और एकाग्रता दोनों ज़रूरी थी। चलो दो-एक दिन घूम-घामकर लौट जाएँगे; सम्पादक की बात भी रह जाएगी, कुछ तफ़रीह भी हो जाएगी, मैंने सोचा। अगली बार बड़े दिन की छुट्टियों में आऊँगा। बेटे की छुट्टियाँ होने के कारण बीवी भी आ सकेगी और सर्दियों में भीड़-भाड़ न होने के कारण मसूरी में काम करना आसान होगा।

मैंने कुली से सामान किसी होटल में ले चलने के लिए कहा। कुली मेरा सामान पीठ पर लादे कई होटलों में गया पर जगह कहीं नहीं थी। होटलों के रिसेप्शन पर बैठे लोग सीधे मुँह बात नहीं कर रहे थे। घुसते ही सर हिलाने लगते

थे। काफ़ी जद्दोजहद के बाद कुली मुझे इस खटारा से होटल में लेकर आया जहाँ एक छोटे से सीलन भरे कमरे में, जिसमें पहले से ही एक दूसरा मुसाफ़िर ठहरा हुआ था, मुझे एक चारपाई और सामान रखने भर की जगह मिली।

होटलों की तलाश में कई घंटे पैदल चलने ने मुझे इतना थका दिया था कि जैसे ही इस होटल में बिस्तर पर लेटने की सम्भावना दिखाई दी, मैंने कमरे की सीलन और उसके साथ जुड़े बाथरूम की बदबू नज़रअन्दाज़ की और कमरे में मौजूद दूसरे बिस्तर पर बेसुध लेटे व्यक्ति पर उचटती हुई नज़र डाली और ख़ुद भी जिन कपड़ों में वहाँ तक पहुँचा था उन्हीं में अपने बिस्तर पर लुढ़क गया।

मुझे याद नहीं कि मैं कितनी देर सोया। जब उठा तो अजीब तरह का आलस बदन पर तारी था। मेरे सिर के ठीक सामने कमरे की बड़ी-सी खिड़की थी जिससे शहर की रोशनियाँ दिखाई दे रही थीं। मैं जब बिस्तर पर गिरा था तब सूरज डूबा नहीं था। इसका मतलब मैं कई घंटे सोता रहा था।

कमरे में नीमअँधेरा था। हल्के टिमटिमाते बल्ब की रोशनी में कुछ समय लगा यह देखने में कि कमरे के दूसरे बिस्तर पर कोई बैठा था।

"मैं आपके उठने का इन्तज़ार कर रहा था। अपना सामान चेक कर लीजिए, मैं जा रहा हूँ।"

मैंने अनमने भाव से कमरे के उस कोने पर नज़र दौड़ाई, जहाँ सामान पटककर मैं बिस्तर पर लेटा था। मेरा सूटकेस और बिस्तर बन्द वहीं पड़े थे।

मैंने औपचारिकता में पूछा, "आप मसूरी से जा रहे हैं?"

"मसूरी से नहीं, इस होटल से जा रहा हूँ।"

"कोई बेहतर जगह मिल गयी?" मैंने सोचा कि मेरी तरह मसूरी में यह भी इस घटिया होटल में मजबूरन आ गया था और अब ठीक-ठाक जगह मिल जाने के कारण जा रहा है।

"अजी इतने पैसे में इससे अच्छा होटल कहाँ मिलेगा? जहाँ जा रहा हूँ वह भी ऐसा ही है। लेकिन वहाँ कमबख़्त भूत से तो छुटकारा मिल जाएगा।"

"भूत से... यहाँ कोई भूत भी रहता है?" मैं खुशी से चिहुँका।

"हाँ जी, रात भर ससुर ने सोने नहीं दिया। पूरी रात घोड़े की टाप सुनाई देती रही। मैं तो रात ही में भाग जाता पर नालायक होटलवाले ने नीचे से दरवाज़ा बन्द कर रखा था।"

"चलो अब मज़ा आएगा!" मैंने उसकी घबराहट का आनन्द लेते हुए कहा।

"मज़ा आएगा? आपको भूत से डर नहीं लगता?"

"डर! डर किस बात का... ? भूत तो मेरे दोस्त हैं।"

मेरे रूममेट का मुँह खुल गया था और वह आश्चर्य से मुझे परख रहा था। इस बीच उसने दोनों हाथों में अपना सामान उठा लिया था।

"भूत तुम्हारे दोस्त हैं?"

"दोस्त! मैं तो ख़ुद ही एक भूत हूँ।"

मेरे मुँह से निकल तो गया पर जिस तरह गिरते-पड़ते अपने सामान के साथ वह कमरे से भागा, उसे देखकर मुझे उस पर तरस भी आया और हँसी भी।

उसके निकल भागने के बाद मैं देर तक हँसता रहा। दरअसल ये लोग जो भूतों के अस्तित्व पर विश्वास करते हैं उनसे सिर्फ़ डर सकते हैं, मेरी तरह उनसे दोस्ती नहीं कर सकते।

कमरे में अकेले होते ही मैंने भूत की तलाश शुरू कर दी। कैसा है? कहाँ है? भूत योनि में कब से है? तमाम प्रश्न थे जिनके उत्तर तलाशने थे। सबसे पहले तो यह जानना ज़रूरी था कि भूत है किसका?

भूतों से मेरी दोस्ती तभी शुरू होती है जब कुछ बुनियादी सूचनाएँ मेरे पास हों। सूचनाएँ किसी किताब से हासिल हो सकती थीं या फिर कोई क़िस्सागो दे सकता है। एक बार भूत की शक़्ल-सूरत या जन्म-मृत्यु से परिचित होते ही मुझे किसी तीसरे की ज़रूरत नहीं रह जाती है। फिर तो भूत होता है और मैं। भूत से अच्छा क़िस्सागो नहीं होता और मुझसे अच्छा श्रोता भी दुर्लभ है, लिहाज़ा दोस्ती और कहानी चल निकलती है।

इस भूत के बारे में जानकारी हासिल करने के लिए मुझे देर तक इन्तज़ार नहीं करना पड़ा। पहला बेयरा जो कमरे में घुसा, वही मेरी शंका समाधान के लिए पर्याप्त था।

"भाग गये साहब... ?" उसने कमरे के ख़ाली बिस्तर की तरफ़ देखते हुए पूछा।

"हाँ... किसी भूत का ज़िक्र कर रहे थे।" मैंने उसके हाथ से चाय का प्याला ले लिया, "कहाँ है भूत?"

"अरे साहब आप आराम से रहिए, कोई भूत-वूत नहीं है।"

"भूत नहीं है तो मैं क्या करूँगा रहकर। मैं तो भूत की वजह से ही आया था।"

"आप भूत से मिलने आये हैं? अख़बार वाले हैं क्या?"

मेरे 'हाँ' में सर हिलाने पर उसने ट्रे मेज़ पर रख दिया, "अख़बार वाले कभी-

कभी आते हैं कप्तान साहब के बारे में जानकारी हासिल करने। इस होटल की खिड़कियों से मैंने ही देखा है कप्तान साहब को घोड़े पर सवार अपनी कोठी की बाहरी दीवार पर टप-टप की आवाज़ करते। मेरी तो फोटू भी उतार कर ले गये हैं कई बार। अख़बारों में छपी भी... कल दिखाऊँगा आपको।'' उसने गर्व से कहा।

इसके बाद काफ़ी देर तक एक-दूसरे के धैर्य की परीक्षा ली गयी। मैं बार-बार उससे इसरार करता रहा कि वह मुझे कप्तान साहब से मिलवा दे जिनका ज़िक्र अभी-अभी उसने किया था और वह हर बार कोई न कोई बहाना बनाकर इसे टालता रहा।

''साहब सिर्फ़ उजाले पक्ष में आता है। आपको सात-आठ दिन बाद आना पड़ेगा तब आप उसे अपना घोड़ा टप-टप दौड़ाते हुए देख पाएँगे।''

''एक बार मुझसे दोस्ती हो जाएगी तो अँधेरी रातों में भी साहब आ जाएगा।''

''नहीं, अँधेरी रात में नहीं आएगा।''

''फिर कल इस कमरे में उसके घोड़े की टाप कैसे सुनाई देती रही? बेचारा भला आदमी भाग गया।''

''अरे ये तो डर गये थे। किसी से सुन लिया था कि यहाँ भूत आता है तो खिड़की बन्द करके सोये। सपने में टप-टप सुनकर डर गये होंगे। साहब तो उजाले पक्ष में ही आता है। ख़ास तौर से पूरे चाँद की रात आपको घोड़ा दौड़ाता दिखेगा।''

''अरे भाई, मेरे पास तो भूत कभी भी आ सकते हैं।''

इस तरह के कुछ वाक्यों के आदान-प्रदान से मैं समझ गया कि भूत से ज़्यादा कठिन इस बेयरे से निपटना है। पहाड़ों पर भी अर्थशास्त्र पहुँच गया था, ख़ासतौर से मसूरी जैसे हिल स्टेशनों पर तो सिर्फ़ अर्थशास्त्र ही बचा था।

भूत के बारे में जानकारी फोकट में नहीं मिलेगी— यह स्पष्ट हो गया।

मैंने बेयरे को शाम के लिए एक बोतल रम लाने को कहा और उसे इतना पैसा दिया जिसमें दो बोतलें आ सकें और बिना किसी लाग-लपेट के यह बता दिया कि दूसरी बोतल उसके लिए है। इसके बाद चीज़ें आसान हो गयीं। वह मुझे कमरे की खिड़की के पास ले गया और उससे बाहर झाँकते हुए थोड़ी दूर पर स्थित एक विशाल हवेली की तरफ़ इशारा किया। शहर चारों तरफ़ बिजली की लट्टुओं की रोशनियों से जगमगा रहा था। इन रोशनियों के बीच खण्डहर में तब्दील होती यह हवेली किसी बीमार की तरह पीली और उदास लग रही थी।

मैं समझ गया कि दूसरे भूतों की तरह यह भूत भी खण्डहरों का शौक़ीन है। पता नहीं ये भूत खण्डहरों को ही क्यों पसन्द करते हैं? वे चाहें तो आलीशान

मकानों को भी अपना डेरा बना सकते हैं। वे चाहें तो क्या नहीं कर सकते? शायद वे मानते हों कि दुनिया में रहनेवाले जीवित लोगों को अच्छे मकानों की ज़्यादा ज़रूरत है। उनके लिए क्या फ़र्क़ पड़ता है— किसी खण्डहर के कोने-अँतरे में लटके रह सकते हैं।

दूसरों की सुख-सुविधा के लिए ख़ुद को आराम से वंचित रखना कोई भूत से सीखे।

इस विशाल हवेली, जो इस समय मुक़दमेबाज़ी से पस्त है, के बड़े से फाटक पर एक पत्थर लगा है जिस पर उसके बनवाने वाले ने बड़े प्रेम से एक इटैलियन संगमरमर पर इमारत का नाम खुदवाया था। डेढ़ सौ सालों की गर्द-गुबार चढ़ने के बाद भी अगर थोड़ा-सा खुरचा जाए तो अभी भी इस नाम को साफ़-साफ़ पढ़ा जा सकता है। बैरे ने मकान के नाम का जो उच्चारण किया, वह मेरे पल्ले नहीं पड़ा। मैं सिर्फ़ इतना ही समझ पाया कि कोई विदेशी नाम है और बैरा उसका गढ़वाली संस्करण पेश कर रहा है। मैं बहुत परेशान इसलिए नहीं हुआ कि नाम तो भूत बता ही देगा।

भूत के नाम का भी गढ़वालीकरण हो गया था। यह समझने में थोड़ा वक़्त लगा कि जिन सज्जन को यह कप्तान साहब कह रहा था वह अँग्रेज़ी फ़ौज के कैप्टन थे। आज के कैप्टन नहीं, जहाँ तक पहुँचने में इस समय हिन्दुस्तानी फ़ौज के अफ़सरों को चार-पाँच साल लगते हैं, उस ज़माने के कैप्टन— जिस पद पर ज़्यादातर अफ़सर अपनी उम्र के ढलान पर पहुँचते थे।

जिस भूत को वह कप्तान जंग का भूत कह रहा था यह तो मुझे उससे मुलाक़ात के बाद पता चला कि वह कैप्टन यंग नामक आइरिश अफ़सर का भूत था और जो अपने गोरखा सिपाहियों के बीच इतना लोकप्रिय था कि उसके सिपाही उसे यंग की जगह जंग और जंग से भी ज़्यादा जंगबहादुर कहकर पुकारते थे और जो लड़ाई के मैदान में उनसे तेज़ आवाज़ में 'आयो रे आयो गुरखाली' का रणघोष करता था और जो विजयादशमी के दिन अपनी खुखरी से उनसे अधिक प्रवीण तरीक़े से भैंसे की मोटी गरदन एक बार में उड़ा देता था। यह तीसरी गुरखा पलटन थी जिसे अँग्रेज़ों ने खड़ा किया था और जिसकी पहली कमान कैप्टन यंग ने सँभाली थी।

मैंने बाज़ार से रम लेकर लौटे बैरे से कैप्टन यंग का कोई फोटो दिखाने के लिए कहा। बैरा काफ़ी देर तक घूम-घामकर असफल लौट आया। चूँकि बिना पूरे हुलिये की जानकारी के किसी भूत से मेरी दोस्ती नहीं हो पाती थी इसलिए यह बहुत ज़रूरी था कि मैं उसकी शक़्ल-सूरत से वाक़िफ़ होऊँ। मैंने उससे कैप्टन यंग के

चेहरे-मोहरे की जानकारी देने को कहा, क्योंकि उसने शुरू में ही दावा किया था कि वह हर चाँदनी रात में सरपट घोड़ा दौड़ाते हुए यंग के भूत को देखता है पर अपने ख़ौफ़ज़दा चेहरे और आतंकित आँखों से उसने सिर्फ़ इतना ही कहा कि काला लबादा ओढ़े भूत को ऊँचे घोड़े पर सवार टप-टप दौड़ते हुए उसने हमेशा पीछे से देखा है, सामने से भूत को देखने की ताब किसमें है?

भूत अपनी जीवित अवस्था में कैसा था इसे जानने का एक ही तरीक़ा था कि शहर के इतिहास पर लिखी गयी कोई ऐसी किताब हाथ लगती जिसमें कैप्टन यंग की तस्वीर हो। मैं फ़ौरन बिस्तर से उठ खड़ा हुआ।

''साथ में सोडा लेंगे या सिर्फ़ पानी लगाऊँ?''

''आस-पास कोई किताब की दुकान है?''

बेयरे ने अचकचा कर मुझे देखा। शराब और किताब में क्या सम्बन्ध हो सकता है, उसकी समझ में नहीं आया।

''किताब की कोई दुकान खुली होगी इस समय?''

मैंने उतावली से पूछा।

आठ बज रहे थे और मई का महीना होने के बावजूद दोपहर बाद हुई बारिश से ख़ासी ठंड थी और इस बात की बिल्कुल उम्मीद नहीं थी कि मसूरी में इस समय कोई दुकान खुली होगी, पर मैं बाहर निकल आया।

मेरा होटल जहाँ था वह जगह मुख्य सड़क से थोड़ा हटकर थी। एक पतली-सी गली आगे चलकर सड़क से मिलती थी। मैं बाहर निकला तो गली एकदम सुनसान थी। तेज़ हवाओं में ठंडी नमी घुली हुई थी, जो थपेड़ों की तरह मेरे चेहरे से टकरा रही थी और एक बार तो मेरे मन में आया कि वापस अपने कमरे में भाग जाऊँ लेकिन भूत से मिलने की उत्तेजना ने मुझे बाहर दूर तक चलने के लिए प्रेरित किया।

मेरा पुराना अनुभव है कि जब मैं किसी भूत से मिलने को मन से उत्सुक होता हूँ तो भूत मेरी मदद करते हैं। यहाँ भी कुछ ऐसा ही हुआ। निर्जन मालरोड पर जब कुहरा बूँद-बूँद कर ठंड की शक़्ल में टपक रहा हो और जब स्ट्रीट लाइट से झरने वाले प्रकाश की किरणें सड़क से तीन-चार फीट ऊपर ही टँग कर रह जा रही हों और निर्जन बन्द शटरों वाले बाज़ार में आपको दूर-दूर तक कोई न दिख रहा हो, उसी समय अगर दूर एक दुकान पर कोई बूढ़ा आदमी अपनी दुकान का शटर गिराता-सा दिखे, तो आप क्या सोचेंगे? यही न कि कोई आपके ही इन्तज़ार में था और ऐसा नहीं कि वह निराश होकर जा रहा है, वह तो सिर्फ़ बाहर सड़क पर खड़ा होकर शटर गिराने का अभिनय कर रहा है ताकि आप उस आदम न आदमजात

बाज़ार में भी उसे देख लें और कहीं दूर से ही वापस न लौट जाएँ। ज़ाहिर है कि ऐसी दुकान उसी चीज़ की होगी जिसकी आपको तलाश है। इस दुकानदार ने कोई सपना नहीं देखा होगा कि आप उसे ढूँढ़ते हुए ऐसे एकान्त समय में उसके पास आएँगे। निश्चित रूप से आपके मित्र भूत ने ही उसे यह बताया होगा और प्रेरित किया होगा कि जब पूरा बाज़ार शटर गिराकर सर्दियों की मार से बचने के लिए लिहाफ़ में दुबक जाए यह बूढ़ा आदमी भूख और अपनी बुढ़िया की प्रतीक्षारत चिन्तित आँखों की उपेक्षा कर अपनी दुकान में आख़िरी ग्राहक के रूप में आपका इन्तज़ार करे!

कम से कम मैं तो यही मानता हूँ। पिछले बहुत सारे अनुभवों की तरह यहाँ भी मैं ग़लत नहीं हो सकता।

मैं क़रीब पहुँचा तो बूढ़े ने ताले पर फिरती उँगलियाँ रोक दीं। उसके हाथ में कोई चाभी नहीं थी। साफ़ था कि वह शटर गिराकर ताला बन्द करने का अभिनय सिर्फ़ समय काटने के लिए कर रहा था। जैसे ही मैं उसकी तरफ़ मुड़ा, उसने बिना कुछ कहे-सुने ताला शटर के छेद से बाहर निकाला और शटर ऊपर उठा दिया।

"बहुत देर कर दी।"

मैंने कोई जवाब नहीं दिया।

शायद बूढ़े को किसी जवाब का इन्तज़ार भी नहीं था। वह शटर उठाकर दुकान के अन्दर घुसा। अन्दर की बत्तियाँ जल रही थीं। जैसे कोई जानता था कि अभी फिर दुकान खुलेगी, कोई चीज़ बिकेगी और फिर दुकान बढ़ा दी जाएगी।

मैं बूढ़े के पीछे-पीछे अन्दर घुसा। बिना दुकान का बोर्ड देखे मैं यह जानता था कि यह किताबों की दुकान होगी और यह किताबों की ही दुकान थी।

बूढ़ा एक तरफ़ खड़ा हो गया और उदास नज़रों से मुझे रैक में लगी किताबों पर दृष्टि दौड़ाते देखता रहा। काफ़ी समृद्ध दुकान थी। साहित्य, कला, इतिहास और दर्शन शास्त्र जैसे ख़ानों में बँटी हुई। मुझे पता था कि मेरा भूत किसी इतिहास की किताब में छुपा होगा। इसलिए मैं इतिहास वाली रैक के सामने जुट गया। काफ़ी देर तक मैं अपने मतलब की किताब नहीं तलाश पाया और मैंने बूढ़े की तरफ़ यह जानने के लिए देखा कि वह मेरी उपस्थिति से छुटकारा तो नहीं पाना चाहता है। उसका चेहरा पहले की ही तरह निर्विकार था, लेकिन उसके हाथों में एक मोटी ज़िल्ददार किताब थी जिसे इस बीच उसने न जाने कहाँ से निकाल लिया था। उसने किताब मेरी तरफ़ बढ़ाई।

मैंने किताब की क़ीमत चुकाई और बिना उसे उलटे-पुलटे बाहर निकल

आया। मुझे पता था कि जिस भूत से मेरी मुलाक़ात होनी है, वह इसी किताब में मौजूद है।

सड़क पर ठंड के कारण सन्नाटा तो था ही, अँधेरा भी कोहरे से लिपटा हुआ बूँद-बूँद कर शरीर भिगो रहा था। रही-सही कसर सर्द हवा के थपेड़े पूरी कर रहे थे। इन सबसे बचने के लिए मैं लगभग दौड़ता हुआ अपने होटल में लौटा।

मैंने अपने कमरे में पहुँचते ही ओवरकोट उतारकर कुर्सी पर फेंका, अपने लिए एक बड़ा पेग बनाया और किताब लेकर रजाई में घुस गया।

किताब देहरादून के सैनिक इतिहास पर लिखी गयी थी। मैंने बेचैनी से उसके पन्ने पलटने शुरू किये और जल्दी ही मुझे अपनी बेचैनी का जवाब मिल गया। किताब के बीच में मोटे आठ पन्ने चित्रों से भरे थे और उनमें से तीसरे ही चित्र पर मेरी आँखें टिक गयीं।

पैंतीस-चालीस की पकी उम्र को छूती हुई एक गर्वीली काया जो दोनों कानों के कुछ नीचे तक पसरे हुए चौड़े गलमुच्छों और हल्के से बाहर निकले पेट पर ब्रीचेज डाटे, घुटनों तक के लांग बूट के ऊपर फ्राक कोट और कमर से लटकी ज़मीन को छूती तलवार के साथ पूरी पृष्ठ पर टँकी हुई थी। नीचे बोल्ड में छपा था कैप्टन यंग— तीसरी गोरखा रेजीमेंट के प्रथम कमांडेंट।

मैं काफ़ी देर तक कैप्टन यंग की तस्वीर निहारता रहा। सबकुछ बड़ा ही भव्य और सम्मोहक था। तस्वीर थी ही ऐसी कि लगा बोल पड़ेगी। मुझे कोई आश्चर्य नहीं हुआ कि बोलने को आतुर यह व्यक्ति भूत बन गया था। ऐसे व्यक्ति तो बोलने को आतुर होते ही हैं। कम से कम मेरा मानना यह है कि मेरी संगत में आते ही ऐसे लोग बोलने के लिए बेताब हो जाते हैं। वे भूत होते ही इसलिए हैं कि मेरे दोस्त बन जाएँ और दोस्त होते ही मुझसे बतियाने लगते हैं। उनके बोलने से ही मेरी कहानी आगे बढ़ती है।

गोरखा पलटनों का इतिहास पढ़ते हुए एक सैनिक इतिहासकार ने इस दिलचस्प विरोधाभास की तरफ़ मेरा ध्यान आकर्षित किया कि ब्रिटिश इंडियन आर्मी का एक बड़ा हिस्सा उस नेपाल से आता था जिसके शासकों ने प्राणपण से प्रयास किया था कि गोरों की परछाईं भी उनके भू-भाग और प्रजा के आसपास न फटक पाये। दुनिया के सैनिक इतिहास में शायद यह पहला उदाहरण है जहाँ पहले दो कौमों में घनघोर युद्ध लड़ा जाता है और फिर लड़ाई के फ़ौरन बाद पराजित लड़ाके विजेता फ़ौज के सबसे महत्त्वपूर्ण अंग बन जाते हैं। गुरखे 1815 में अपने बहादुर नायक अमर सिंह के नेतृत्व में जनरल आक्टरलोनी की अपने से कई गुना बड़ी फ़ौज से हारे ज़रूर, पर

उन्होंने अँग्रेज़ों से अपनी बहादुरी का लोहा मनवा लिया।

शुरू में जो चार गोरखा पलटनें खड़ी हुईं, उनमें से तीसरी पलटन को पहले कमांडेंट के तौर पर कैप्टन यंग मिला। ये सारी पलटनें लोकल इनफैंटरी कहलाती थीं और वेतन तथा भत्तों में नियमित पलटनों से थोड़ा कमतर थीं।

कैप्टन यंग के भूत से मिलने के पहले जो तैयारी ज़रूरी थी, वह मैंने अगले दो-तीन घंटों में इस किताब को पढ़ते हुए पूरी की। बेयरे के बयान के मुताबिक़ आधी रात के आस-पास घोड़े की टापों की आवाज़ें सुनाई देती हैं और तभी हिम्मत वालों को घोड़े पर सवार कैप्टन यंग का भूत दिखाई देता है। कमज़ोर दिल वाले होटल के कर्मचारी और मुसाफ़िर तो टापों की आवाज़ें सुनते ही अपने बिस्तरों में रजाई ओढ़कर दुबक जाते हैं।

गोरखा रेजिमेंट पर जो किताब मैं लाया था, उसे अगले कुछ घंटों में मैंने ख़त्म कर दिया। गुरखों, कैप्टन यंग और उनकी तीसरी पलटन, जिसे सिरपूर बटालियन भी कहते थे, के बारे में मुझे इतनी जानकारी मिल गयी थी कि मुझे पूरा विश्वास था कि कैप्टन यंग से मेरी ख़ूब छनेगी।

मेरा विश्वास सही साबित हुआ। मैंने लौटकर कमरे में ही अपना खाना मँगा लिया था और किताब शुरू करने के पहले अपना पहला पेग भी बना लिया था पर जब तक किताब ख़त्म हुई, मेरा भोजन और पेग अनछुआ पड़ा रहा।

बेयरे के मुताबिक़ पूरे चाँद की रात बारह बजे के बाद मलिंगर नाम की इस कोठी के खंडहरों के छत पर काले रंग के एक ऊँची काठी वाले घोड़े पर सवार जंग बहादुर का भूत दिखता है। यदि आप किसी खिड़की-दरवाज़े के पीछे सटकर स्थिर खड़े हो जाएँ और ध्यान से देखें तो पहले काफ़ी देर तक आकृति स्थिर खड़ी दिखती है। फिर किसी बेचैन आत्मा की तरह सवार अपने घोड़े को एड़ मारता है और मलिंगर की छतों, दीवारों, दालानों और ख़ाली-भरी जगहों पर घोड़ा और उसका सवार दौड़ते ही रहते हैं... दौड़ते ही रहते हैं। बेयरे का दावा था कि उसने ख़ुद अपनी आँखों से हर पूर्णिमा को यह दृश्य देखा है। कई बार तो उसने देशी-विदेशी पत्रकारों को भी यह दृश्य दिखाया है।

मसूरी की उस रात होटल के साधारण से कमरे में मैं पूरी खिड़की खोले नीमअँधेरे में डूबी एक ऐसी इमारत को निहार रहा था जिसे डेढ़ सौ साल पहले आयरलैण्ड के मलिंगर नामक क़स्बे से आये कैप्टन यंग ने बीस साल से अधिक समय तक अफ़गानिस्तान से लेकर कुमाऊँ और गढ़वाल की पहाड़ियों में लड़ते-लड़ते थक गये अपने शरीर को आराम देने के लिए बनवाया था। यह उन दिनों की

बात है जब मसूरी अभी बस ही रही थी और मलिंगर उसकी पहली इमारतों में एक है। आज खंडहर हो चुकी इस इमारत को देखकर भी इसके भव्य अतीत का अनुमान लगाया जा सकता था। यंग को यह जगह इतनी पसन्द आयी कि उसने रिटायरमेंट के बाद आयरलैंड वापस लौटने का इरादा छोड़ दिया और यहीं बस गया।

खुली खिड़कियों से ठंडी हवा के थपेड़े अन्दर आ रहे थे और बर्फ़ानी सलाखों से सटा मेरा चेहरा सुन्न-सा हो रहा था। ठीक बारह बजे मुझे मलिंगर की छत पर एक आकृति उभरती-सी दिखी। अगर मुझे यंग का इन्तज़ार न होता तो मैं उसे खंडहरों का ही एक हिस्सा समझता। पर नहीं थोड़ी देर नज़रें गड़ाते ही मुझे एक विशाल घोड़े और उस पर बैठे बड़ी क़द-काठी के सवार की आकृति साफ़ दिखने लगी।

मैं जिस कुर्सी पर बैठा था उसे लगभग धकेलता हुआ बाहर भागा। पूरे होटल में सन्नाटा था। पहली मंज़िल के सूने गलियारे को लगभग दौड़ते हुए पार कर सीढ़ियों से मैं नीचे उतरा। नीचे रिसेप्शन पर एक अधेड़-सा आदमी ऊँघ रहा था, उसके सामने सोफे पर एक बेयरा सोया पड़ा था और सर्दियों से बचने के लिए बाहर का दरवाज़ा पूरी तरह बन्द था। मेरे दरवाज़ा खोलने तक उन दोनों को पता नहीं चला पर जैसे ही मैंने सिटकनी गिराई, खट् की आवाज़ ने दोनों को चैतन्य कर दिया। उनके प्रश्नों का उत्तर सिर्फ़ हाथों को हिलाते हुए देकर मैं कमरे के बाहर टपकती हुई नम बूँदों वाले ठंडे कोहरे में समा गया।

"जय गोरख हजूर।"

जैसे ही मैंने गोरखों का पारम्परिक अभिवादन किया कैप्टन यंग जंगबहादुर बन गया और घोड़े से कूदकर मेरे सामने आ खड़ा हुआ। फिर शुरू हुईं लम्बी बातें। दूसरे भूतों की तरह यह भूत भी बातूनी था। फ़ौजी था इसलिए कड़क और सनक से भरपूर।

उसने जाने कितनी बातें कीं। दुनिया जहान की बातें। फ़ौजियों की तरह ज़्यादातर बातें युद्धों की, सूरमाओं की और युद्धस्थल पर बिछड़ने वाले अपने साथियों की। उसने मलाउन की पहाड़ियों पर जनरल आक्टरलोन के नेतृत्व में लड़े गये लोमहर्षक युद्ध के विवरण सुनाये जिसमें पहली बार गोरखों की बहादुरी के दृश्य उसने देखे थे जो अब भी उसकी स्मृति में टँके हुए हैं। 1815 की शुरुआत में गोरखा जनरल अमर सिंह को हराकर आक्टरलोन ने जो जंग जीती, उसने अँग्रेज़ों को गोरखा पलटनें खड़ा करने की प्रेरणा दी और कैप्टन यंग को इनमें से एक की कमान

सँभालने का मौक़ा दिया।

उस लड़ाई में कैप्टन यंग को जो ज़ख़्म लगे थे, वह उन्हें अपनी कमान के गुरखों को प्रेम से दिखाता था और उन्हें अँग्रेज़ी में चुनिन्दा गालियाँ देता था। गुरखे कभी बुरा नहीं मानते थे, उन्हें पता था कि उनका कमांडिंग अफ़सर उन्हें बेटा सिर्फ़ औपचारिक सम्बोधन के रूप में नहीं कहता बल्कि सचमुच अपने बेटे के रूप में मानता भी है। यंग उनके साथ मधु या छाँग पीता, झामरे नृत्य करता और दशहरे के मौक़े पर शर्त लगाकर बलि के लिए बनी विशेष खुखरी से भैंसे की गर्दन पर वार करता। अक्सर शर्त भी वही जीतता। बहुत कम ऐसा हुआ कि उसके एक वार से किसी भैंसे का सर कटकर ज़मीन पर न लोटने लगा हो। गोरखों से उनकी भाषा खसकुरी में धाराप्रवाह बातें करता हुआ, शस्त्र पूजा करता, भैंसे का प्रसाद ग्रहण करता या रणभूमि में 'आयो रे गुरखाली' का रणघोष करते हुए हमला करता यंग इतना अधिक गोरखा लगने लगा था कि उसके सिपाहियों ने उसका नाम भी गोरखा कर दिया था— जंग बहादुर।

यही जंग बहादुर उर्फ़ कैप्टन यंग मुझे न जाने कितनी देर तक मसूरी और गोरखों के क़िस्से सुनाता रहा। उसने मज़े ले-लेकर अपनी पत्नी के खीजने और लड़ने के क़िस्से सुनाये जब उसने मसूरी में बसने और कोठी बनाने का फ़ैसला किया। बड़ी मुश्किल से उसकी आइरिश बीवी यहाँ रहने को तैयार हुई। उस बेचारी ने तो यंग की वर्दी पेटी टँगते ही आयरलैंड वापसी की योजना बना रखी थी। उसकी बात करते-करते यंग उदास हो गया। मिसेज़ यंग मसूरी रुकी तो ज़रूर पर अधिक दिन रही नहीं।

अक्सर जब यंग लम्बी घुड़सवारी या शिकार से लौटता, उसे कोठी के बाहर एक चट्टान पर उदास पश्चिम की तरफ़ टकटकी लगाये देखता। यंग को क़रीब आता देखकर वह फीकी-सी हँसी हँसती, उसका बढ़ा हाथ थामकर चट्टान से उतरती और अन्दर चली जाती। यंग का फ़ौजी मन बहुत बाद में समझ पाया कि वह अन्दर ही अन्दर घुल रही थी। जब उसने पहली बार बिस्तर पकड़ा और यंग लैण्डोर से फ़ौजी डॉक्टर लेकर आया, तब तक बहुत देर हो चुकी थी। वह बहुत दिन जी नहीं पायी। यंग को दुख है कि उसका ग़ुस्सा अभी तक ख़त्म नहीं हुआ था और आज भी हर पूर्णिमा को यंग चिरौरी करता है लेकिन वह भूत योनि में भी मलिंगर के खंडहरों में आने को तैयार नहीं होती।

यंग को और भी बहुत से दुख थे। एक दुख तो ऐसा था जिससे मैंने हर जीवित फ़ौजी को पीड़ित देखा है। पत्रकारिता के अपने अनुभवों से मैं यह कह सकता था कि

फ़ौजी सिविल शब्द का उच्चारण बड़े अपमान के साथ करते हैं। उनके लिए दुनिया की हर ख़राबी के लिए सिविल यानी असैनिक ज़िम्मेदार हैं। यंग भी दुख के साथ बयान करता रहा कि कैसे सिविलियनों ने मसूरी बरबाद कर दी। यहाँ तक कि लैण्डोर, जो उसके समय सिर्फ़ फ़ौजी छावनी थी, भी अब कंक्रीट के जंगल में तब्दील हो गयी है। हर तरफ़ गन्दगी है, पेड़ कट गये हैं और भीड़ में एकान्त तलाशना मुश्किल हो गया है।

यंग को अब के फ़ौजी अफ़सरों से भी शिक़ायत है। यंग को अपनी पलटन के एक-एक जवान का नाम याद था। उनके छुट्टी से लौटने पर उनका चेहरा देखकर वह बता सकता था कि उनके घर में क्या चल रहा था। आज अफ़सर अपने जवानों के सुख-दुख में शरीक़ नहीं होते। वे उन्हें बेटा सिर्फ़ औपचारिकता में कहते हैं। इसीलिए जवान भी अफ़सरों की क़द्र नहीं करते।

पुराने फ़ौजी की तरह यंग शिक़ायतों का पिटारा खोलता रहा और मैं सुनता रहा... सुनता रहा। और मुमकिन था कि मेरे पेट में जो थोड़ी बहुत शराब और खाना पहुँचा था, वह अपना असर दिखाता और मैं सो जाता पर तभी यंग ने एक ऐसा नाम लिया जिसको सुनने की मुझे एकदम उम्मीद नहीं थी और जिसे सुनते ही मैं चैतन्य हो गया।

सार्जेंट मेजर एलन... जैसे ही कैप्टन यंग के मुँह से यह नाम निकला, मैं सतर्क हो गया।

''सार्जेंट मेजर या कारपोरल एलन?'' मैं लगभग चीखा।

''तुम कैसे जानते हो एलन को?'' यंग ने चौंककर मेरी तरफ़ देखा।

''पहले यह बताओ कि सार्जेंट मेजर या कारपोरल?''

एलन का नाम यंग की शिक़ायतों में से निकला था। अपने बाद की पीढ़ी के फ़ौजी अफ़सरों की शिक़ायत करते-करते यंग ने सार्जेंट मेजर एलन का नाम लिया जिसे उसके अफ़सरों ने उसके हाल पर छोड़ दिया था। मजाल थी कि ऐसी कोई घटना उसकी पलटन में होती, यंग आसमान न उठा लेता। पर एलन के अफ़सरों ने तो उसे सब कुछ अकेले ही भुगतने दिया।

''मुझे एलन के बारे में बताओ।'' मैं चिरौरी पर उतर आया था।

''एलन का रैंक था तो कारपोरल ही। 14वीं लाइट कैवेलरी में भरती हुआ था। मेरी पलटन में तो दो सालों के लिए ही आया था और उसे लोकल प्रमोशन देकर सार्जेंट मेजर बना दिया गया था। तुम्हें पता नहीं कि उन दिनों पलटनों में कमांडेंट, एडजूटेंट, सार्जेंट मेजर और क्वार्टर मास्टर सार्जेंट योरोपियन होते थे...।''

मुझे पता था लेकिन मैंने भूत को टोका नहीं। युद्ध और सेनाओं के इतिहास में तो मुझे पहले से ही दिलचस्पी थी, फिर इस मामले में तो मैंने वैसे भी ख़ूब तैयारी की थी। मुझे पता था कि हज़ार से ज़्यादा की जनशक्ति वाली पलटनों में ज़िम्मेदारी के सारे ओहदे योरोपियन गोरों के पास ही रहते थे पर मैंने उसे बोलने दिया।

''चूँकि नेटिव भले जमादार या सूबेदार के ओहदे तक पहुँच जाएँ उन्हें सार्जेंट मेजर या क्वार्टर मास्टर सार्जेंट नहीं बनाया जा सकता था, इसीलिए दूसरी पलटनों के योरोपियन कारपोरल या लांस कारपोरल को लोकल प्रमोशन देकर दो-तीन साल के लिए किसी पलटन में इन पदों पर तैनात कर दिया जाता था।''

मेरी समझ में आ गया था। कारपोरल एलन भी 14वीं लाइट कैवलरी से तीसरी गोरखा पलटन में इसी तरह आया होगा और फिर अपना समय काट कर वापस चला गया होगा।

''एलन मेरा अच्छा ओहदेदार था। सख़्त और कड़क। परेड ग्राउण्ड पर गोरखों का ख़ून पी जाता था। शाम को उनके साथ शराब पीता और खासकुरी में गाली-गलौज करता था। दो वर्षों में ही दक्ष हाथों से भैंसे की बलि देने लगा था। मैं परेड ग्राउण्ड के बाहर से उसे देखता। मुझे अच्छा लगता था।''

''पर तब तुम कहाँ थे? तुम्हारे पेंशन जाने के बीसियों साल बाद एलन के पैर भारत की ज़मीन पर पड़े थे...।''

यंग ने तरस खाते हुए मुझे झिड़का, ''मैंने पलटन खड़ी की थी। पलटन आज भी मुझे अपना पिता समझती है। आज भी उनके अफ़सर-मेस के डायनिंग हॉल में सबसे बड़ी तस्वीर मेरी है। आज भी जंग के मैदान में लड़के 'आयो रे गुरखाली' के साथ-साथ कप्तान जंग बहादुर की जय के नारे लगाते हैं। आज भी जब सुबह परेड ग्राउण्ड पर लड़के फालिन होते हैं मैं बाहर खड़ा होकर उन्हें निहारता रहता हूँ...।''

कप्तान उत्तेजित हो गया था। मैं समझ गया कि चुप रहने में ही भलाई है।

काफ़ी देर तक वह बकबक करता रहा। न जाने कितने अफ़सरों को उसने ब्लडी बास्टर्ड कहा, कितनों की तारीफ़ की, न जाने कितने युद्धों में मिली हार-जीत का विश्लेषण किया... कितनी बार बताया कि अगर उसके पास कमान होती तो किसी लड़ाई में कौन-सी ग़लती नहीं होती और कैसे वह हार के जबड़ों से जीत खींचकर ले आता।

मैं सुनता रहा और अपनी ग़लती पर पछताता रहा। भूत और ख़ासकर फ़ौजी भूत को कभी ऐसे नहीं टोकना चाहिए कि उसे लगे कि उस पर अविश्वास किया जा रहा है। एक ही चारा था कि उसे बोलने दिया जाए और बहला-फुसलाकर

वापस अपने मतलब पर ले आया जाए। मैंने यही किया और घुमा-फिराकर उसे एलन तक ले आया। हालाँकि इसमें वक़्त बहुत लग गया।

"तुम एलन को कैसे जानते हो?"

"मैंने एलन के बारे में पढ़ा है। मुझे लगता है इतना अच्छा इनसान हत्यारा नहीं हो सकता।"

"तुम्हें कैसे पता कि एलन अच्छा आदमी था?"

"जितना पढ़ा और आज जितना आपसे सुना, उससे तो यही लगता है। आप भी तो यही कह रहे थे...। आपसे अच्छा पारखी कौन हो सकता है?"

मेरी चापलूसी से उसकी आवाज़ कुछ नर्म पड़ी।

"सही कहते हो। एलन जैसे मस्तमौला और बहादुर सिपाही किसी पलटन में कम ही होते हैं। तुम क्या पत्रकार हो? एलन के बारे में जानकर क्या करोगे?"

"मैं अपने अख़बार में लिखूँगा। आपको क्या लगता है कि एलन ने सचमुच क़त्ल किया होगा?"

"देखो सौ साल बाद कुछ कहना बहुत मुश्किल है। कम से कम मेरे लिए तो कुछ भी कहना सम्भव नहीं है। पर मुझे लगता है कि मेरी पलटन के उस बहादुर सिपाही के साथ न्याय होना चाहिए। शायद तुम कर सको।"

"पर मैं शुरू कहाँ से करूँ। कोई तो ऐसा चाहिए जो मेरी मदद कर सके।"

"तुम पत्रकार हो... मेहनत तो तुम्हें ही करनी होगी।"

वह फिर उपदेश देने लगा। किसी दूसरे बूढ़े की तरह यह भूत भी नसीहतों से भरा था। वह देर तक आज के पत्रकारों की तुलना अपने समय के पत्रकारों से करता रहा। मुझे अहसास था कि उसे टोकने से कोई फ़ायदा नहीं है। मैं चुपचाप सुनता रहा। शायद मेरे चेहरे की बेचारगी थी या फिर भूत को ख़ुश करने के लिए मेरे द्वारा की गयी बेइन्तहा चापलूसी, भूत पिघल ही गया।

"देखो मैं ख़ुद उत्सुक हूँ, यह जानने के लिए कि एलन हत्यारा था या नहीं। मैंने बहुत कोशिश की लेकिन सचाई जानना इतना आसान है क्या? चलो तुम कोशिश करो। तुम कामयाब होगे तो मुझे भी ख़ुशी होगी। मैं देखता हूँ कि मैं क्या मदद कर सकता हूँ?"

उसके बाद कैप्टन यंग के भूत ने जिस मदद की बात की वह बहुत आशा तो नहीं पैदा कर रहा था पर मेरे पास विकल्प भी क्या था? उसने मुझे एक ऐसे भूत से मिलवाने का वायदा किया जो 1909 में जीवित था और जिसके सीने में ऐसे कई राज़ दफ़्न हैं, जिन्हें कैप्टन यंग बहुत कोशिश करके भी नहीं उगलवा सका था। मैं

भी कोशिश करके देख सकता हूँ।

वह लम्बी रात जब तक बीती तब तक मैं बुरी तरह थक गया था। अभी आसमान के पूरब में हल्की लाली दिखी ही थी कि भूत की बेचैनी उसके चेहरे पर साफ़ छलकने लगी थी। मुझे पता था कि उजाला भूतों का दुश्मन होता है इसलिए मैंने एड़ लगाकर अपने घोड़े पर खण्डहरों को फलाँगते और हवा में विलीन होते कैप्टन यंग के भूत को रोकने की कोशिश नहीं की।

मैं जब थका-माँदा होटल के कमरे में पहुँचा तब मन में केवल एक इच्छा थी—बेसुध होकर बिस्तर पर गिर जाऊँ और नींद मुझे अपने आगोश में ले ले। पर इस नये भूत की दोस्ती ने मेरी यह छोटी-सी कामना भी पूरी नहीं होने दी। मेरे सिरहाने स्टूल पर एक डायरी रखी हुई थी। जब मैं गया था तो उस पर पानी का जग रखा था। लौटा तो जग ग़ायब था और यह डायरी मौजूद थी। मैंने बिस्तर पर लेटे-लेटे उत्सुकता से डायरी खोली। पहला पेज पलटते ही मैं उछल पड़ा। 14 अगस्त की पहली प्रविष्टि ने ही मेरी नींद उड़ा दी। स्पष्ट था कि मेरी सहायता करने के लिए भूत यह डायरी वहाँ रख गया था। इतने अच्छे दोस्त तो सिर्फ़ भूत ही हो सकते हैं। हर क़दम पर आपकी मदद को तत्पर!

धन्य है वह मनुष्य जिसका अपराध क्षमा किया गया

एक बार डायरी पढ़नी शुरू की तो फिर उसे छोड़ नहीं पाया। सोना तो दूर अधलेटा जिस करवट पढ़ना शुरू किया था उसी स्थिति में मैं आख़िर तक टँगा रह गया। बाद में जब मैंने इस डायरी के बारे में खोज-बीन शुरू की तब यह पता चला कि कैमिलस नाम का यह इटैलियन डायरी लेखक 1910 में इलाहाबाद डायोसिस का सर्वोच्च पादरी था। इलाहाबाद डायोसिस के पुराने दस्तावेज़ इस बात के गवाह हैं कि यह सिर्फ़ धर्म गुरु ही नहीं था बल्कि एक वास्तुविद के रूप में भी इसे लोग याद करते हैं। सधे हुए हाथों से लिखे सुडौल अक्षर धुँधले पड़ जाने के बावजूद स्पष्ट रूप से पढ़े जा सकते थे।

14 अगस्त 1910

सुबह उठा तो झड़ी लगी हुई थी। इस साल प्रभु की भरपूर कृपा हुई है। मानसून अच्छा बरस रहा है। कल राम अजोर माली ने बताया कि गंगा पार उसके गाँव में धान की फसल अच्छी है। नित्य क्रियाओं से निपटकर बाहर बरामदे में बैठकर चाय पी। राम अजोर की मेहनत लॉन और फूलों की क्यारियों में दिखाई दे रही थी।

हर रविवार की तरह आज भी कुछ जल्दी थी। आज विशेष मौक़ा यह था कि लंच पर सेंट पैट्रिक चर्च के फ़ादर रोमिरो आने वाले थे। उनके साथ मेजर अलबर्टो आएँगे जो अभी हाल ही में दून से इलाहाबाद छावनी आए हैं। मैंने गिरजा जाने के पहले ख़ानसामे को मेहमानों के बारे में बताया और लंच तैयार करने के लिए कहा।

खानसामा रोशन पिछले बीस साल से इलाहाबाद डायोसिस में खाना बना रहा है। उसका बाप किसी ताल्लुकेदार का खानसामा था। बपतिस्मा लेने के बाद वह कैथेड्रल के कम्पाउण्ड में ही रहने लगा था। उसके सभी नौ लड़के-लड़कियाँ अच्छा खाना बनाते हैं। बाप के मरने के बाद सभी कैथेड्रल में ही लग गये हैं। रोशन पिछले बीस सालों से किसी न किसी फ़ादर के साथ काम करता रहा है। तीन सालों से तो मेरे ही साथ है। ऐसी इटैलियन डिशें बनाता है कि इलाहाबाद और वेनिस के बीच के हज़ारों मील की दूरी ख़त्म हो गयी लगती है। उसे सिर्फ़ मेहमानों की संख्या और उनके मुल्कों के नाम बताने होते हैं और बाक़ी उस पर छोड़ा जा सकता है। आज भी मैंने यही किया और चर्च के लिए निकल पड़ा।

चर्च में ठीक दस बजे प्रार्थना सभा शुरू हुई। बारह बजे मैं वापस लौटा। प्रार्थना सभा के पहले मुझे नैनी जेल का जेलर आगस्टीन दिखाई दे गया। मैं पिछले कई हफ़्तों से जेल नहीं जा सका था। इस बीच वहाँ कोई ईसाई क़ैदी नहीं आया था। आगस्टीन प्रार्थना शुरू होने पर मेरे पास आया।

''फ़ादर आपके लिए एक नया मेहमान आने वाला है।''

उसने कहा तो मैं समझ गया कि उसके जेल में कोई कैथोलिक आने वाला है।

''प्रभु उसे अपनी शरण में लेंगे, आ जाने दो फिर मैं भी उससे मिलने जाऊँगा।'' मैंने कहा और फिर प्रार्थना की तैयारी में लग गया।

आगस्टीन वापस अपनी सीट पर नहीं गया और वहीं खड़ा रहा। मुझे लगा वह कुछ और कहना चाहता है।

''कितने दिन तुम्हारे पास रहेगा तुम्हारा नया मेहमान?'' मैंने पूछा।

''सिर्फ़ तीन हफ़्ते।''

''इतनी छोटी सज़ा पर आया है... कौन है यह?''

''सज़ा तो बड़ी है पर तीन हफ़्ते में ही ख़त्म हो जाएगी। मृत्युदंड मिला है। 5 सितम्बर को फाँसी दी जानी है।''

''हे ईश्वर!'' मेरा मन कुछ खिन्न हो गया। मैंने अपना ध्यान प्रार्थना पर केन्द्रित करते हुए कहा,

''ठीक है, मास ख़त्म होने पर बात करेंगे।''

मास ख़त्म होने पर मैंने आगस्टीन को अपने घर चलने के लिए निमन्त्रित किया। वहाँ आराम से बात हो सकती थी। अभी मेरे मेहमानों के आने में वक़्त था। आगस्टीन तैयार हो गया। हम दोनों घर आ गये।

बादल तभी बरस कर रुके थे। पूरे माहौल पर उमस तारी थी। मैंने बाहर बरामदे

में ही कुर्सियाँ निकलवा लीं और आगस्टीन को वहीं बिठाकर अन्दर का इन्तज़ाम देखने चला गया। खानसामे ने पूरी तैयारी कर ली थी और मेज़ लगाने के लिए मेरे हुक़्म का इन्तज़ार कर रहा था। मैंने उसे मेहमानों के आने तक रुकने को कहा और बाहर दो कप चाय लाने के लिए कहता हुआ आगस्टीन के पास आ गया।

आगस्टीन इस बीच मेरे माली से लॉन और फूल-पत्तियों के बारे में बात कर रहा था। मुझे उसकी दिलचस्पी का पता था। मैंने हँसते हुए कहा, "मेरे पास तुम्हारी तरह काम करने के लिए क़ैदियों की फ़ौज नहीं है पर उम्मीद है राम अजोर ने तुम्हें निराश नहीं किया होगा।"

"निराश नहीं फ़ादर इसने तबियत खुश कर दी। इतनी अच्छी लॉन पूरे इलाहाबाद में दो-तीन ही होंगी। जाने के पहले मैं इसे कुछ इनाम देना चाहूँगा।"

इसी तरह की दो-चार बातें करके हम जल्द ही नये क़ैदी पर आ गये।

आगस्टीन ने जो बताया उसके मुताबिक़ एलन नाम का यह क़ैदी अँग्रेज़ है और 14वीं लाइट कैवलरी में कारपोरल था। मसूरी में उसने किसी केमिस्ट की हत्या की थी और उसे फाँसी की सज़ा हुई है। हाई कोर्ट से पुष्टि हो जाने के बाद वह नैनी जेल भेजा जा रहा था जहाँ उसे फाँसी लगनेवाली थी। आगस्टीन को आज सुबह जो तार मिला था उसके मुताबिक़ कल दोपहर वह ट्रेन से इलाहाबाद लाया जा रहा है। स्टेशन से नैनी जेल तक ले जाने के लिए एक बैलगाड़ी और गारद का इन्तज़ाम करने के लिए आगस्टीन ने पुलिस सुपरिंटेंडेंट को लिख दिया है। आगस्टीन को अभी सिर्फ़ इतना मालूम था। क़ैदी के साथ उसके मुक़दमे के काग़ज़ात आने पर ही पता चल सकेगा कि उसने किसकी हत्या की थी और उसके पीछे क्या कारण रहे होंगे? क़ैदी के पूरे काग़ज़ात नहीं आये थे लेकिन उसके ओहदे से आगस्टीन का अन्दाज़ था कि वह 27-28 साल का नौजवान होगा। मेरा मन बुझ गया।

आगस्टीन जल्दी में था। मैंने उसे अपने यहाँ आनेवाले मेहमानों के बारे में बताया और उससे भी खाने के लिए रुकने का आग्रह किया। फ़ादर रेमिरो को तो वह जानता भी था लेकिन क्षमा माँगकर वह उठ खड़ा हुआ। मैं उसे छोड़ने गेट तक गया। माली गेट पर खड़ा था। आगस्टीन ने उसे आठ आने इनाम के तौर पर दिया। माली ने झुककर सलाम किया और गेट खोल दिया।

उसी समय फ़ादर रेमिरो का ताँगा हमारे सामने आकर रुका। आगस्टीन रुक गया। ताँगे से फ़ादर रेमिरो के उतरते ही वह अभिवादन करने उनकी तरफ़ बढ़ा। आगस्टीन के अभिवादन का उत्तर देते हुए रेमिरो ने अपने साथ आये दूसरे आगंतुक से उसका परिचय कराया, "इनसे मिलो। ये हैं मेजर अलबर्टो। पिछले दिनों

देहरादून से यहाँ तबादले पर आये हैं।''

फिर मुझसे हाथ मिलाते हुए बोले, ''अच्छा हुआ आज आगस्टीन भी लंच पर हमारे साथ होंगे। बहुत दिनों बाद मुलाक़ात हो रही है।''

''नहीं फ़ादर, मैं नहीं रुक पाऊँगा। मुझे वापस जेल जाना है। कल एक क़ैदी बाहर से आ रहा है, उसके लिए कुछ इन्तज़ाम करने हैं।''

''ऐसा कौन क़ैदी है जिसके लिए जेलर को इतना परेशान होना पड़ रहा है?''

''फ़ादर कोई गोरा फ़ौजी है जिसे तीन हफ़्ते बाद फाँसी पर चढ़ना है।''

''ओह...!''

फ़ादर रेमिरो का चेहरा लटक गया लेकिन मेजर अलबर्टो की प्रतिक्रिया ने हम सबको चौंका दिया। अलबर्टो मेरे पास ही खड़ा था और मेरी ही तरह फ़ादर रेमिरो और आगस्टीन के संवाद को ख़त्म होने का इन्तज़ार कर रहा था। आगस्टीन की बात सुनते ही वह उसकी तरफ़ लगभग झपटा।

''क्या कारपोरल एलन तुम्हारी जेल में आ रहा है?''

''हाँ वही है। पर तुम उसे कैसे जानते हो?''

''लम्बी कहानी है, सुनने के लिए तुम्हें लंच तक हमारे पास रुकना पड़ेगा।''

जेलर आगस्टीन के चेहरे पर हिचकिचाहट साफ़ झलक रही थी।

''कम ऑन आगस्टीन। ये मत सोचो कि मैंने तुम्हें पहले से निमन्त्रित नहीं किया था। तुमसे जो ताल्लुक़ात हैं उनमें इस तरह की औपचारिकता की ज़रूरत शायद नहीं है। मेरा कुक बहुत होशियार है। हुकुम मिलते ही वह तीन लोगों के खाने को चार लायक बना देगा।''

मैंने आगस्टीन के संकोच को दूर करने की कोशिश की।

पता नहीं यह मेरा प्रयास था, मेजर अलबर्टो के मुँह से एक दिलचस्प प्रसंग सुनने की उत्सुकता या कुछ और कि जब फ़ादर रेमिरो ने हल्के से आगस्टीन का हाथ पकड़कर अन्दर की तरफ़ चलने का इशारा किया, वह मना नहीं कर पाया।

अगले एक घंटे में मेजर अलबर्टो ने हमें जो कहानी सुनाई वह मनुष्य की क्रूरता एवं कृतघ्नता की ऐसी कथा थी जिसे हममें से कोई भी अपने जीवन में दोहराना नहीं चाहेगा।

31 अगस्त 1909 की वह सुबह मेजर अलबर्टो को अच्छी तरह याद है जब लैण्डोर कनवालसेंस डिपो के उसके दफ़्तर में पुलिस के दो सिपाही बदहवास से पहुँचे थे। अलबर्टो कनवालसेंस डिपो का कमांडिंग अफ़सर था और सुबह की पी.टी. में भाग लेने के बाद अस्पताल और बैरकों का चक्कर लगाते हुए अपने दफ़्तर पहुँचा ही था।

रोज़ की तरह आज भी वह साढ़े पाँच बजे सुबह पीटी ग्राउण्ड पर पहुँचा था। सूबेदार मेजर ने स्टेशन पर मौजूद स्वस्थ जे.सी.ओ. और एन.सी.ओ. को फालिन कर उसे रिपोर्ट दी। मेजर अलबर्टो ने स्टेशन के दूसरे सात अफ़सरों के साथ थोड़ी देर वर्जिश की और सूबेदार मेजर को पी.टी. जारी रखने की हिदायत देते हुए दूसरे अफ़सरों को साथ लेकर बैरकों का चक्कर लगाने निकल पड़ा।

1827 में निर्मित यह कनवालसेंस डिपो मुख्य रूप से ईस्ट इंडिया कम्पनी के अँग्रेज़ सिपाहियों एवं अधिकारियों के स्वास्थ्य लाभ के लिए बनाया गया था। डिपो में ख़ासतौर से फ्रंटियर के अफ़गान युद्ध के घायल सैनिक इलाज के लिए आते थे। उनके अलावा मैदानी इलाक़ों की भीषण गर्मी से पीड़ित या छोटे-बड़े युद्धों में घायल सिपाही यहाँ के अस्पतालों में भर्ती रहते थे। रोज़ की तरह भर्ती मरीजों का हाल-चाल पूछते और डाक्टरों से उनके इलाज के बारे में बात करते हुए वह अपने दफ़्तर तक आ गया। एक निर्धारित दिनचर्या थी। परेड के बाद थोड़ी देर वह दफ़्तर रुकता था जहाँ एडजुटेंट उसे ज़रूरी डाक दिखाता था, वे दिनभर के कार्यक्रमों के बारे में बातें करते और 9 बजे वह वापस अपने बंगले पर चला जाता। नहाने-धोने और नाश्ता करने के बाद, जिसमें लगभग दो घंटा लगता होगा, वह वापस अपने दफ़्तर लौटता।

उस दिन भी डाक देखकर वह उठने ही वाला था कि स्टिकमैन आर्डरली ने अन्दर कमरे में आकर सलाम किया, "साहब पुलिस के दो सिपाही मिलना चाहते हैं।"

अलबर्टो ने कोफ्त से एडजुटेंट की तरफ़ देखा। सुबह के तीन घंटों ने उसे थका दिया था। वह घर जाकर आराम करना चाहता था। ऐसे समय किसी तरह का ख़लल उसे अच्छा नहीं लगा।

एडजुटेंट उसकी नज़रें पहचानता था। वह बाहर चला गया।

बाहर से एडजुटेंट थोड़ी देर में ही अन्दर आ गया। उसके साथ एक सिपाही भी था। सिपाही ने कमरे में घुसते ही सलाम किया पर बोला कुछ नहीं। एडजुटेंट ने ही क़िस्सा बयान किया, मसूरी के माल रोड पर केमिस्ट शॉप पर बैठने वाले जेम्स की बीती रात हत्या हो गयी थी। अलबर्टो के लिए यह ख़बर बुरी तरह से चौंकाने वाली थी। वह जेम्स को जानता था। दरअसल लैण्डोर डिपो में रहनेवाले सारे फ़ौजियों के लिए यह सदमा पहुँचाने वाली बात हो सकती थी। जेम्स के फ़ौजियों से बड़े अच्छे ताल्लुक़ात थे। लगभग सभी को वह नाम से पुकारता था। फ़ौजी दिन भर उसकी दुकान पर भीड़ लगाये रहते थे। वह वहाँ ज़ुआ खेलते, शाम को शराब पीते और पैसा ख़त्म

होने पर जेम्स से ही कर्ज़ लेते।

कभी-कभी जेम्स लैण्डोर भी आता और कई बार अलबर्टो से भी मिलता। अलबर्टो उससे मज़ाक में शिक़ायत करता कि उसकी वजह से स्टेशन के अनुशासन पर बुरा असर पड़ रहा है। रोज़ कोई न कोई नाइट रोल कॉल से अनुपस्थित मिलता है और सभी जानते थे वह कहाँ होगा।

अलबर्टो ने जेम्स को हमेशा एक खुशमिज़ाज और बेफ़िक्र इनसान के रूप में देखा था। ऐसे व्यक्ति की किससे दुश्मनी हो सकती है? लेकिन एडजुटेंट के पास तो इससे भी बुरी ख़बर थी।

पुलिस को लैण्डोर डिपो में भर्ती कारपोरल एलन पर शक़ था। वही शख़्स था जो जेम्स के साथ आख़िरी बार देखा गया था। वे उसी की तलाश में लैण्डोर आये थे। कौन है यह कारपोरल एलन? अलबर्टो ने एडजुटेंट की तरफ़ खोजती निगाहें डालीं।

एडजुटेंट को भी पक्का यक़ीन नहीं था लेकिन उसे नाम सुना हुआ लग रहा था। शायद 14वीं लाइट कैवलरी का सिपाही था। उसने सूबेदार मेजर को बुलावा भेजा था। उसके आने पर स्पष्ट हो पाएगा।

थोड़ी देर में ही सूबेदार मेजर बदहवास-सा लगभग दौड़ता हुआ वहाँ पहुँचा। एडजुटेंट का बुलावा मिलने के पहले ही ख़बर उस तक पहुँच गयी थी। सिर्फ़ उसको नहीं स्टेशन के सभी लोगों को जेम्स की हत्या की ख़बर मिल गयी थी। जेम्स के मित्रों की संख्या काफ़ी अधिक थी। परेड ग्राउण्ड पर, अस्पताल में, बैरकों में हर जगह लोग झुण्ड में खड़े होकर इसी बारे में बातें कर रहे थे।

पुलिस के दोनों सिपाहियों ने कमांडिंग ऑफ़िसर के कार्यालय तक पहुँचने के पहले रास्ते में जिन लोगों से बातचीत की थी उन सभी ने स्टेशन के चप्पे-चप्पे तक यह सूचना पहुँचा दी थी। न सिर्फ़ जेम्स की हत्या बल्कि कारपोरल एलन के हत्यारा होने की जानकारी सभी को मिल गयी थी। जितनी स्तब्धकारी जेम्स की हत्या थी उससे कम एलन की भागीदारी नहीं थी। जिस तरह जेम्स खुशमिज़ाज और दोस्तबाज मनुष्य के रूप में जाना जाता था उसी तरह एलन भी हमेशा हँसते हुए खिलन्दड़े सिपाही के रूप में अपनी पलटन में मशहूर था। ऐसा आदमी हत्यारा कैसे हो सकता था?

सूबेदार मेजर ने एडजुटेंट की जानकारी की पुष्टि कर दी। कारपोरल एलन 14वीं लाइट कैवेलरी का सिपाही था। फ्रन्टियर की पहाड़ियों पर अफ़गानों से लड़ता हुआ बुरी तरह ज़ख़्मी हुआ था। ज़ख़्म कुछ भर जाने और यात्रा लायक हो जाने पर वह

साल भर पहले ही इस डिपो पर स्वास्थ्य लाभ के लिए आया था। अब पूरी तरह स्वस्थ हो गया था और वापस अपनी पलटन जानेवाला था। लैण्डोर डिपो से वापस जाने के पहले उसने तीन महीने की छुट्टी माँगी थी और कल शाम ही वह रवाना हुआ था। सूबेदार मेजर को इसलिए यह सब स्पष्ट याद था क्योंकि कल अपराह्न छुट्टी पर रवानगी के पहले वह उसके सामने हाजिर हुआ था।

कनवालसेंस डिपो पर नियम यह था कि छुट्टी पर रवाना होने के पहले और छुट्टी से लौटने के बाद हर सैनिक एडजुटेंट के समक्ष पेश होता था। कल दोपहर बाद एलन सूबेदार मेजर की बैरक में आया और उसे एडजुटेंट के सामने पेश करने के लिए कहा। एडजुटेंट तीन बजे खेल के मैदान पर होता था इसलिए उसने एलन को पाँच बजे तक इन्तज़ार करने के लिए कहा। एलन जल्दी मचा रहा था। वह पूरी तरह रात घिर जाने के पहले राजपुर पहुँच जाना चाहता था। उसे बहस करता देखकर सूबेदार मेजर ने अपने जोखिम पर उसे जाने दिया। शाम को वह एलन की छुट्टी के काग़ज़ एडजुटेंट के सामने रखना चाहता था पर एडजुटेंट दफ़्तर में बैठा ही नहीं और आज यह घटना हो गयी।

सूबेदार मेजर ने स्टेशन का क़ानून ज़रूर तोड़ा था परन्तु इसमें उसकी कोई बदनीयती नहीं थी। वह अनुशासन का पक्का था और कमांडिंग अफ़सर तथा एडजुटेंट दोनों उसकी इस बात के क़ायल थे, इसलिए उसके साथ ज़्यादा डाँट-फटकार नहीं हुई।

मेजर अलबर्टो ने सूबेदार मेजर और एडजुटेंट को पुलिस के सिपाहियों को लेकर माल रोड पहुँचने का हुक़्म दिया। अपने बँगले पर पहुँचकर उसने जल्दी-जल्दी स्नान किया, वर्दी बदली और साईस को घोड़ा तैयार कर लगाने के लिए कहा। जितनी देर में घोड़ा कस कर तैयार किया गया उसने हल्का-फुल्का नाश्ता कर लिया। उसका पूरा ध्यान जेम्स की हत्या पर था। बार-बार जेम्स का चेहरा आँखों के सामने घूम जाता। क्यों हुई होगी उसकी हत्या? वह एलन की शक़्ल याद करने की कोशिश कर रहा था पर कोई स्पष्ट आकृति नहीं उभर रही थी। कनवालसेंस डिपो पर चार सौ से अधिक मरीज थे। इसके अलावा स्टेशन पर दूसरी टुकड़ियाँ भी थीं। इनमें से एलन का चेहरा याद करना बहुत मुश्किल था। जो भी हुआ बहुत बुरा हुआ। अलबर्टो को इस स्टेशन पर दो साल हो चुके थे और वह जल्द ही पोस्टिंग की उम्मीद कर रहा था। ऐसे समय एक धब्बा कैरियर पर लग ही गया।

पहाड़ी रास्तों पर ज़रूरी सावधानी को कई बार नज़र अन्दाज़ करता हुआ तेज़ रफ़्तार से अलबर्टो माल पहुँचा। लाइब्रेरी से थोड़ा आगे बढ़ते ही उसे हवा में घुली सनसनी सूँघने का मौक़ा मिल गया। थोड़ी-थोड़ी दूर पर पहाड़ियों और गोरों के छोटे-

छोटे झुंड रास्ते के किनारे खड़े होकर इसी हत्या की बातें कर रहे थे। मसूरी के बसने के बाद यह पहली हत्या थी और वह भी इतने लोकप्रिय इन्सान की जिसे लगभग सभी लोग जानते थे। रास्ते में अलबर्टो को कई फ़ौजी और भी मिले जो माल की तरफ़ भागे चले जा रहे थे। उनके अभिवादन का जवाब देता हुआ जब वह माल पहुँचा तो दूर से ही उसे केमिस्ट की दुकान के चारों तरफ़ गोरे फ़ौजियों की भीड़ दिखाई पड़ी।

अलबर्टो के घोड़े के लिए भीड़ ने रास्ता बना दिया। दुकान के सामने जाकर उसने घोड़ा रोका और हवा में छलाँग लगाते हुए घोड़े से उतरा। इस बीच एक सिपाही ने घोड़े की रास पकड़ ली। उसके आने की ख़बर पाकर दुकान के अन्दर से एडजुटेंट और सूबेदार मेजर निकल आये। वे उससे थोड़ी देर पहले ही वहाँ पहुँचे थे और केमिस्ट शॉप के अन्दर पुलिस के जमादार से मामले के बारे में जानकारी ले रहे थे। उनके पीछे-पीछे जमादार भी निकल आया। तीनों के अभिवादन का जवाब देता हुआ अलबर्टो तेज़ी से दुकान के अन्दर चला गया।

अन्दर दुकान में कुछ ख़ास नज़र नहीं आ रहा था। सबकुछ वैसा ही था जैसा कि किसी केमिस्ट शॉप में हो सकता था।

"हुजूर अन्दर चलें" जमादार ने दुकान के पीछे बने कमरे की तरफ़ इशारा किया।

अन्दर जाकर अलबर्टो को समझ आया कि दुकान से सटा कमरा जेम्स की रिहायश थी। कमरा कोई बहुत बड़ा नहीं था। एक तरफ़ तख़्त था जिस पर बिना सलवटों वाला बिस्तर इस बात की गवाही दे रहा था कि उस पर रात में कोई सोया नहीं था। कमरे के बीचोंबीच एक कुर्सी आधी उलटी पड़ी थी। कमरे में फ़र्श पर ख़ून और काँच के टुकड़े बिखरे पड़े थे। पास ही में एक बोतल आधी टूटी पड़ी थी।

अलबर्टो की निगाह कमरे के एक कोने में कुर्सी पर बैठी एक औरत पर पड़ी जो हौले-हौले सुबक रही थी। वह फौरन उसे पहचान गया। यह तो मिसेज़ सैमुअल थीं जिनके पति कैप्टन सैमुअल की कई वर्ष पहले सहारनपुर में मृत्यु हो गयी थी। मसूरी के सोशल सर्किल में अक्सर उनसे मुलाक़ात होती रहती थी। यह यहाँ क्यों हैं? यह पूछने का समय नहीं था अतः वह चुप ही रहा।

लाश का मुआयना कर चुके जमादार ने बताया कि हत्या हुए कम से कम बारह घंटे हो गये हैं। हत्यारे ने पहले मृतक के सिर पर बोतल से प्रहार किया था और फिर किसी तेज़ धार वाले टीन के टुकड़े से उसकी गर्दन इस तरह काटी थी कि एक कान से दूसरे कान तक चीरा लग गया था। गले के बीचोंबीच एक सूराख़ दिख रहा था जिससे अभी भी ख़ून टपकता-सा लग रहा था। फ़र्श पर ख़ून थक्कों में चिपककर

काला पड़ चुका था। लाश में हल्की सड़न शुरू हो गयी थी। जिस नृशंस तरीक़े से जेम्स को मारा गया था उसे देखकर अलबर्टो के लिए कमरे में खड़ा रहना मुश्किल हो गया। वह बाहर दुकान में आ गया। उसके पीछे-पीछे उसके दोनों अफ़सर और जमादार भी बाहर आ गये।

दुकान में बैठकर उन्होंने अगली कार्यवाही के बारे में तय किया। जमादार हिन्दुस्तानी था और क़ातिल तथा मक़तूल दोनों गोरे, इसलिए थोड़ा घबराया-सा लग रहा था, पर मेजर अलबर्टो ने उसका हौसला बँधाया। सूबेदार मेजर जो सूचनाएँ एलन के बारे में इकट्ठी कर पाया था, उनके मुताबिक़ उसे देहरादून जाकर आगे के लिए ट्रेन पकड़नी थी। अगर वह हत्या के फौरन बाद भी रवाना हुआ हो तब भी सात मील का पहाड़ी रास्ता तय कर वह भोर के पहले राजपुर नहीं पहुँचा होगा और ज़्यादा उम्मीद थी कि वह राजपुर में ही किसी जगह आराम कर रहा होगा या फिर अभी राजपुर से देहरादून के रास्ते पर किसी बैलगाड़ी में थोड़ी ही दूर गया होगा। अलबर्टो ने दो मजबूत क़द-काठी वाले सिपाही तैयार करने को कहा और सूबेदार मेजर को उनके साथ दो गोरे फ़ौजी भेजने का हुकुम दिया। आधे घंटे में ही दो हिन्दुस्तानी सिपाही और दो गोरे फ़ौजी पहाड़ी टट्टुओं पर राजपुर के लिए निकल पड़े। उनके पास मेजर अलबर्टो का देहरादून के पुलिस कप्तान के नाम एक ख़त भी था।

उनका अनुमान सही निकला। दो घंटे बाद जब टुकड़ी राजपुर पहुँची तो एलन उन्हें वहीं मिल गया। राजपुर में जहाँ जंगल ख़त्म होता था और पहाड़ी शुरू होती थी वहीं पर दो-तीन परचून की दुकानें थीं। पहली दुकान पर पूछते ही पता चला कि एक फ़ौजी रात भर पहाड़ी रास्ते का सफ़र तय करके सुबह-सवेरे उस दुकान पर पहुँचा था। रात भर के सफ़र की थकान और नींद से उसके कदम लड़खड़ा रहे थे। उसने इस दुकान पर तम्बाकू ख़रीदी और रुकने के लिए किसी सराय का पता पूछा था। दुकानदार ने उसे थोड़ी दूर पर स्थित एक सराय का नाम बता दिया। वहाँ गोरे फ़ौजी मसूरी से आते-जाते रुकते थे। टुकड़ी के सिपाहियों ने घोड़ों से उतरने की जगह सीधे सराय का रास्ता लिया। सराय में उन्हें ज़्यादा मेहनत नहीं करनी पड़ी। हुलिया बताते ही सराय मालिक ने उन्हें उस कमरे के सामने ले जाकर खड़ा कर दिया जिसके अन्दर एलन सो रहा था।

थोड़ी देर खटखटाने के बाद दरवाज़ा खुला और आधी नींद से जगा एलन उनके सामने था। मामला गोरे का था इसलिए हिन्दुस्तानी सिपाही खड़े रहे लेकिन

गोरे फ़ौजियों ने झपटकर एलन की मुश्कें कस दीं। अचानक हमले से एलन घबराया ज़रूर, लेकिन जल्द ही उसने हाथ-पैर फेंकना और अँग्रेज़ी में हमलावरों को गालियाँ देनी शुरू कर दीं। पर उसकी चली नहीं। काले सिपाही भी गोरों की मदद को आ गये और उन चारों ने एलन को निरुपाय कर दिया। तलाशी में दो ऐसी चीज़ें मिलीं जो इस हत्या की तफ़तीश में बहुत महत्त्वपूर्ण साबित हो सकती थीं। उसके बक्से से कुछ सोने के सिक्के मिले। जेम्स को हत्या वाले दिन ही वेतन मिला था और उसमें भी सोने के सिक्के थे। एलन के सामान में टिन का छोटा टिफ़िन बॉक्स भी था जिसमें अधखाये सैंडविचेज़ थे। अनुमान था कि जेम्स की गर्दन किसी धारदार टिन के टुकड़े से काटी गयी थी।

सबसे पहले एलन को पुलिस कप्तान के बँगले पर ले जाया गया।

मसूरी से आनेवालों ने मेजर अलबर्टो का ख़त सन्तरी के हाथ अन्दर भिजवा दिया। थोड़ी देर बाद ही कप्तान के सामने उनकी पेशी हुई।

मसूरी से आये हुए पुलिस वालों ने कप्तान से पूरा वाक़या कह सुनाया। क़िस्सा सुनते-सुनते उसके जबड़े भिंचते गये और एलन के चेहरे पर टिकी उसकी निगाहें लाल होती गयीं। उसकी जानकारी में मसूरी का यह पहला क़त्ल था। मसूरी उसके क्षेत्राधिकार में सबसे शान्त और ख़ूबसूरत इलाक़ा था। क़त्ल एक गोरे का और क़ातिल भी गोरा। क्या सोचेंगे नेटिव गोरों के बारे में?

पूरी घटना सुनने के बाद कप्तान ने क़ैदी के चेहरे पर निगाहें गड़ा दीं। वहाँ कुछ ऐसा नहीं था जिससे पश्चाताप या दुख झलक रहा हो। क़ैदी का चेहरा भावशून्य था। वह कप्तान से सीधे आँख भी नहीं मिला रहा था।

"कल रात तुमने जेम्स को क्यों मारा?"

"मैंने जेम्स को नहीं मारा। उसके क़त्ल की जानकारी मुझे इन लोगों से पहली बार मिली है।"

एलन ने मसूरी से आये सिपाहियों की तरफ़ इशारा किया।

उसकी आवाज़ के ठंडेपन से कप्तान बिलबिला गया। उसने दोनों हिन्दुस्तानी सिपाहियों को बाहर जाने का इशारा किया। कमरे में सिर्फ़ चारों गोरे रह गये। एलन के दोनों हाथ पीछे बँधे थे और उसकी कमर में एक मजबूत रस्सी थी जिसे एक गोरे फ़ौजी ने पकड़ रखा था।

कप्तान मजबूत लेकिन धीमे क़दमों से एलन के सामने जाकर खड़ा हो गया। कमरे में पूरी तरह से एक ऐसा सन्नाटा पसरा हुआ था जिससे ख़ौफ़ की अनुभूति होती है। कप्तान जिस कुर्सी पर बैठा था उसके खड़े होने से ज़मीन पर उस कुर्सी के

हल्की-सी रगड़ने की आवाज़ हुई और फिर वही ख़ामोशी छा गयी।

"तुमने उसे क्यों मारा?"

"मैंने उसे नहीं मारा।"

एक झन्नाटेदार उलटा झापड़ क़ैदी के मुँह पर पड़ा और उसका मुँह बायीं तरफ़ लटक गया।

"तुमने उसे क्यों मारा?"

"मैंने नहीं...।"

एक और तगड़ा हाथ पड़ा और क़ैदी ने पिच्च-से ख़ून थूक दिया। गाढ़े कत्थई ख़ून के साथ दाँत का आधा टुकड़ा भी ज़मीन पर गिरा।

काफ़ी जद्दोजहद के बावजूद कप्तान एलन से क़बूल नहीं करवा पाया कि जेम्स का क़त्ल उसने किया था। थककर वह एक कुर्सी पर बैठ गया।

"कोतवाल को बुलाओ।"

कोतवाल को बुलाने की ज़रूरत नहीं पड़ी। मसूरी के सिपाहियों के कप्तान के बँगले पर पहुँचने और उनके साथ अँग्रेज क़ैदी की आमद की ख़बर कोतवाली तक पहुँच चुकी थी और कोतवाल बावर्दी-पेटी दुरुस्त बाहर मौजूद था। अन्दर एक गोरे फ़ौजी की धुनाई हो रही थी इसलिए वह बाहर ही इन्तज़ार कर रहा था।

हुकुम मिलते ही कोतवाल अन्दर आया और उसने कप्तान को कड़क सलामी पेश की।

कप्तान क़ैदी की तरफ़ देखकर दाँत पीसते हुए अँग्रेज़ी में गालियाँ बक रहा था। कोतवाल चुपचाप सर झुकाये खड़ा रहा।

"इस बास्टर्ड को बाहर ले जाओ।"

दोनों अँग्रेज़ फ़ौजी क़ैदी को लेकर बाहर चले गये।

अन्दर सिर्फ़ कोतवाल और कप्तान रह गये। काफ़ी देर तक माथापच्ची करने के बाद यह तय हुआ कि एलन को वापस घटनास्थल पर ले जाया जाए। अपने पुराने दोस्त की हत्या की जगह देखने पर शायद उसकी अन्तरात्मा उसे धिक्कारे और वह अपना गुनाह क़ुबूल ले।

दोपहर ढल रही थी और तीन-चार घंटे में अँधेरा घिरने लगता। वैसे भी बरसात के दिन थे और उस समय भी बादलों के कुछ टुकड़े आसमान में तैर रहे थे। कभी भी बारिश हो सकती थी। ऐसे में जंगलों और पहाड़ी रास्तों से एक हत्यारे को लेकर जाना ख़तरे से ख़ाली नहीं था, इसलिए तय यह हुआ कि क़ैदी को सुबह तड़के

मसूरी ले जाया जाए। रात भर के लिए एलन को कोतवाली की हवालात में बन्द कर दिया गया।

भोर में पाँच बजे उनकी यात्रा शुरू हुई जब अभी पहली किरण भी नहीं फूटी थी। वे सात थे। मसूरी से दो गोरे और दो देशी सिपाही आये थे। यहाँ से कोतवाल, एलन और उसके साथ एक और सिपाही इस क़ाफ़िले में शरीक़ हो गये। मसूरी तक सात मील की पहाड़ी यात्रा तीन घंटे से कम में तय नहीं हो सकती थी। उनके टट्टू इन पहाड़ी रास्तों के अभ्यस्त थे लेकिन फिर भी बहुत तेज़ नहीं चला जा सकता था। शुरू में उन्होंने एलन के हाथ पीछे बाँध रखे थे लेकिन जल्दी ही उन्हें खोलना पड़ा क्योंकि बँधे हाथों से टट्टू हाँकना सम्भव नहीं था।

सात लोगों का क़ाफ़िला था— बीच में एलन और उसके आगे-पीछे तीन-तीन टट्टू सवार। पहाड़ी पगडंडी पर दो टट्टू एक साथ नहीं चल सकते थे इसलिए उन्हें एक कतार में चलना पड़ रहा था। जब कभी पगडंडी पहाड़ियों से हटकर चौड़े समतल भूभागों से गुज़रती, कोतवाल के इशारे पर दो सिपाही एलन के अगल-बगल अपने टट्टू लगा देते और आगे-पीछे वाले भी सिमट कर एक तंग घेरा बना लेते।

वे जब मसूरी में जेम्स की दवा की दुकान पर पहुँचे तो सूरज ठीक सर के ऊपर चमक रहा था। सुबह जो बादल के टुकड़े दिख रहे थे, वे कब के ग़ायब हो चुके थे और तीन घंटे की कठिन यात्रा ने सिर्फ़ टट्टुओं को ही चूर नहीं किया था बल्कि उन पर सवार मुसाफ़िर भी पस्त हो गये थे। कोतवाल और हिन्दुस्तानी सिपाहियों ने अपनी पगड़ियाँ हाथों में ले लीं। पसीना उनके माथे से पानी की धार की तरह बह रहा था। एलन नंगे सर था पर उसका पूरा माथा और सर के बाल भी पसीने से लथपथ थे।

हत्या हुए चौबीस घंटे से अधिक हो गये थे और शव भी पिछली शाम को ही हटाया जा चुका था पर दुकान के आस-पास हवा में सनसनी घुली हुई थी। भीड़ कल की तरह तो नहीं थी पर इतनी तब भी थी कि कोतवाल को टट्टू से उतरना पड़ा। उसके पीछे बाक़ी सवार भी उतर गये। एक हाथ से लगाम और दूसरे में अपनी पगड़ी थामे वह भीड़ के बीच से केमिस्ट शॉप की तरह बढ़ा। एलन एक कतार में चल रहे क़ाफ़िले के बीच में सर झुकाये चल रहा था। थकान से ज़्यादा शर्म उस पर तारी थी।

''हियर कम्स द बास्टर्ड।''

कोतवाल ने चौंक कर पीछे देखा। हिंस्र उत्तेजना से भरी आवाज़ थी जिसे

बोलने वाले ने अपना गला दबाने की पूरी कोशिश की पर आवाज़ घुटे स्वर में बाहर निकल ही आयी थी।

भीड़ में गोरे फ़ौजी भी थे और उनमें से किसी ने एलन को पहचान लिया था।

प्रत्युत्पन्नमति कोतवाल समझ गया कि एलन को ख़तरा हो सकता है। रास्ते भर दोनों गोरे फ़ौजियों और मसूरी के सिपाहियों ने जो कुछ बताया था उससे यह समझने में कोई दिक़्क़त नहीं हुई थी कि जेम्स गोरे सिपाहियों के बीच बहुत लोकप्रिय था। वे वक़्त-बेवक़्त उससे क़र्ज़ा लेते थे, उसके साथ रोज़ कोई-न-कोई फ़ौजी बैठकर शराब पीता था, हर शाम उसका रिहायशी कमरा जुआरियों का प्रिय अड्डा बन जाता और लैण्डोर के हर फ़ौजी कार्यक्रम में उसकी उपस्थिति अनिवार्य होती थी।

आवाज़ ने भीड़ में बिजली का संचार कर दिया। अगर कोतवाल अपने टट्टू की रास छोड़ते और पगड़ी ज़मीन पर गिराते हुए एलन की तरफ़ न लपकता और उसके ललकारने पर उसके साथ चल रहे दो गोरे फ़ौजियों और तीन देशी सिपाहियों ने एलन के चारों तरफ़ मज़बूत घेरा न बना लिया होता तो एलन भीड़ के हाथों नुच-चुथ गया होता।

कुछ तो अँग्रेज़ी हुकूमत का अख़लाक़ था और कुछ भीड़ में बड़ी संख्या में गोरे फ़ौजियों की उपस्थिति जो लाख ग़ुस्से के बावजूद अनुशासन की डोर में बँधे थे, कि कोतवाल और उसके साथी एलन को लेकर भीड़ चीरते हुए केमिस्ट शॉप में घुस गये। इसी बीच मसूरी में मौजूद पुलिस जमादार अपने कुछ चौकीदारों के साथ पहुँच गया। वह क़ब्रिस्तान में जेम्स के दफ़नाने का इन्तज़ाम देख रहा था, कोतवाल के आने की ख़बर सुनते ही भागता हुआ आया। उसके साथ के चौकीदारों ने टट्टुओं को सम्भाल लिया और उनमें से कुछ को जमादार ने भीड़ को नियन्त्रित करने के लिये लगा दिया।

सबसे मुश्किल था भीड़ को नियन्त्रित करना। वक़्त बीतने के साथ भीड़ और उसका पागलपन दोनों बढ़ता जा रहा था। चौक़ीदार अपनी लाठियों में लगी बर्छियों को चमका-चमकाकर भीड़ को दूर रखने की कोशिश कर रहे थे पर भीड़ को सम्भालना मुश्किल हो रहा था। बाहर से बस इतना दिख रहा था कि दुकान में एक स्टूल पर भीड़ की तरफ़ पीठ करके एलन बैठा हुआ था। उसे घेर कर देहरादून से आये कोतवाल और उसके साथी खड़े थे। दूर से ऐसा लगता था कि कोतवाल एलन से पूछ रहा था और एलन उसका जवाब दे रहा था। कोतवाल के चेहरे पर झुंझलाहट से साफ़ था कि वह एलन के जवाब से सन्तुष्ट नहीं हो पा रहा था।

बाहर हर कोई एलन की झलक पाना चाहता था। भीड़ इतनी ज़्यादा हो गयी थी कि केमिस्ट शॉप के सामने शायद ही कोई ख़ाली जगह बची थी जहाँ लोग न

खड़े हों। लैण्डोर छावनी तक ख़बर पहुँच गयी थी और वहाँ से भी धीरे-धीरे गोरे फ़ौजी आने लगे थे। भीड़ के देशी पहाड़ी तो सिर्फ़ एलन को देखना चाहते थे। खुलेआम किसी गोरे के ख़िलाफ़, चाहे वह हत्यारा ही क्यों न हो, बोलना उनके लिए मुश्किल था। वे सिर्फ़ गोरों की धकापेल से बचकर उस हत्यारे को एक नज़र देखना चाहते थे जिसने अपने मित्र की हत्या करके कृतघ्नता की ख़ास मिसाल पैदा की थी।

पहाड़ियों से भिन्न गोरे उन्माद से पगलाये हुए थे। वे ख़ून का बदला ख़ून से लेना चाहते थे। उनमें से कुछ जिन्होंने जेम्स के साथ दोस्ताना वक़्त बिताया था, ज़्यादा उत्तेजित थे। एक-दूसरे को धकेल-धकेलकर वे सामने आ जाते और हवा में मुट्ठियाँ तान-तानकर एलन को गालियाँ देते। चौकीदारों के लिए उन्हें रोकना मुश्किल हो रहा था। वे माँग कर रहे थे कि एलन को उन्हें सौंप दिया जाए। वे उसकी बोटी-बोटी कर डालना चाहते थे।

अन्दर कोतवाल एलन से पूछताछ ज़रूर कर रहा था पर उसके कान बाहर से आने वाली आवाज़ों की तरफ़ ही लगे थे। उसे समझ में आ गया था कि यदि जल्दी ही एलन को वहाँ से नहीं निकाला गया तो उसके चौकीदारों और तीन सिपाहियों के वश का नहीं था कि पगलाई गोरी भीड़ को देर तक रोक सकें। एक बार एलन उनके हाथ आ गया तो फिर उसका क्या हश्र होगा इसकी सिर्फ़ कल्पना ही की जा सकती थी। वह जल्दी-से-जल्दी एलन को वहाँ से निकालकर वापस राजपुर ले जाना चाहता था पर उसकी समझ में नहीं आ रहा था कि यह कैसे सम्भव हो सकेगा?

यह उम्मीद कि एलन अपने दोस्त के हत्या स्थल पर आते ही भावुक हो जाएगा और टूट जाएगा— सही नहीं साबित हुई। एलन पूरी तरह निर्विकार बैठा रहा। कोतवाल की झुँझलाहट इसी बात पर थी कि कई बार पूछने पर उसने एक-एक वाक्यों में जो जवाब दिये उन सबको मिला दिया जाए तो उनसे सिर्फ़ यही अर्थ निकाला जा सकता था कि उसने जेम्स को नहीं मारा। वह पिछली रात जेम्स के पास आया ज़रूर था लेकिन उसके साथ बैठकर सिर्फ़ एक पेग शराब पीकर वह चला गया था। जेम्स के यहाँ से उठकर वह कहाँ गया यह नहीं बतलायेगा, उसके पास जो टिन का डिब्बा मिला है उसमें किसी ने सैंडविचेज़ दिये थे, सैंडविचेज़ मसूरी से राजपुर के रास्ते में उसने खा लिये, सैंडविचेज़ किसने दिये थे वह नहीं बताएगा। सोने के सिक्के ज़रूर जेम्स के थे लेकिन उन्हें हत्या के काफ़ी पहले जेम्स ने क़र्ज़ के रूप में उसे दिया था। उसने जेम्स का क़र्ज़ अपनी तनख़्वाह में मिले काग़ज़ के नोटों

से चुका दिया था। सिक्के सुविधा के लिहाज से यात्रा में ले जाना आसान था इसलिए रख लिये थे।

कोतवाल को ज़्यादा ग़ुस्सा एलन की धृष्टता पर नहीं, अपनी अक्षमता पर आ रहा था कि वह क़ैदी का कुछ बिगाड़ नहीं सकता था। अपने इलाक़े में अपराधियों के लिए वह आतंक का पर्याय था। बड़े-बड़े ख़ूनी और डकैत उसके सामने आने पर थरथर काँपते थे। वह ख़ुद बड़े गर्व से सबको बताता था कि उसके पेशाब से चिराग़ जलता है लेकिन यहाँ तो मामला एकदम उल्टा था। सामने जो बैठा था वह हत्यारा होने के अलावा गोरा भी था, यानी शासक वर्ग का सदस्य। पुलिस रेगुलेशन भी यही कहता था कि उसको सिर्फ़ एंग्लो इंडियन सार्जेंट ही गिरफ़्तार कर सकता था। वही उससे कड़ाई से पूछताछ भी कर सकता था।

अभी तो ज़्यादा बड़ी समस्या थी कि एलन को कैसे बदले पर उतारू भीड़ से बचाकर निकाल ले जाया जाए और कैसे राजपुर तक पहुँचाया जाए!

इस विकट स्थिति से कोतवाल को उबारा जमादार ने। जमादार देहरादून थाने में तैनात था लेकिन मसूरी में रहता था। उसे और उसके साथ नियुक्त चार सिपाहियों के कन्धों पर मसूरी, लैण्डोर और आसपास के लगभग बीस गाँवों की ज़िम्मेदारी थी जिसे वह इन गाँवों के चौकीदारों की मदद से पूरा करता था। वह मसूरी के पास के ही एक गाँव का रहने वाला था और उसकी पूरी ज़िन्दगी वहीं बीती थी। वह मसूरी के हर छोटे-बड़े को जानता था। पिछले छत्तीस घंटों से वह सोया नहीं था पर कोतवाल के आने के बाद से पूरी तरह से चौकन्ना नज़र आ रहा था।

कोतवाल अन्दर एलन से पूछताछ कर रहा था और वह अपने सिपाहियों और चौकीदारों को लेकर भीड़ को दुकान से दूर रखने की कोशिश में लगा था। वह भी समझ रहा था कि ज़्यादा देर तक गोरे फ़ौजियों को रोकना मुश्किल था। उसने एक सिपाही को लैण्डोर छावनी रवाना कर दिया था ताकि स्टेशन के अफ़सरों को यहाँ की स्थिति का पता चल जाए और फ़ौजियों को नियन्त्रित करने के लिए वे भी और कुमुक भेज दें पर लैण्डोर जाने और वहाँ से मदद आने में वक़्त लग सकता था। तब तक उसे ही स्थिति सँभालनी थी।

अचानक बाहर भीड़ को नियन्त्रित करते-करते उसने कुछ देखा और वह अन्दर की तरफ़ लपका।

अन्दर आकर कोतवाल के कान में वह कुछ फुसफुसाया। कोतवाल अविश्वास से सर हिलाता रहा। साफ़ था कि जमादार की बातें उसे आश्वस्त नहीं कर रही थीं लेकिन शायद कोई विकल्प था भी नहीं, इसलिए उसने आँख के इशारे से उसे

अपनी सहमति दे दी और जमादार अन्दर के कमरे में चला गया। दुकान से सटा जो कमरा था और जहाँ जेम्स की हत्या हुई थी उससे एक दरवाज़ा बाहर गली की तरफ़ खुलता था। जमादार उसी से बाहर निकलकर ग़ायब हो गया।

थोड़ी देर बाद उसी दरवाज़े से वह वापस आया और उसके साथ एक गोरा था। रस्ट नाम वाला यह गोरा स्थानीय फोटोग्राफर था जिसने स्थानीय अख़बार के लिए कल भी तस्वीरें उतारी थीं और आज भी कोतवाल के आने की ख़बर पाकर इसी मकसद से आया हुआ था।

फोटोग्राफर रस्ट की माल रोड पर ही मसूरी में फोटोग्राफी की इकलौती दुकान थी। वह जेम्स का दोस्त था और एलन को पहचानता था। जेम्स की दुकान पर एलन के साथ उसने कई बार शराब पी थी और दो-एक बार ताश के हाथ भी आजमाये थे। अपनी क़द-काठी से वह काफ़ी हद तक एलन जैसा ही था।

अन्दर लाकर रस्ट को जमादार ने जेम्स के शयनकक्ष में बिठा दिया और दुकान में खुलने वाले दरवाज़े से झाँककर कोतवाल को अन्दर आने का इशारा किया। रस्ट कुर्सी पर बैठा था। कोतवाल ने अन्दर आकर उसका अभिवादन किया और उसके पास ही खड़ा हो गया। जमादार भी वहीं था, कोतवाल ने उससे बात करने का इशारा किया।

जमादार ने अदब से झुककर रस्ट के कान में कुछ कहना शुरू किया। उसने अभी दो-एक वाक्य ही कहें होंगे कि रस्ट को हँसी का दौरा पड़ गया और वह खड़ा हो गया।

बात थी ही कुछ ऐसी। जो योजना रस्ट के सामने रखी गयी उसके मुताबिक़ उसे एलन की जगह लेनी थी। एलन की कमीज़ पहनकर तब तक अपनी पीठ बाहर खड़ी भीड़ को दिखानी थी जब तक पुलिस एलन को सुरक्षित निकालकर राजपुर का आधा रास्ता न पार कर ले। रस्ट को यह पूरा सुझाव काफ़ी मज़ेदार लगा। उसके खड़े होते ही जमादार और कोतवाल के चेहरे उतर गये। अगर रस्ट ने मना कर दिया तो एलन के बचने का और क्या रास्ता हो सकता था?

"ओके सर, हम करेगा।"

कोतवाल और जमादार दोनों के चेहरे खिल गये। लगता था कि बात बन गयी है।

एलन को अन्दर लाकर जमादार ने अपनी कमीज़ उतारने के लिए कहा। उसने चौंक कर जमादार को देखा। वह क़ैदी ज़रूर था पर कोई हिन्दुस्तानी पुलिस वाला उसके साथ गुस्ताखी नहीं कर सकता था।

रस्ट ने स्थिति स्पष्ट की। वह जेम्स का दोस्त था और हत्या ने उसके मन में एलन के लिए ग़ुस्सा भी भर रखा था पर वह यह नहीं स्वीकार कर सकता था कि भीड़ एलन को पीट-पीटकर मार डाले। क़ानून एलन को फाँसी पर लटका देगा तो उसको बहुत ख़ुशी होगी पर अभी उसकी मदद करने में उसे कोई दुविधा नहीं हुई।

"अपनी शर्ट मुझे दो और मेरी तुम पहन लो।" कमीज़ के बटन खोलते हुए उसने कहा।

एलन समझ गया। बाहर उग्र भीड़ चिल्ला-चिल्लाकर उसे सौंपने की माँग कर रही थी और हिन्दुस्तानी कोतवाल और सिपाहियों के परेशान तथा ख़ौफज़दा चेहरों को देखकर उसे काफ़ी देर से लग रहा था कि कभी भी भीड़ चौकीदारों को धकेलती हुई अन्दर घुस आएगी और पीट-पीटकर उसका कचूमर निकाल देगी। वह अन्दर से बुरी तरह हिल गया था और ऊपर से चाहे जितना शान्त दिखने की कोशिश कर रहा हो ख़ौफ़ की लकीरें उसके चेहरे पर बार-बार उभर आ रही थीं। रस्ट का प्रस्ताव किसी अप्रत्याशित चमत्कार से कम नहीं था। उसका तनाव कुछ ढीला पड़ा।

एक सिपाही रस्ट की कमीज़ पहने एलन को इस तरह बाहर ले गया कि उसका पूरा शरीर कोतवाल की आड़ में छिपा रहा। दूसरे सिपाही ने उस स्टूल को, जिस पर एलन बैठा था ऐसे खिसका दिया कि उस पर बैठे रस्ट का चेहरा भीड़ की दृष्टि से बाहर हो गया। सिर्फ़ पीठ बाहर से दिखती रही। एलन और रस्ट क़द-काठी में एक जैसे ही थे। दूर से उनमें फ़र्क़ करना मुश्किल था। कोतवाल थोड़ी देर रस्ट से पूछताछ का नाटक करता रहा और फिर जमादार को अपनी जगह छोड़कर वापस अन्दर वाले कमरे में आ गया।

जमादार ने बाहर सारा इन्तज़ाम कर रखा था। एलन को मसूरी लाने वाली एस्कोर्ट पार्टी अपने टट्टुओं को लेकर वहाँ से दो मील दूर राजपुर जाने वाले पहाड़ी रास्ते पर जंगलों में छिपी हुई थी। कोतवाल ने बाहर जाकर गली में झाँककर देखा, पूरी गली सुनसान थी। आस-पास की आबादी केमिस्ट शॉप के बाहर इकट्ठी थी। मसूरी की पहली हत्या और वह भी अपने एक पड़ोसी की— पिछले दो दिनों में शायद ही कोई सोया हो। सब उस हत्यारे की एक झलक पाना चाहते थे जिसने यह जघन्य काम किया था, सभी हत्या का कारण जानना चाहते थे और सभी हत्यारे को सज़ा देना चाहते थे।

मौक़ा अच्छा था, कोतवाल एलन के कमर में बँधी रस्सी मजबूती से हाथों में पकड़े गली में निकल गया। हाथ में बल्लम लिए दो चौकीदार आगे थे और एक

सिपाही उसके पीछे। सुनसान गली में वे तेज़ी के साथ आगे बढ़े। माल रोड पर अभी ज़्यादा दुकानें या घर नहीं बने थे। वे थोड़ी ही दूर चलकर ढलुआ पहाड़ियों पर उतर गये। ढलान से ही जंगल शुरू हो जाता था। थोड़ा चलने के बाद ही उनकी रफ़्तार धीमी हो गयी। घने दरख़्तों की वजह से उन्हें देख लिए जाने का ख़तरा ख़त्म हो गया था। नियत स्थान पर उनके टट्टू लिए दोनों अँग्रेज़ फ़ौजी और कुछ चौकीदार खड़े थे। हुकुम के मुताबिक़ वे अपने साथ कुछ खाने-पीने का सामान भी लिये थे। सुबह से कोतवाल और एलन ने कुछ नहीं खाया था। सबने जल्दी-जल्दी अपने-अपने पेट भरे और फिर आने के ही क्रम में एलन की वापसी यात्रा शुरू हुई।

मेजर अलबर्टो का वृत्तान्त ख़त्म हुआ तब हमें अहसास हुआ कि हममें से कोई एक घंटे तक बोला नहीं था, आगस्टीन ख़ास तौर से पूरी तरह डूबकर आने वाले क़ैदी के बारे में सुन रहा था।

"क्या तुम्हें लगता है कि ऐसा आदमी प्रभु के चरणों में कनफेशन करेगा?" मैंने अलबर्टो से पूछा।

"मुझे नहीं लगता फ़ादर। वह अदालत में भी इसी ज़िद पर अड़ा रहा कि उसने हत्या नहीं की है। पुलिस वाले उसे यह सोचकर घटनास्थल पर ले गये थे कि वहाँ पर पहुँचते ही वह पश्चाताप से टूट जाएगा पर उसके ऊपर वहाँ भी कोई असर नहीं पड़ा। दरअसल वह राक्षस है, कभी कनफेशन नहीं करेगा।"

"देखा जाएगा। प्रभु सारे पापियों को अपने शरण में ले लेते हैं, यह भी वहाँ स्थान पाएगा।"

मैंने बावर्ची को खाना लगाने को कहा। लंच के दौरान भी हम सिर्फ़ एलन की ही बातें करते रहे। फ़ादर रेमिरो ने खाते-खाते मुझसे कहा, "तुम्हें बहुत धैर्य दिखाना होगा फ़ादर कैमिलस। ऐसे लोग आसानी से नहीं टूटते।"

"मुझे उम्मीद है फ़ादर! प्रभु मेरी मदद करेंगे। आगस्टीन अगले इतवार को मैं तुम्हारे क़ैदी से मिलने आऊँगा। तुम्हारी इजाज़त है न?"

"फ़ादर आपका हमेशा स्वागत है।"

21 अगस्त 1910

आज पहली बार नैनी जेल एलन से मिलने जाना था। कल रात मैं सो नहीं सका। क्या यह सिर्फ़ एक ऐसे हत्यारे से मिलने की उत्तेजना थी जिसे कुछ ही दिनों में फाँसी पर चढ़ना है? या फिर मेरे मन की वह जुगुप्सा जो उस घृणित इंसान से मिलने की सम्भावना से उत्पन्न हुई थी जिसने थोड़े से पैसों की लालच में एक भले और

ख़ुशमिज़ाज इंसान को मार डाला जो उसका दोस्त भी था?

इतवार की प्रार्थना सभा ख़त्म करके मैंने हल्का नाश्ता किया। इक्का मेरा इन्तज़ार कर रहा था। यमुना पार नैनी जेल तक पहुँचने में डेढ़ घंटा लगा। हर बार की तरह मेरा इक्का सीधे सुपरिटेंडेंट के बँगले पर पहुँचकर रुका। आगस्टीन शायद मेरा ही इन्तज़ार कर रहा था। इक्का रुकने की आवाज़ सुनते ही बाहर निकल आया। मेरे अभिवादन का जवाब देने के साथ ही उसने मेरा हाथ थामा और मुझे अपनी लॉन की तरफ़ ले गया।

लगभग आधे एकड़ में फैली उसकी लॉन में दस-बारह क़ैदी काम कर रहे थे। उनके पैरों में इस तरह बेड़ियाँ पड़ी थीं कि वे मुश्किल से उकड़ूँ बैठकर काम कर पा रहे थे। उनके इर्द-गिर्द तीन-चार सन्तरी अपने बल्लम लिये खड़े थे। क़ैदियों की मेहनत का ही फल था कि सुपरिटेंडेंट के बँगले की लॉन चमचमा रही थी। चारों तरफ़ फूलों की क्यारियाँ थीं जिनमें मौसमी फूल खिलखिला रहे थे। लॉन के बगल में कई एकड़ का रकबा था जिसमें धान और सब्ज़ियाँ लगी हुई थीं। उनमें भी क़ैदी काम करते हुए दिख रहे थे।

अगस्त की दोपहरी लॉन में बैठने लायक़ नहीं थी। आगस्टीन मुझे हाथ पकड़े हुए एक बड़े से पाकड़ के पेड़ के नीचे ले गया जहाँ कुर्सियाँ पड़ी हुई थीं और सफ़ेद कपड़ों में लैस एक बेयरा हाथ बाँधे हमारा इन्तज़ार कर रहा था। कुर्सियों पर हमारे बैठते ही बेयरा अन्दर चला गया और हमारे लिये पानी लेकर आया। हम औपचारिक कुशल-क्षेम से लेकर मौसमी फूलों तक की बातें करते रहे और बेयरा हमारे लिये खाने-पीने का सामान लगाता रहा।

आगस्टीन मेरे स्वर में छिपा अनमनापन भाँप गया। मेरी आवाज़ में उस तरह की गर्मजोशी नहीं थी जो उससे बातचीत में रहा करती थी। चाय का प्याला मेरे हाथ में थमाते हुए उसने कहा, "फ़ादर मैंने एलन की फ़ाइल मँगा रखी है। आप उससे मिलने के बाद पढ़ना चाहेंगे या अभी?"

मेरी चोरी पकड़ी गयी थी। मैं रास्ते भर एलन के बारे में ही सोचता रहा था। आगस्टीन की उस ख़ूबसूरत लॉन में चहचहाते परिन्दों और मौसमी फूलों के बीच में बैठे होने के बावजूद मेरा मन उसी में अटका हुआ था। कुछ भी खाते-पीते मैं उस के बारे में ही सोच रहा था। आगस्टीन ने जब यह सवाल पूछा तो मैं झेंप गया। मैंने झिझकते हुए कहा, "मैं एलन की फाइल जेल में जाने के पहले देखना चाहूँगा। अगर सम्भव हो तो अभी।"

"क्यों नहीं?" आगस्टीन ने हाथ से इशारा किया। हमारी चाय लगाकर थोड़ी

दूर एक दूसरे पेड़ की छाया तले खड़ा बेयरा भागता हुआ हमारे पास आ गया।

"अन्दर डाइनिंग टेबल पर एक फाइल रखी है। उसे ले आओ।"

बेयरा तेज़ क़दमों से अन्दर गया और थोड़ी ही देर में लाल फीते से बँधी एक मोटी फाइल लेकर हमारे पास आ गया।

आगस्टीन ने फाइल के ऊपर बँधा लाल फीता खोलते हुए फ़ाइल मुझे थमा दी।

"ऊपर इसकी सर्विस बुक लगी हुई है। उससे आप रेजिमेंट में इसके आचरण और प्रदर्शन के बारे में जान सकेंगे। उसकी पारिवारिक पृष्ठभूमि भी इसमें है। अन्दर एक जजमेंट है जो जज ने मुक़दमे की सुनवाई के बाद दिया था। जजमेण्ट से आपको हत्या के बारे में जानकारी मिल सकेगी।"

फाइल को हाथ में लेकर मैं उसे यों ही उलटता-पलटता रहा। आगस्टीन मेरी दुविधा ताड़ गया, "फ़ादर आप अकेले पढ़ना चाहेंगे? यहीं बैठकर पढ़ेंगे या गर्मी लग रही हो तो अन्दर बैठ जाएँ।"

मैं एकान्त चाहता था।

"मैं अन्दर पढ़ना चाहूँगा।"

मैं फाइल लिये उठ खड़ा हुआ।

आगस्टीन अन्दर मुझे अपने शयनकक्ष में ले गया। बड़े से कमरे में कपड़े का काफ़ी विशाल पंखा लटका हुआ था और बाहर बरामदे तक उसकी रस्सी गयी थी। वहाँ पहले से इन्तज़ार कर रहे और फ़र्श पर पालथी मार कर बैठे एक क़ैदी ने हमारे कमरे में घुसते ही अपने हाथों से पंखा खींचना शुरू कर दिया।

"फ़ादर आपको किसी चीज़ की ज़रूरत हो तो आवाज़ दे दीजिएगा। दरवाज़े के बाहर एक बेयरा खड़ा है। मैं भी बगल के कमरे में हूँ।"

"बहुत-बहुत धन्यवाद आगस्टीन। मैं आराम से हूँ।"

आगस्टीन बाहर निकल गया और मैंने उतावले हाथों से फ़ाइल खोल दी। सबसे पहले मैंने उसकी सर्विस बुक उलटनी शुरू की। पहले पन्ने पर उसकी भर्त्ती का विवरण था।

जन्म-27 सितम्बर 1880। अठारह साल पाँच महीने की उम्र में एलन भारत के लिये खड़ी की गयी 14वीं लाइट कैवेलरी में भर्ती हो गया। भर्ती के समय पिता की मृत्यु हो चुकी थी इसलिए उस क़ॉलम में लिखा था— स्व. ए. डब्ल्यू हीयरसे। 14वीं लाइट कैवेलरी का एक संक्षिप्त इतिहास सर्विस बुक में दर्ज था। पलटन जब से खड़ी हुई थी ज़्यादातर बम्बई प्रेसीडेन्सी में तैनात रही थी। फारस की लड़ाई में इसने भाग लिया था और 1857 के सिपाही विद्रोह के दौरान इसे वापस बुला लिया गया था।

हालाँकि इसके लौटते-लौटते विद्रोह कुचल दिया गया था लेकिन तबसे बार-बार इसकी तैनाती पंजाब और अफ़गानिस्तान सरहद पर होती रही। जब एलन पलटन में आया तो पलटन सतारा में थी। बीच में उसके अच्छे रिकार्ड के कारण लोकल प्रमोशन देकर उसे तीसरी गोरखा राइफल्स में ढाई साल के लिए सार्जेंट मेजर बनाकर भेजा गया। 1905 की गर्मियों में पलटन को सरहदी सूबे की तरफ़ कूच करने का हुक़्म मिला। वहाँ की कई लड़ाइयों का ज़िक्र था और सबमें एलन की बहादुरी का बयान था। साल दर साल कम्पनी कमांडरों और कमांडिंग अफसरों ने एलन को अच्छे रिमार्क्स दिये थे। कमांडिंग अफसरों के कई प्रशस्ति पत्र थे जो उसकी सर्विस बुक में लगे हुए थे। वहीं मार्च 1907 में एलन बुरी तरह ज़ख़्मी हुआ। कुछ दिनों तक बटालियन अस्पताल में ही उसका इलाज हुआ। बाद में उसे क्वेटा के बेस अस्पताल में भेजा गया। अगस्त में वह यात्रा लायक हो गया तो बेस अस्पताल से उसे लैण्डोर आराम और पूर्ण स्वास्थ्य लाभ के लिए रवाना कर दिया गया। अक्तूबर की शुरुआत में वह लैण्डोर पहुँच गया और अगर हत्या के इस दुश्चक्र में न फँसा होता तो इस समय उसकी पलटन में वापसी की यात्रा शुरू हो गयी होती। लैण्डोर कनवालसेंस डिपो में एलन डेढ़ साल से अधिक रहा था और सर्विस बुक में दर्ज मन्तव्यों के मुताबिक़ वह एक ख़ुशमिज़ाज और मस्तमौला फ़ौजी था। अपने सहभागियों और कमाण्डरों के बीच समान रूप से लोकप्रिय। कुछ मेडिकल रिपोर्ट सर्विस बुक में नत्थी थीं। वे सभी उसके दृढ़ निश्चय और जिस्मानी सहनशीलता का प्रमाण थीं। जैसे घाव उसे लगे थे उनके बावजूद ज़िन्दा बच निकलना किसी चमत्कार की ही तरह था।

एलन के बारे में पढ़ते समय मैं लगातार सोच रहा था कि 31 अगस्त 1909 को ऐसा क्या हुआ था कि सबकी प्रशंसा का पात्र यह प्रसन्नचित्त खिलन्दड़ा इन्सान हत्यारा बन गया और इसने अपने क़रीबी दोस्त का जघन्यतम तरीक़े से ख़ून कर दिया?

एलन से पहली मुलाक़ात में ही इतनी बेचैनी क्यों महसूस हुई? उसकी कोठरी में घुसने और जेल के वार्डरों द्वारा बाहर से ताला फिर से बन्द करने के बाद जिस चीज़ से मैं सबसे ज़्यादा चकित हुआ, वह थी इस छः फुट से कुछ लम्बे नौजवान के चेहरे पर लगातार खेलने वाली मुस्कान। उभरी हड्डियों वाले गाल पर कई दिनों की बढ़ी हुई दाढ़ी के बावजूद उसकी मुस्कान अजीब सम्मोहन और इनफेक्शन से भरी हुई थी। मौत के पन्द्रह दिन पहले कोई इस तरह मुस्करा सकता है? गौर से देखने से साफ़ लगता था कि पिछला एक वर्ष उसके लिए यातना और दुख से भरा रहा होगा। उसके सीने और बाजुओं की चौड़ी हड्डियों पर बहुत कम मांस चिपका था। जेल के पाजामे में छिपी टाँगें भी इतने बड़े शरीर पर अस्वाभाविक रूप से

पतली लग रही थीं। इन सबके बीच उसकी मुस्कान बेचैन करने वाली थी।

मेरे पिछले अनुभवों के विपरीत मुझे देखकर उसने एक बार भी घबराहट या दुख के लक्षण नहीं दिखाये, मेरे सामने घुटनों पर बैठकर मेरे चोंगे में मुँह छिपाकर नहीं रोया और न ही मुझे यह समझाने की कोशिश की कि वह निर्दोष है। मेरे रस्मी सवालों का आराम से जवाब देता रहा। कमरे में मेरे लिए जेल के कर्मचारी एक कुर्सी रखकर चले गये थे। मैं उस पर बैठ कर बातें कर रहा था और वह खड़े होकर जवाब दे रहा था। मैं काफ़ी कुछ उसके बारे में पढ़कर आया था। सवाल तो सिर्फ़ उसको सहज बनाने के लिये पूछे जा रहे थे।

मैंने उसे इशारे से उसके सोने के तख़्त पर बैठने के लिए कहा और उसके सामने पवित्र बाइबिल का पाठ करने लगा। ख़ास तौर से वह अंश पढ़े जहाँ कन्फेशन का महत्त्व समझाया गया है। वह पूरी श्रद्धा और ध्यान से सुनता रहा। मुझे ख़ुशी हुई कि एक सच्चे ईसाई के सामने प्रभु यीशू की महिमा बखानने का मौक़ा मुझे मिल रहा था। ग़लती किससे नहीं होती? उन्तीस साल के इस नौजवान से भी हुई है और अगले कुछ दिनों में तो इसे इसका दंड भी मिल जाएगा पर एक बार प्रभु के समक्ष कन्फेस करते ही वे इसे अपनी शरण में ले लेंगे और नर्क से इसे मुक्ति मिल जायेगी।

मैंने पाठ करते-करते उसके चेहरे पर नज़रें दौड़ाईं। मुझे फिर वही बेचैनी हुई जो उसके कमरे में घुसते समय हुई थी। उसके चेहरे पर जो मुस्कान थी वही मुझे बेचैन कर रही थी। जिसे सिर्फ़ पन्द्रह दिन बाद मरना हो और जो इसे जानता भी हो, कैसे मुस्करा सकता है? क्या था इस मुस्कान में? बचपना, खिलन्दडापन या चुनौती? समझना मुश्किल था।

जब मैं उठा तो यह मुस्कान मुझे चुनौती जैसी लगी। मैंने पाठ समाप्त कर शान्त स्वर में उसे कन्फेस करने के लिए कहा तो उसने इसी मुस्कान के साथ, आवाज़ में बिना किसी उतार चढ़ाव के कहा, "मैंने कुछ किया ही नहीं फ़ादर, मैं कन्फेस क्या करूँ?"

मैं अन्दर से हिल गया। मृत्यु इतनी क़रीब और कोई इस तरह मुस्करा सकता है! अभी दो मौक़े और मिलने थे। मैं आश्वस्त था कि इसे समझा सकूँगा और यह प्रभु की शरण में जाने लायक़ बन सकेगा।

28 अगस्त 1910

रात भर जम कर बारिश हुई थी। सुबह थोड़ी देर आसमान खुला ज़रूर पर

जल्द ही घने बादल आकाश में छा गये। छाता लेकर चर्च तक गया। मास में उपस्थिति काफ़ी कम थी। घर लौटा तो बारिश और तेज़ हो गयी थी। गेट के बाहर सड़क के किनारे इमली के छतनार दरख़्त के नीचे खड़ा हुआ इक्का मुझे आते ही दिख गया। घने पेड़ की पत्तियों से छन-छनकर बूँदें नीचे खड़े घोड़े को भिगो ज़रूर रही थीं पर इतनी भी नहीं कि वह बहुत बेचैनी दिखाता। वह पानी से ज़्यादा शरीर पर मंडराती मक्खियों से परेशान था जिन्हें वह लगातार अपनी भीगी दुम से उड़ा रहा था और सामने पड़े घास के ढेर में मुँह घुसाये हुआ था। इक्के वाला बारिश से बचने के लिए किसी आड़ में चला गया लगता था।

"हुजूर आज जेल की विजिट रहने दें। इतनी बारिश में नाहक जी हलकान करेंगे।"

मेरा छाता पकड़ कर राम अजोर ने कहा।

मेरा फ़ैसला भी कुछ डगमगाया। हालाँकि सुबह जब मैं उठा तब भी झड़ी लगी हुई थी लेकिन मुझे फ़ैसला करने में एक मिनट भी नहीं लगा था। दरअसल फ़ैसला करने के लिए कुछ था भी नहीं। पिछले शनिवार की तरह आज की रात भी मैं सो नहीं सका था। पूरी रात आधा सोने और आधा जागने में एलन का चेहरा आँखों के सामने घूमता रहा था। उसकी वह निश्छल बच्चों जैसी हँसी बार-बार हांट करती रही जिससे उसने पहली मुलाक़ात में मेरे ही प्रश्न पर मुझे ही निरुत्तर कर दिया था। प्रभु की आज्ञा मैंने कितनी बार कितनी तरह से दोहरायी पर जैसे ही उसे कन्फेस करने के लिए कहता उसके होंठों पर एक निष्पाप हँसी फैल जाती और एक ही वाक्य से वह मेरे सारे प्रयत्नों पर पानी फेर देता, "मैंने हत्या की ही नहीं फ़ादर, मैं कन्फेस क्या करूँ?"

राम अजोर के इसरार ने मेरा निश्चय कुछ कमज़ोर ज़रूर किया किन्तु कोई दुर्निवार आकर्षण था जो मुझे एलन की तरफ़ खींच रहा था। कौन सी चीज़ है जो एक हत्यारे में इस क़दर दिलचस्पी पैदा कर रही थी? क्या उसकी यह क्षमता कि पूरी तरह हत्यारा साबित होने के बाद भी बिना किसी पश्चात्ताप या हिचकिचाहट के वह बच्चों जैसी हँसी के साथ अपने को निर्दोष घोषित कर सकता है? या फिर यह कि उसके पास समय कम है और मैं उसे एक चुनौती के रूप में पा रहा हूँ? मुझे उससे लम्बी बहसें कर उसे परास्त करना होगा और उसके इस आवरण को जो उसने झूठे आत्मविश्वास से ओढ़ रखा है, तार-तार कर देना होगा। तभी जाकर वह कन्फेस करेगा।

मैं कह नहीं सकता कि क्या था जिसने मेरे मुँह से कहलवा लिया, "नहीं, मैं

जाऊँगा। इक्केवान से कहो तैयार रहे। बारिश रुकते ही हम चल पड़ेंगे।''

नैनी जेल जाने की उत्सुकता मुझे कितनी थी इसका अन्दाज़ा सिर्फ़ इस बात से लगाया जा सकता था कि मैं लंच लेकर बाहर बरामदे में ही बैठ गया। मेरा मन किसी चीज़ में नहीं लग रहा था। आरामकुर्सी पर अधलेटा पवित्र बाइबिल के पृष्ठ उलटता रहा और बारिश रुकने का इन्तज़ार करता रहा।

बारिश पूरी तरह से रुकी तो नहीं थी पर इतनी हल्की ज़रूर पड़ गयी थी कि आप उसे झींसा पड़ना कह सकते हैं और मैंने राम अजोर को इक्का लगवाने का हुक़्म दिया। मैं और इन्तज़ार नहीं कर सकता था।

इक्का मेरे पोर्टिको में आकर खड़ा हुआ। भीगा घोड़ा बेचैन लग रहा था। वह लगातार अपनी दुम अपनी पीठ पर मार रहा था। दुबले मरियल इक्केवान को उसे सम्भालने में अपना पूरा ज़ोर लगाना पड़ रहा था। मुझे बाहर निकलते देखकर बायें हाथ से घोड़े की लगाम कसकर थामे साईस ने लगभग दोहरा होते हुए झुककर मुझे दाहिने हाथ से सलाम किया। उसके सलाम का जवाब सिर हिलाकर मैंने दिया और अपना चोंगा सँभालते हुए इक्के पर बैठ गया। इक्केवान ने इक्के के अगले हिस्से पर एक बोरी उल्टी करके रख रखी थी। इक्के पर बैठने के पहले उसने बोरी को इस तरह से सिर पर डाल लिया कि वह उसके लिए बरसाती बन गयी। बोरे की बरसाती सिर पर डाले जब वह इक्के पर बैठा और उसने घोड़ा हाँका तो स्थिति यह थी कि हल्की बूँदों से वह काफ़ी हद तक सुरक्षित था।

रास्ते भर बारिश रुक-रुक कर होती रही। जब पानी तेज़ होता हम आम, इमली या बरगद के किसी बड़े पेड़ की शरण ले लेते और जैसे पानी हल्का होता हमारी यात्रा शुरू हो जाती।

जेलर के बँगले के सामने इक्का रुका तो मुझे अहसास हुआ कि आज आगस्टीन ने मेरे आने की उम्मीद छोड़ रखी थी। बारिश की वजह से आम तौर से उसके बड़े बँगले के अहाते में काम करने वाले क़ैदियों की फ़ौज नदारद थी। घर का दरवाज़ा बन्द था और बरामदे भी सूने पड़े थे। मुझे भीगने से बचाने के लिये इक्केवान ने घोड़े की लगाम खींचते हुए और ख़ुद पैदल चलते हुए उसे ऐसे स्थान पर लाकर खड़ा किया कि मैं कूदकर सीधे बरामदे में उतर गया।

इक्के की खटपट और मेरे कूदने की आवाज़ ने अन्दर कुछ हलचल पैदा की और घर का बड़ा-सा प्रवेश द्वार खोलते हुए पहले एक नौकर और उसके पीछे आगस्टीन बाहर निकल आया।

''फ़ादर आप!'' आवाज़ से स्पष्ट था कि आगस्टीन मेरी इस विज़िट के लिये

तैयार नहीं था।

"इलाहाबाद में बारिश रुक गयी थी। यमुना के इस तरफ़ ज़्यादा है।" मैंने अपनी झेंप मिटाते हुए कहा। मैं आगस्टीन से अपनी उत्सुकता का जिक्र नहीं करना चाहता था।

"कोई बात नहीं। अच्छा हुआ आप आ गये फ़ादर। आपके साथ ख़ूब गप्प लड़ेगी। बारिश ने तो घर में क़ैद कर रखा है।"

वह मुझे साथ लेकर अन्दर बैठक में चला गया। मेरा गाउन भीग गया था। उसे एक नौकर अन्दर के बरामदे में सुखाने के लिए ले गया। दूसरा नौकर तौलिया ले आया जिससे रगड़-रगड़कर मैंने अपना सर और चेहरा सुखा डाला। हम एक गोल मेज़ के इर्द-गिर्द बैठ गये। नौकर चाय बनाकर ले आया था और आगस्टीन ने एक प्याले में ढालकर चाय मेरे आगे बढ़ाई।

"क्या हाल है तुम्हारे उस क़ैदी का?"

"किसका फ़ादर, आप किस क़ैदी के बारे में पूछ रहे हैं?"

"उसी अँग्रेज़ का... जिसे फाँसी की सज़ा हुई है।"

"अच्छा आप एलन की बात कर रहे हैं। माफ़ कीजियेगा फ़ादर मैं आपके जाने के बाद उसके पास जा नहीं पाया। फाँसी की बैरक की तरफ़ गया ज़रूर पर एलन की कोठरी तक नहीं जा पाया। फाँसी के दो और क़ैदी दाख़िल हैं, उनकी कोठरियाँ तो चेक की मैंने, एलन की कोई शिक़ायत नहीं थी इसलिए वहाँ नहीं गया।"

आगस्टीन की आवाज़ में कुछ झिझक थी जैसे वह मुझे सफ़ाई दे रहा हो।

"नहीं-नहीं, मैं तो ऐसे ही पूछ रहा हूँ। इतने क़ैदियों का भार है तुम पर... सबसे कैसे मिल सकते हो हर हफ़्ते? मैं उसी के लिए आया था।" मैंने उसे आश्वस्त किया।

मुझे जल्दी-जल्दी चाय ख़त्म करते देख आगस्टीन ने टोका, "जल्दी क्या है फ़ादर! आराम से जेल हो आइएगा। तब तक मेरे खानसामे की बनाई पकौड़ियाँ खाइये। बरसात में अच्छी लगेंगी।"

मैं एलन से मिलने के लिए इतना उत्सुक था कि सामान्य शिष्टाचार और औपचारिकताओं की उपेक्षा करता हुआ उठ खड़ा हुआ।

"जेल से लौटकर आराम से बैठेंगे। आज तो बारिश जल्द जाने नहीं देगी, तुम्हारे साथ ही गप्प लड़ेगी।"

जेल का एक सिपाही मुझे जेलर के घर से जेल के फाटक तक ले गया। वहाँ तैनात सन्तरी मुझे पहचानते ही थे इसलिए ज़रूरी औपचारिकताएँ पूरी करता हुआ मैं

चन्द मिनटों में ही तनहाई बैरक के सामने था।

तनहाई बैरक में तीन फाँसी के क़ैदी थे। दाहिने और सबसे कोने वाली बैरक में क़ैद था एलन। हेड वार्डर और एक सिपाही मुझे वहाँ लेकर गये। हमारे क़दमों की आहट से ही एलन जान गया कि मैं आया हूँ।

जब तक हम उसकी कोठरी के सीखचों वाले दरवाज़े के सामने पहुँचते वह ख़ुद ही सामने आ गया। वार्डर ने अपनी पेटी से बँधी चाबियों के गुच्छे की एक चाबी से ताला खोला और मैं धीरे से अन्दर चला गया।

उन्होंने दरवाज़ा फिर से बन्द कर दिया और सामने से हट गये।

"फ़ादर शुक्र है आप आ गये। कोठरी के अन्दर रात से ही बरसात की आवाज़ आ रही है। मैं तो निराश हो गया था कि आप आज नहीं आएँगे।"

मेरे अन्दर घंटियाँ बजीं। मेरी प्रतीक्षा कर रहा था एलन! पाप एक सच्चे ईसाई को अन्दर से झकझोरता ज़रूर है। लेकिन जल्दी ही मुझे निराश होना पड़ा। मैंने पवित्र बाइबिल का अपना सबसे प्रिय अंश डूब कर पढ़ना शुरू किया...

धन्य है वह मनुष्य, जिसका अपराध क्षमा किया गया, और जिसका पाप ढाँपा गया।

धन्य है वह मनुष्य जिस पर प्रभु अधर्म का अभियोग नहीं लगाता, और जिसके मन में कोई कपट नहीं है।

जब तक मैंने अपना पाप प्रकट नहीं किया, मेरी देह दिन भर की कराह से कमज़ोर हो गई।

मैंने तेरे सम्मुख अपना पाप स्वीकार किया, और अपने अधर्म को छिपाया नहीं,
मैंने कहा, "मैं प्रभु के समक्ष अपने अपराध स्वीकार करूँगा।"
और तूने मेरे पाप और अधर्म को क्षमा कर दिया...।

पढ़ते-पढ़ते मैंने एलन की तरफ़ देखा। उसके चेहरे की मुस्कान ने मुझे भ्रमित कर दिया। शुरू में तो पिछली मुलाक़ात की तरह यह किसी बच्चे-सी निश्छल हँसी लगी लेकिन आज न जाने क्यों इसमें उपहास और चुनौती जैसी छवियाँ ज़्यादा दिखीं। क्या प्रभु यीशू मेरा इम्तहान ले रहे हैं? हे भगवान, कितना सधा हुआ कठोर अपराधी है यह? मैं जब भी उसे कन्फेस करने के लिए कहता हूँ तब उसका एक ही जवाब मिलता है, "मैंने हत्या नहीं की है तो मैं क्या कन्फेस करूँ?"

मैंने अपने पूरे जीवन में अपने को इतना असहाय कभी महसूस नहीं किया था।

ऐसा क्या है जो मुझे उसकी आँखों में आँखें डालकर सीधे देखने से रोकता है? क्यों हर बार मैं ही अपनी निगाहें झुका लेता हूँ जैसे कि अपराधी मैं ही हूँ? क्या है उसकी नज़रों में कि हर बार मैं कमज़ोर पड़ जाता हूँ? उसे अपराधी मानते ख़ुद को लगने लगता है, कहीं कुछ छूट रहा है।

झुँझलाकर मैं पादरी से कोतवाल बन जाता हूँ। पूरी तफ़्तीश पर उतारू हो जाता हूँ, हालाँकि इसका कोई मतलब नहीं है। एक अँग्रेज़ सिपाही के ख़िलाफ़ झूठा मुक़दमा चले और कोई अँग्रेज़ जज उसे फाँसी की सज़ा दे दे, इसकी तो मैं कल्पना भी नहीं कर सकता। पर उसके आत्मविश्वास को देखते हुए मैं इस तफ़्तीश में उलझता हूँ पर किसी नतीजे पर नहीं पहुँच पाता। पिछली मुलाक़ात में उसने पूरा वाक़या सुनाया था। मैंने जेल में अदालत से आयी उसकी फ़ाइल पढ़ी थी, दोनों विवरण पूरी तरह मिलते थे। ऐसा कैसे था कि एक ही जैसे विवरण के आधार पर अदालत ने उसे दोषी क़रार दिया और वह स्वयं को निर्दोष मान रहा है? पिछली मुलाक़ात में एक पेंच रह गया था। मैं आज उसे पूरी तरह सुलझा लेना चाहता हूँ। एलन पुलिस और अदालत के सामने बयान में 31 अगस्त 1909 को अपने एक-एक पल की गतिविधियों की जानकारी देता है। सिर्फ़ रात साढ़े सात बजे से लेकर आधी रात तक का विवरण नहीं देता। पुलिस के सामने तो एक बार उसके मुँह से निकल भी गया कि वह इस बीच किसी लड़की के साथ था पर अदालत में उसने इस बारे में पूरी चुप्पी साधे रखी। पुलिस को भी उसने लड़की का नाम नहीं बताया था।

मैंने भी एलन से 31 अगस्त 1909 के बारे में पूछना आरम्भ किया।

पहले तो एलन ने सहयोग करने से ही इंकार कर दिया पर शायद मेरे चेहरे पर उभर आये खिसियाहट और खीझ के भाव ने उसे पिघला दिया। तरस खाने वाले अन्दाज़ में मुस्कराते हुए उसने जवाब देना शुरू किया। पर बात वहीं आकर अटक गयी। 31 अगस्त को अँधेरा होने से थोड़ा पहले वह जेम्स की दुकान पर पहुँचा। जेम्स को पता था कि वह छुट्टी पर जा रहा है। वह बेसब्री से उसका इन्तज़ार कर रहा था। दोनों के स्वभाव में कुछ ऐसी समानताएँ थीं कि पूरे कैंटोनमेंट में उन्हें अच्छा दोस्त माना जाता था। जेम्स ने उसके आते ही दुकान बढ़ाई और उसे लेकर अन्दर के कमरे में चला गया। शाम को ही मिसेज़ सैमुअल ने जेम्स को वेतन दिया था जो सावरेन की शक़्ल में उसके बिस्तर पर पड़ा था। उन्हें एक तरफ़ करके जेम्स बिस्तर पर बैठा और सामने पड़ी आरामकुर्सी पर एलन बैठ गया। कमरा छोटा ही था और जेम्स की रिहायश के काम आता था। थोड़ी दूर पर एक छोटी-सी सराय थी जहाँ से जेम्स के लिए ख़ाना आता था। खाना आ चुका था और बिस्तर तथा आरामकुर्सी के

बीच पड़ी मेज़ पर रखा था। वे दोनों देर तक दुनियाजहान की बातें करते रहे। एलन घर जाने की कल्पना से रोमांचित था। दोनों के घर दूरी पर थे पर जेम्स ने एलन से अनुरोध किया कि यदि समय मिले तो वह उसकी माँ से ज़रूर मिलता आये। एलन ने वादा भी किया। जेम्स ने शाम को ही एक पहाड़ी से छाँग मँगा कर रखी थी। इरादा था कि एलन के साथ छक कर पियेगा। लेकिन एलन ने मना कर दिया। उसने साथ देने के लिए एक छोटा पेग पिया। जेम्स को आश्चर्य भी हुआ पर एलन की यह बात कि उसे अभी छावनी वापस जाना है और फिर वहाँ से सामान लेकर रात में ही पहाड़ी रास्तों से उतरकर राजपुर पहुँचना है, उसकी समझ में आ गयी।

लगभग घंटे भर का समय बिताकर एलन जेम्स की दुकान से निकल गया। बाहर सन्नाटा था और सर्द हवाओं के बीच एकान्त गलियों से निकलते समय एलन ने पाया कि आस-पास कोई नहीं था।

पर इसके बाद एलन कहाँ गया? अगर सचमुच वह किसी लड़की के पास गया तो कौन थी वह?

मेरे लाख पूछने पर एलन ने कुछ नहीं बताया। मेरे सवालों के उत्तर में कभी वह शून्य में ताकने लगता, कभी शर्मीली-सी मुस्कान उसके चेहरे पर तैरती और कभी ऐसा गुमसुम बैठ जाता कि जैसे मेरी बात उसने सुनी ही न हो। सिर्फ़ एक बार जब मैंने बड़ी सख़्ती से अपनी आवाज़ से उसे लगभग झकझोरते हुए पूछा तो वह हौले से बुदबुदाया—

"आप जिसे प्यार करते हैं उसे रुसवा कर सकते हैं क्या?"

मुझे पूरा यक़ीन हो गया था कि एलन एक नम्बर का मक्कार है। सिर्फ़ अपने को निर्दोष साबित करने के लिए उसने यह कहानी गढ़ी है। वह किसी लड़की के पास नहीं गया। कोई लड़की थी भी नहीं उसकी ज़िन्दगी में। वह एक खिलन्दड़ा और दोस्तबाज़ आदमी था। अगर सचमुच की कोई प्रेमिका होती तो उसके दोस्तों को पता न हो— ऐसा हो नहीं सकता। उसके किसी दोस्त ने पुलिस के सामने उसकी प्रेमिका का ज़िक्र नहीं किया था। इस लड़की का आविष्कार उसने सिर्फ़ ख़ुद को फाँसी के फन्दे से बचाने के लिए किया था पर उसके दुर्भाग्य से उसकी यह तिकड़म उसके काम नहीं आयी।

4 सितम्बर, 1910

एक साल पहले मसूरी में जो नाटक शुरू हुआ था, कल सुबह चार बजे उसका पटाक्षेप हो जाएगा। अब हत्यारे से मेरी मुलाक़ात नहीं हो सकेगी। पता नहीं उसे

हत्यारा कहना उचित भी है या नहीं ? अदालत ने उसे फाँसी की सज़ा दी है तो उसे हत्यारा मानने में मुझे दिक़्क़त क्यों होनी चाहिये ? अगर पिछले दो रविवार मैंने एलन के साथ नहीं बिताए होते तो मैं पूरे विश्वास के साथ कह सकता था कि वह हत्यारा है। जितनी बार मैं उससे मिला हूँ, उतना ही बार मेरा विश्वास डगमगाया है। क्या मैं कह सकता हूँ वह हत्यारा नहीं है ? या मैं पूरे यक़ीन से कह सकता हूँ कि वह हत्यारा है ? प्रभू यीशु मेरी मदद करें।

फाँसी चढ़ने वाले क़ैदियों की दोष-मुक्ति से मुझे हमेशा आन्तरिक शान्ति मिलती है। प्रभु बहुत दयावान है। कन्फेशन करने वाले सारे पापियों को क्षमा कर देता है। मैं भाग्यशाली हूँ कि उसने मुझे निमित्त बनाया है। इसे भी क्षमा कर देगा। मेरा अनुभव है कि फाँसी पाये क़ैदी पहली मुलाक़ात में ही कन्फेशन के लिए आतुर रहते हैं। वे मिलते ही फूट-फूटकर रोने लगते हैं और अपना पाप क़ुबूल करने के लिये तैयार दिखते हैं। उनके और प्रभु के बीच में मेरे सिवाय कोई नहीं होता, इसलिए मेरे सामने वो सब बता डालते हैं जो उन्होंने अदालत के सामने भी नहीं बताया होता है। सिर्फ़ एक बार ऐसा भी हुआ कि फाँसी की बैरक से निराश मैं सिर झुकाये लौट रहा था कि क़ैदी ने दौड़कर मुझे रोकने का प्रयास किया। मैं उसकी कोठरी से बाहर निकल आया था और सन्तरी उसकी कोठरी में ताला लगा रहा था। यह मृत्युदण्ड की सज़ा पायी हुई एक औरत थी और पिछले कई हफ़्तों से मेरे सामने गुमसुम बैठी रहती थी। मैं उसकी अन्तरात्मा को झकझोरने की कोशिश करता और वह ठंडी सर्द निगाहों से सिर्फ़ मुझे घूरती रहती। कई बार झुँझलाकर मैंने तय किया कि अब उसके पास नहीं आऊँगा लेकिन हर रविवार चर्च से अनायास मेरे क़दम जेल की तरफ़ उठ जाते। जब कभी जेल में कोई ऐसा क़ैदी होता जिसे प्रभु यीशु की शरण में शान्ति मिल सकती हो तो रविवार को मेरा कार्यक्रम काफ़ी हद तक तयशुदा रहता है। चर्च से मैं आगस्टीन के साथ सीधे जेल आ जाता हूँ। पहले वह मुझे जेलर की बड़ी सरकारी कोठी में ले जाता है। सर्दियाँ होतीं तो हम बाहर उसकी ख़ूबसूरत लॉन में बैठकर चाय पीते हैं। क़ैदियों की मशक़्क़त से चहकते हुए अपने एक-एक पौधे के बारे में वह विस्तार से बताता। गर्व से अपने गुलाबों की क़िस्में गिनाता। गुलदाउदी और डहेलियों के पौधों के साथ अपने प्रयोगों की जानकारी देता। मैं पिटूनियाँ, नैस्टर्शियम, डाग फ्लावर, स्वीट पी, गेंदों और इनकी तरह के तमाम खिले हुए फूलों की क्यारियों के बीच बैठकर आगस्टीन से गप्पें लड़ाता हूँ। अगर गर्मियों का मौसम होता है तो हम उसके बीस फीट से भी ऊँची दीवारों वाले ड्राइंगरूम में बैठते हैं जहाँ बाहर बरामदे में बैठकर दो क़ैदी मोटे कपड़ों वाले छत से

लटके दो पंखों को रस्सी के सहारे डुलाते रहते हैं। आगस्टीन से चाय के प्याले पर गप्पें लड़ाकर मैं जेल की तरफ़ बढ़ता हूँ। आगस्टीन मुझे जेल के फाटक तक छोड़कर वापस लौट आता है। जेल का सन्तरी सलाम करके मेरे लिए जेल के विशाल लौह कपाट का छोटा विकेड गेट खोल देता है और मैं अभिशप्त प्राणियों की उस अँधेरी दुनिया में प्रवेश कर जाता हूँ जहाँ आकर हमेशा मुझे लगा है कि वहाँ के निवासियों को प्रभु की कृपा की सबसे ज़्यादा ज़रूरत है। इसलिए वहाँ बपतिस्मा प्राप्त किसी प्राणी को धार्मिक उपदेश देने जाने का मौक़ा मिलने पर मुझे आन्तरिक ख़ुशी मिलती है।

उस दिन भी सभी कुछ ऐसा ही था। थोड़ा-सा फ़र्क़ यह आया था कि जेल के अन्दर घुसते समय मुझे ख़ुशी से अधिक अवसाद की अनुभूति हो रही थी। मैं अन्दर एक ऐसी महिला क़ैदी से मिलने जा रहा था जिसे दूसरे दिन फाँसी लगने वाली थी। पिछले कई हफ़्तों से मैं उसे नियमित रूप से पवित्र बाइबिल सुना रहा था। मैंने विस्तार से उसे कन्फेशन के बारे में बताया था। वह एक श्रद्धालु ईसाई लगती थी और हर बार पूरी तन्मयता से मेरे प्रवचन सुनती थी। पहली बार जब मुझे लगा कि वह पूरी तरह से प्रभु चरणों में लीन हो गयी है मैंने उसे कन्फेशन के लिए कहा तो एकदम से उसका चेहरा विकृत हो गया। उसके होंठ फड़फड़ाने लगे और आँखें शून्य में टिक गयीं। मेरी लाख कोशिशों के बावजूद उसने मुझसे आँखें नहीं मिलायीं। थक-हारकर मैं लौट आया। उसके बाद कई हफ़्तों तक मैं कोशिश करता रहा पर हर बार कन्फेशन के दरवाज़े पर पहुँचकर मैं लौट आता।

फाँसी के एक दिन पहले सबकुछ पहले जैसा ही हुआ। मैंने विस्तार से उसके सामने कन्फेशन के महत्त्व पर प्रकाश डाला। मैंने देखा कि हर बार की तरह वह बेचैन हो उठी, हर बार की तरह उसके होंठ फड़फड़ाए और हर बार की तरह उसकी आँखें शून्य पर अटक गयीं। मुझे पता था कि आज आख़िरी मौक़ा है, अगर आज उसने कन्फेशन नहीं किया तो उसके पाप कभी माफ़ नहीं किये जाएँगे। प्रभु यीशु की शरण में जाने का आज अन्तिम अवसर है। मैं लगा रहा— उसकी आँखों में भरी घोर अवज्ञा के बावजूद। लेकिन कब तक मैं चट्टान से सिर टकराता? निराश होकर मैं उठा और थके क़दमों से उसके सेल से बाहर निकल आया। तभी वह कुछ घटा, जिसकी मैंने उम्मीद नहीं की थी।

मैं मुश्किल से दस क़दम चला हूँगा कि मुझे सलाखों के पीटने की आवाज़ें सुनाई दीं। पीछे मुड़कर मैंने देखा कि वह सेल के सलाखों वाले दरवाज़े पर अपना सर पटक रही थी और दरवाज़े पर ताला लगा चुका सन्तरी फटी आँखों से उसे देख रहा था। मैं वापस झपटा।

"मुझे कन्फेशन करना है फ़ादर।" सलाखों पर सर पटकते हुए उसने सिर्फ़ इतना कहा।

"दरवाज़ा खोलो।" मेरे मुँह से निकला। सन्तरी ने हिचकिचाहट से मेरी तरफ़ देखा। सम्भवतः नियम उसे इस बात की इजाज़त नहीं दे रहे थे कि मृत्युदंड के क़ैदी का कक्ष एक बार बन्द कर देने के बाद बिना बड़े अफसर के हुक्म के दुबारा खोला जाए।

"दरवाज़ा खोलो।"

मैंने सख़्ती से फिर कहा। शायद यह मेरे और उस जेल के जेलर आगस्टीन के बीच मित्रता थी जिसे जेल के मुलाज़िम जानते थे और शायद इसी की वजह से सन्तरी ने कुछ क्षण की हिचकिचाहट के बाद सेल का दरवाज़ा खोल दिया।

उसके बाद उस पतिहन्ता औरत ने जो कुछ मेरे सामने कन्फेस किया वह इतना यातनाजनक था कि मैं काफ़ी देर तक स्तब्ध बैठा सुनता रहा। उसने कब बोलना बन्द किया और कब ज़मीन पर लुढ़क गयी, मुझे पता ही नहीं चला। उसका मुँह नीचे ज़मीन की तरफ़ था और वह एक मद्धम लय में हौले-हौले सुबक रही थी। मैंने घुटने के बल बैठकर अपनी सलीब चूमी और हल्के हाथों से उसका सर सहलाया और तेज़ क़दमों से बाहर निकल आया। वहाँ एक क्षण भी रुकना सम्भव नहीं था। प्रभु यीशु तुम्हें क्षमा करेंगे, यह भी मैं बाहर निकल कर ही कह सका।

क्या सचमुच उसे क्षमा की ज़रूरत थी ? उसका कन्फेशन सिर्फ़ मेरे और प्रभु के लिए है इसलिए मैं उसे लिख नहीं सकता लेकिन अगर मैं उसकी जगह होता तो क्या मैं उस राक्षस पति को नहीं मारता ? कन्फेशन करने की ज़रूरत किसे थी— मारे गए पति को या हत्यारोपी पत्नी को ? तय करना मुश्किल था। पता नहीं, कई बार पाप और पुण्य की विभाजक रेखा इतनी क्षीण क्यों हो जाती है ?

आज जिसके सेल से मैं थका-हारा लौटा हूँ वह मेरे जीवन का पहला क़ैदी है जिसने मृत्युदण्ड की पूर्व सन्ध्या पर भी कन्फेशन नहीं किया। मेरी हर कोशिश के बाद वह सिर्फ़ हल्के से मुस्कराता और बस इतना कहता, "मैंने कोई पाप नहीं किया फ़ादर, किस बात को कन्फेस करूँ।"

ऐसा क्यों हुआ कि हर बार मैंने अपने को और अधिक कमज़ोर पाया। पहली बार जब उसने कहा तो अपनी सारी कोशिशों के बावजूद मैं झुँझला उठा। मैंने कठोर निगाहों से उसे देखा। वह हत्या के कुछ ही घंटों बाद पकड़ा गया था और सारे साक्ष्य उसके ख़िलाफ़ थे। अदालत में उसे सफ़ाई देने का मौक़ा मिला था और सबकुछ सुनने के बाद ही जज ने उरो मृत्युदंड दिया होगा। इसके बावजूद अगर वह

कन्फेस करने के लिए तैयार नहीं था तो ऐसे ढीठ आदमी के साथ आप कैसे सहानुभूति रख सकते हैं? पर प्रभु यीशु ने एक पादरी की हैसियत से मुझे जो दायित्व सौंपा है उसे तो निभाना ही था। सन्त पीटर से चली आ रही परम्परा को मैं कैसे छोड़ सकता था?

एलन के साथ जो काग़ज़ात देहरादून की सेशन अदालन से जेल में आये थे, उन्हें सुपरिटेंडेंट आगस्टीन के दफ़्तर में बैठकर मैंने पढ़ा था। मामला बहुत सीधा-सादा था। काफ़ी कुछ तो 14 अगस्त को मेरे घर पर लंच लेते समय लैण्डोर के कमांडिंग अफ़सर मेजर अलबर्टो ने हमारे सामने बयान किया ही था। अदालत के काग़ज़ात पढ़कर चीज़ें और साफ़ हो गयीं।

31 अगस्त 1909 को मसूरी के माल रोड पर एक कैमिस्ट की दुकान में काम करने वाले मि. जेम्स रेगिलैंड क्लैप की दुकान के अन्दर किसी ने हत्या कर दी। हत्या बड़े जघन्य तरीक़े से की गयी थी। किसी ने पहले सोडा वाटर की बोतल से मृतक के सर पर वार किया था। सर पर गहरी चोट के कारण मृतक अचेत होकर अपनी कुर्सी से नीचे लुढ़का होगा और उसके बाद किसी तेज़ टिन जैसी चीज़ से उसकी गर्दन पर एक कान से दूसरे कान तक चीरा लगा दिया गया था। इसी टिन से उसकी गर्दन में एक सूराख़ किया गया था। शायद हत्यारे को टिन के अलावा कोई हथियार नहीं मिला होगा। इससे यह भी साबित हो गया कि हत्यारा मृतक का परिचित था और बिना किसी हथियार के उसके पास गया था। हत्या का इरादा करते ही उसने वहीं जेम्स के कमरे में उपलब्ध सोडावाटर बोतल और टिन से काम चलाया।

हत्या का पता दूसरे दिन सुबह तब चला जब दुकान की सफ़ाई करने वाला लड़का वहाँ आया और बहुत आवाज़ लगाने और दरवाज़ा पीटने के बाद भी जेम्स ने दरवाज़ा नहीं खोला। आस-पड़ोस के काफ़ी लोग वहाँ इकट्ठे हो गये और दुकान की मालकिन मिसेज़ सैमुअल को भी ख़बर भेजी गयी। उनके आने के बाद ही यह फ़ैसला लिया गया कि दुकान का दरवाज़ा तोड़ दिया जाए। दुकान का दरवाज़ा तोड़ने के बाद मिसेज़ सैमुअल और उनके साथ कुछ लोग अन्दर घुसे तो उन्हें दुकान के अन्दर सबकुछ सामान्य-सा लगा। एक ही चीज़ असामान्य थी कि दुकान से सटे कमरे का दरवाज़ा अन्दर से बन्द नहीं था। मिसेज़ सैमुअल को पता था कि जेम्स रात के सोने से पहले दुकान और अपने रहने के कमरे के बीच का दरवाज़ा बन्द कर देता था। दरवाज़ा खुला देखते ही किसी अनिष्ट की आशंका से वे उधर झपटीं।

अन्दर कमरे की दशा देखते ही एक लम्बी चीख के साथ मिसेज़ सैमुअल

बेहोश होकर ज़मीन पर गिर पड़ीं।

मिसेज़ सैमुअल के साथ अन्दर आये दूसरे लोग भी सकते में आ गए। अन्दर का दृश्य था ही ऐसा। अन्दर फ़र्श पर ख़ून के थक्कों के बीच जेम्स मृत पड़ा था। पास ही एक कुर्सी उलटी हुई थी। उसके पास एक सोडे की आधी टूटी बोतल पड़ी हुई थी। शव के पास ही टूटी बोतल के टुकड़े बिखरे हुए थे। शव औंधा पड़ा था। सर पर गहरे ज़ख़्म के इर्द-गिर्द ख़ून जम गया था। बाद में पुलिस ने आकर जब शव को सीधा किया तब यह स्पष्ट हुआ कि उसके चेहरे पर एक कान से दूसरे कान तक एक लम्बा चीरा लगा हुआ था। लगता था किसी तेज़ धारवाले टिन के टुकड़े से उसे काटा गया है पर कमरे में कोई औजार नहीं मिला।

यद्यपि एलन के ख़िलाफ़ कोई प्रत्यक्षदर्शी साक्ष्य नहीं था पर सारी परिस्थितियाँ उसके ख़िलाफ़ थीं। वह जेम्स के साथ देखा जाने वाला अन्तिम व्यक्ति था। जेम्स को उसी दिन अपनी मालकिन से वेतन मिला था, मृतक के पास उसका वेतन नहीं था। वेतन में कुछ मलका विक्टोरिया की तस्वीर वाले सोने के सिक्के या सावरेन भी थे और एलन ने राजपुर के होटल में सावरेन से भुगतान किया था। एलन के पास एक टिन का डिब्बा मिला जिसमें वह कुछ सैंडविचेज़ लेकर मसूरी से चला था। जेम्स की हत्या भी टिन से गर्दन काटकर की गयी थी। अदालत ने पूरी सुनवाई के बाद उसे दोषी क़रार दिया था। अतः मेरे पास भी शुरू से उसे हत्यारा मानने के सिवाय कोई विकल्प नहीं था। यह तो बाद में जैसे-जैसे मैं उससे मिलता गया, मेरे मन का संशय बढ़ता गया।

आज जब मैं उसके सेल से बाहर निकल रहा था मैं पूरी तरह से भ्रमित था। शायद भ्रमित कहना उचित नहीं होगा। ऐसा तो नहीं कि जब सेल से सर झुकाये, थके क़दमों से मैं बाहर निकला तो कहीं-न-कहीं मुझे भी लग रहा था कि एलन अपराधी नहीं था! फिर वह कन्फेशन किस बात का करता?

वापस लौटते समय मेरे मन में कई बार आया कि मैं जेल के उस एकान्त भरे कॉरीडोर में, जिसका सन्नाटा सिर्फ़ मेरे क़दमों की चाप से टूट रहा था, रुकूँ और पीछे मुड़कर काल-कोठरी की सलाख़ों को दोनों हाथों से पकड़े और मेरी पीठ पर एकटक निगाहें गड़ाये एलन को अन्तिम बार देख लूँ पर सिर्फ़ इस झिझक से मैं सीधे चलता चला गया कि उसके चेहरे पर नज़रें डालते ही मेरी निगाह उस मुस्कान पर पड़ेगी जिसके बारे में मैं अब तक फ़ैसला नहीं कर पाया था कि उसमें सिर्फ़ निष्पाप भोलापन है या कोई चुनौती छिपी है?

दोस्त हाथों से क़त्ल हुआ

बचपन में नानी के सुने क़िस्सों में आने वाले भूत बहुत वाचाल होते थे। वे वक़्त-बेवक़्त कभी भी बोल सकते थे। न सिर्फ़ बोल सकते थे बल्कि बोलते थे और ख़ूब बोलते थे। शायद यही वजह है कि जिन भूतों से मेरी दोस्ती होती है वे सभी ख़ूब बोलते हैं। उन्हें चुप कराना मुश्किल हो जाता है। बचपन में मैं भूतों से डरता था और उनके डर से बीच में ही जग जाता या भागकर किसी बड़े की शरण में चला जाता, इसलिए उनसे संवाद बीच में ही टूट जाता। अब डर नहीं रहा इसलिए मेरे साथ भूतों के भी मज़े हैं। वे देर तक बोल सकते हैं और मैं सुन सकता हूँ।

भूतों और मँजे हुए क़िस्सागो में क्या समानताएँ हो सकती हैं? मेरी नानी ज़बरदस्त क़िस्सागो थीं। मेरी बचपन की स्मृतियों में अपने ननिहाल में बितायीं वे रातें अब तक टँगी हैं जिनमें आधा सोते-आधा जगते और हुंकारी भरते नानी को घेरे बच्चों में से एक मैंने विलक्षण कहानियाँ सुनी थीं। ये कहानियाँ साल दर साल गर्मियों की छुट्टियों में सुनायी जाती थीं और इनमें आदि और अन्त ही तय होता। मध्य में हमेशा नये पात्र जुड़ते-घटते रहते थे। पूरा-का-पूरा कथानक बदल जाता था पर नानी किसी सधे कथाकार की तरह अन्त वहीं करती थीं। हर साल और हर चौथी-पाँचवीं रात दुहरायी जाने वाली कहानियों में इन परिवर्तनों से इतनी विविधता भर जाती थी कि हम कभी भी ऊबते नहीं थे और हर बार ऐसा लगने के बावजूद कि कहानी पहले कही जा चुकी है, कोई भी नानी को नहीं टोकता। सारे जोड़-घटाने के बावजूद अन्त तयशुदा ही होता।

इसमें नानी की कोई ग़लती नहीं थी। उनके बचपन, जिसमें ये कहानियाँ नानी

को सुनायी गयी थीं, में कहानियों का सुखद अन्त रखने का चलन था। सौभाग्य से इन कथाओं के रचयिता उन यथार्थवादियों के चंगुल में नहीं फँसे थे जो जीवन को उसकी खुरदुरी सचाइयों के साथ पेश करना चाहते हैं। क़िस्सागोई की इस परम्परा में पेड़, पौधे, पशु, पक्षी सब हँसते-खिलखिलाते थे, परियाँ, राजकुमारियाँ, राजकुमार उड़नखटोलों पर बैठकर वहाँ तक चले जाते थे जहाँ तक मनुष्य की कल्पना जा सकती थी, लोभी मन्त्री और दुष्ट राक्षस हमेशा असफल होकर सज़ा पाते थे। कहानी का अन्त इस सदिच्छा के साथ होता था कि जैसे इस कथा के राजकुमार को उसका राजपाट और राजकुमारी वापस मिल गयी, वैसे ही सबको मिल जाए।

आज मैं सोचता हूँ तो लगता है कि कितने अच्छे थे वे दिन। न कहीं भूख थी, न दैन्य, न रोग, न शोक। सबकुछ अच्छा-ही-अच्छा था। आज के शासकों की तरह उन दिनों के राजा-महाराजा जनता को सिर्फ़ लूटते नहीं थे। तोता-मैना आसन्न संकट की सूचना पहले ही दे देते थे। कथा के मध्य तक जितना भी रहस्य-रोमांच हो, श्रोता अन्दर से कहीं-न-कहीं आश्वस्त होता था कि अन्त भला ही होगा। सौभाग्यशाली थीं नानी और उनकी नानी कि उनका परिचय यथार्थवादी कथा लेखकों से नहीं हुआ था। वे अपनी ख़ुशगवार दुनिया में मस्त रहते थे।

मेरे मित्र क़िस्सागो भूत इतने भाग्यशाली नहीं हैं। उनसे ऐसे समय में मेरा परिचय हुआ जब सुखान्तवादी क़िस्सागोई की परम्परा लगभग ख़त्म हो चुकी है। अब न परिवारों में क़िस्से सुनाने वाली दादी-नानी हैं और न इंटरनेट, टी.वी. में उलझे बच्चों के पास इतना समय कि उन्हें तलाश सकें। ऐसे समय में तो सिर्फ़ ये भूत ही बचे हैं जो क़िस्सागोई की परम्परा को बचाये हुए हैं। उनके साथ दिक़्क़त सिर्फ़ इतनी ही है कि वे उन्हीं को क़िस्से सुनाते हैं जिन्हें इनके अस्तित्व में यक़ीन न हो। जो उनमें विश्वास करते हैं उन्हें तो सिर्फ़ डराते हैं। मुझे दूसरों से क्या मतलब? मुझे उनके होने में विश्वास नहीं है, इसलिए वे मुझे ख़ूब क़िस्से सुनाते हैं।

भूतों में क़िस्सागोई की रिले परम्परा है, कम-से-कम मेरे भूतों में तो है ही। रिले रेस के धावकों की तरह वे अपना हिस्सा दौड़ चुकने के बाद कथा दूसरे व्यास को थमा देते हैं। विशेष बात यह है कि हर व्यास किसी मँजे कथावाचक की तरह इस तरह कथा कहता है कि लगता ही नहीं कि कोई कथा टुकड़ों में कही जा रही है।

कैप्टन यंग के भूत ने भी इस मुकाम पर पहुँचकर कथा का बेटन दूसरे भूत को थमा दिया। मैं उसका साथ छोड़ना नहीं चाहता था। पिछले कई दिनों से वह मेरे साथ था। उठते, बैठते, सोते, जागते का साथी था कप्तान। उसका अरबी घोड़ा, लाल फ़ौजी

जैकेट, कानों को छोपते हुए उसके गलमुच्छे, उन्नत ललाट, चौड़ा वक्ष और इन सबसे अधिक मेरे कानों में फुसफुसाती उसकी मीठी आवाज़— इन सबसे बिछुड़ना तक़लीफ़देह था। लेकिन मैं जानता था कि भूत जब एक बार फ़ैसला कर लेते हैं तो फिर उन्हें डिगाना बड़ा मुश्किल होता है। इस भूत ने साथ छोड़ने की जो वजह बतायी वह बड़ी अजीब थी।

कैप्टन यंग ने तीसरी गोरखा पलटन खड़ी की थी। इसलिए आज तक अपने को उसका जनक मानता है। हर सुख-दुख में वह उसके साथ रहता है। पलटन जहाँ कहीं तैनात हो वह उसी के आस-पास मंडराता रहता है। सारे युद्धों में जहाँ तीसरी गोरखा लड़ी है वह रणभूमि के पास किसी ऊँचे दरख्त या खंडहर के ऊपर बैठकर अपने लड़ाकों को बहादुरी से लड़ते देखता रहा है। जब कभी लड़ाके जीते हैं उसने जम कर उनके साथ मधु पी है और झूम कर झामरे नाचा है। लड़ाकों की हार पर महीनों उदास बेचैन इधर-उधर भटका है। पूरे चाँद की रात वह ज़रूर मलिंगर के खंडहरों में अपना घोड़ा दौड़ाता है लेकिन बाक़ी सारा वक़्त तो वह तीसरी गोरखा की लाइन में, बैरकों या मेसों के कोने-अँतरे में ही बिताता है।

इस तीसरी गोरखा पलटन के सार्जेंट मेजर एलन को वह कैसे अकेला छोड़ सकता था! भले ही एलन उसकी पलटन में सिर्फ़ दो-ढाई साल ही रहा हो, पर रहा तो था। रेजिमेंट की परम्परा थी कि एक बार जो उसका हुआ, वह हमेशा के लिए होकर रह गया। इसलिए जैसे ही उसे एलन के मुसीबत में होने का पता चला वह भागता हुआ देहरादून की अदालत में पहुँचा। अदालत के रोशनदान से लटके-लटके उसने पूरे मुक़दमे की कार्यवाही देखी थी। पूरी कार्यवाही में एलन जिस बहादुरी से तन कर खड़ा रहा, उस पर कैप्टन यंग को आज भी गर्व है। ऐसा सिर्फ़ वही कर सकता है जिसका ताल्लुक तीसरी गोरखा पलटन से रहा हो।

कैप्टन यंग ने मुझे वह प्रसंग कितनी बार सुनाया था जिसमें वकील बार-बार एलन से पूछता था कि शाम सात-साढ़े सात बजे से आधी रात तक वह कहाँ था और एलन हर बार एक ही जवाब देता था कि उसे याद नहीं। चिढ़कर वकील एलन को पुलिस के सामने दिये बयान की याद दिलाता था कि वह इस बीच किसी लड़की के साथ था लेकिन उसका नाम नहीं बताएगा। इस पर हर बार एलन ख़ामोश हो जाता और वकील या जज के निरन्तर पूछने पर भी कोई जवाब नहीं देता।

कैप्टन यंग का मन अदालती कटघरे में खड़े एलन का माथा चूम लेने का करता रहा। उस क्षण उसे भूत होने पर अफ़सोस हुआ पर इस बात पर गर्व भी कि उसने तीसरी गोरखा को ऐसी शानदार परम्परा दी है कि उसमें कुछ दिन काटने वाला भी

फाँसी चढ़ सकता था पर कोई ऐसा काम नहीं कर सकता था जिससे किसी भद्र महिला की प्रतिष्ठा ख़तरे में पड़ जाए। विक्टोरियन नैतिकता की यह मिसाल सिर्फ़ उसके लड़ाके ही पेश कर सकते थे।

एलन को फाँसी की सज़ा सुनाते हुए जज को कैप्टन यंग ने देखा था और यह भी देखा था कि कैसे सज़ा सुनते समय एक क्षण के लिए एलन का चेहरा स्याह हुआ और फिर कैसे निर्विकार हो गया। उसके होंठों पर खेलने वाली भोली-भाली मुस्कान कब वापस आयी, यह भी यंग को याद है। पर इस मुक़दमे के दौरान और उसे बाद से आज तक उसे यह जानने की उत्सुकता बनी हुई है कि क्या एलन सचमुच हत्यारा था? उसने बहुत कोशिश की लेकिन सचाई का पता नहीं लगा सका। पूरी मसूरी में पागलों की तरह वह भटका है, हर उस किसी की, जिससे एलन का सम्बन्ध हो सकता था, उसने जासूसी की है, कई-कई दिनों वह घंटों पब्लिक लाइब्रेरी में बैठा है और मसूरी से छपने वाले **मसूरी टाइम्स** और बाहर से आने वाले **स्टेट्स मैन** में इस हत्याकांड को लेकर छपने वाली बहसों को पढ़ा है, लेकिन अन्तिम सच तक नहीं पहुँच पाया। इसी सच की तलाश में वह उस भूत तक पहुँचा था जिसके बारे में उसे पूरा यक़ीन था कि वह घटना का चश्मदीद गवाह हो सकता था। हालाँकि कैप्टन यंग पूरी कोशिश करके भी उससे कुछ उगलवा नहीं पाया था पर एक मनुष्य के रूप में शायद मैं क़ामयाब हो सकूँ। इसीलिए वह मुझे इस नये भूत से मिलवाने के लिए तैयार हो गया। शर्त सिर्फ़ इतनी थी कि अगर मैं सफल हुआ तो मुझे कैप्टन यंग को सचाई से अवगत कराना होगा।

कथा के जिस मोड़ पर वह पहुँचाकर साथ छोड़ रहा था, वहाँ बहुत से ऊबड़ खाबड़ रास्ते थे। मैं समझ नहीं पा रहा था कि कथा अपनी तार्किक परिणति तक कैसे पहुँचेगी? यह स्पष्ट हो गया था कि यंग ख़ुद जानना चाहता है कि एलन हत्यारा था या नहीं? वह तो उगलवा नहीं पाया पर शायद एक मनुष्य यानी मैं दूसरे भूत से सच मालूम कर सकूँ। पूरे विश्वास से तो नहीं कह सकता, लेकिन शायद यही कारण था कि यंग ने मेरा साथ छोड़ दिया। जाने से पहले वह मुझे जिसके हवाले कर गया वह भी कुछ कम दिलचस्प क़िस्सागो नहीं था।

इस बार का क़िस्सागो था नहीं, थी। दरअसल यह भूत एक स्त्री का था। मैंने पहले ही पाठकों से निवेदन किया था कि लैंगिक भेदभाव से भरे हमारे समाज में स्त्री का शरीर अक्सर गाली-गलौज के काम आता है। हम शायद ही किसी पुरुष को गाली देते समय 'भूत' शब्द का इस्तेमाल करते हों पर 'भूतनी' स्त्रियों के लिए ज़रूर गाली देने के काम आती है। जो भूत मेरे लिए इतने मित्रवत हैं उन्हें कोई ऐसा सम्बोधन देने

की मैं कैसे सोच सकता हूँ जिससे वे अपमानित महसूस करें! आप कह सकते हैं कि भूत तो मान-अपमान, और प्रेम-घृणा इन सबसे ऊपर होते हैं। कोई गाली उन्हें नहीं व्यापेगी। पर मैं नहीं मानता। भूतों के अपने लम्बे अनुभव के आधार पर मैं कह सकता हूँ कि कोई भी भूत मान-अपमान और प्रेम-घृणा से उतना ही प्रभावित होता है जितना जीवित अवस्था में वह इन भावनाओं से प्रभावित होता था। इसलिए मैं व्याकरण दोष अपने सर लेते हुए अपनी इस नयी मित्र को भूत ही कहूँगा, भूतनी नहीं।

कैप्टन यंग ने जब इस भूत से मुझे मिलवाया, उसे नहीं पता था कि मेरी इससे पहले ही मुलाक़ात हो चुकी है।

मेरी यह नयी मित्र मैडम रिप्ले बीन थी और कैप्टन यंग की तरह इससे भी मेरी मुलाक़ात माल रोड पर ही हुई थी। जिस दुकान पर कैप्टन यंग मुझे मिला था उसी के बगल में एक किताबों की दूसरी दुकान थी। यह फुटपाथ पर लगने वाली एक छोटी-सी दुकान थी। दो बड़ी दुकानों की सीढ़ियों को इस तरह घेरकर कि उनमें जाने वालों को दिक़्क़त न हो, एक काम चलाऊ दुकान निकाली गयी थी। यह पुरानी किताबों की दुकान थी— बिल्कुल उसी तरह की जैसी दिल्ली के फुटपाथों पर दिखती है या फिर अक्सर मसूरी जैसे हिल स्टेशनों पर दिखायी देती है। इन पर व्यक्तिगत संग्रहों या पुराने पुस्तकालयों से औने-पौने भावों पर बेची गयी किताबें, बड़े-बड़े एटलस, विश्वयुद्धों की सचित्र गाथाएँ या बच्चों के कॉमिक्स बिकते रहते हैं। मुझे अक्सर इन्हीं दुकानों पर दुनिया भर की बेहतरीन किताबें मिली हैं। इसीलिए मैं जब भी किसी नये शहर में घूम रहा होता हूँ तो मेरा काफ़ी वक़्त इन दुकानों पर भी बीतता है।

मसूरी में मेरा यह दूसरा दिन था और पिछली रात मैंने जग कर गोरखों के बारे में पढ़ा था और मेरे दोस्तों की सूची में कैप्टन यंग का नाम जुड़ा था। फ़ादर कैमिलस की डायरी पढ़ते-पढ़ते मैं कब सोया, मुझे याद नहीं था। थकान और अनिद्रा से मेरा सर फटा जा रहा था। बाहर हल्की गुनगुनी धूप खिली थी। हल्का नाश्ता करके मैं माल रोड पर निकल आया। बाहर शायद सुकून मिल सके या कुछ देर टहलकर मैं ख़ुद को इतना थका सकूँ कि दोपहरी में भी थोड़ी देर नींद आ जाए। मैं यह सोचकर बाहर निकला था।

माल रोड पर मज़े की भीड़ थी। मैं कई सालों बाद मसूरी आया था और मेरी स्मृति में तब की मसूरी थी जब सड़कों पर इतनी भीड़ नहीं होती थी। रात होते ही शहर सूना हो जाता था। इस बार सबकुछ बदला बदला-सा था। बाज़ार लोगों से पटे

थे। स्थानीय लोगों के अलावा काफ़ी सैलानी सड़क पर थे। इस समय तो हल्की धूप की वजह से और ज़्यादा लोग मटरगश्ती कर रहे थे। धूप गुनगुनी थी और अच्छी लग रही थी। एहतियातन कुछ लोगों ने भारी गर्म कपड़े पहन रखे थे पर मसूरी की ढलान और चढ़ाई वाली सड़कें धूप में चलने वालों के माथों पर पसीना चुहचुहा रही थीं। मैं भी उन्हीं में से एक था। मुझे पता था कि पहाड़ों पर मौसम कितना दग़ाबाज़ हो सकता है और कब मौसम का मिज़ाज बदल जाए और सूरज को ढँकते हुए बादल मसूरी की पहाड़ियों को ढँक लें, इसे कोई भी नहीं बता सकता। ज़रा तेज़ हवा या हल्की बारिश कँपकँपाती ठंड का सबब बन सकती है। इसीलिए मैंने भी कोई ज़ोख़िम नहीं लिया था और ढेर सारे ऊनी कपड़े पहने हुए था। धूप में थोड़ी देर चलने पर मुझे गर्मी-सी लगने लगी और मैं कहीं रुककर सुस्ताना चाहता था कि तभी मुझे फुटपाथ की यह दुकान दिख गयी।

इसी दुकान पर मिस रिप्ले बीन से मेरी मुलाक़ात हुई। यह मुलाक़ात इतनी अचानक थी कि मुझसे छूट भी सकती थी। दुकान पर बहुत-सी पुरानी किताबें थीं। डिकेंस, हेमिंग्वे, शेक्सपियर, चेखव, गोर्की, टालस्टॉय, आर्थर कानन डायल जैसे बहुत से बड़े नाम थे जो इस तरह की दुकानों पर अक्सर मिल जाते हैं। मेरी निगाहें जिस पर टिकीं वह एक अद्भुत ख़ज़ाना था। *'द इंटरनेशनल लाइब्रेरी ऑव फेमस लिटरेचर'* के दो खंड एक तरफ़ पड़े थे। मैंने पहला ही खंड उठाया कि मेरा शरीर ख़ुशी से उत्तेजित हो उठा। मैं उन्हें लेकर फुटपाथ के एक किनारे ज़मीन पर बैठ गया। सन् 1900 में बीस खंडों में छपी इस श्रृंखला में उस समय तक योरोपीय भाषाओं में जो कुछ श्रेष्ठ छपा था, उपलब्ध था। इस तरह के दुकानदार गुणी ग्राहकों को फौरन ताड़ लेते हैं। यह दुकानकार भी अपने दूसरे ग्राहकों को निपटाते-निपटाते मुझ पर उचटती निगाहें डालता रहा और फुटपाथ पर फैली अपनी किताबों के बगल में रखे बक्से में से निकाल कर श्रृंखला की पाँच किताबें और मेरे पास रख गया।

''और भी हैं। आप इन्हें देखिए, मैं अभी निकालता हूँ।''

उसे शेष खंड निकालने की ज़रूरत नहीं पड़ी। चौथे खंड में मुझे वह पर्चा मिल गया जिसने रिप्ले बीन से मेरी मुलाक़ात करायी थी।

सारे खंड बुरी हालत में थे। ऐसा लगता था कि बहुत दिनों तक किसी बक्से में बन्द, धूप और हवा से वंचित ये किताबें सिर्फ़ कबाड़ी को बेचने के लिये ही निकाली गयी थीं। छपने के लगभग अस्सी साल बाद ये मसूरी के इस फुटपाथ पर बिकने आयी थीं। नुची-चुथी, जगह-जगह से उखड़ी ज़िल्दों और पीले पड़ चुके पन्ने वाली इन किताबों में जिस किसी का पहला पृष्ठ सुरक्षित था उस पर बड़े

कलात्मक ढंग से पुस्तक के मालिक के हस्ताक्षर और ख़रीदने की तारीख़ अंकित थी। हस्ताक्षर इतने स्पष्ट थे कि उन्हें पढ़ने में कोई दिक़्क़त नहीं हो सकती थी। ऐसा लगता था कि किसी ने निब को काली स्याही में डुबोकर बड़े सुरुचिपूर्ण ढंग से लिखा था— रिप्ले बीन। शुरुआत में अर्द्ध गोलाकार और अन्त में एक लम्बी सीधी रेखा के साथ ख़त्म होता एन। जितनी किताबों पर हस्ताक्षर थे सब एक ही जैसे सधे।

पुरानी कहावत है कि आप लिखावट से लिखने वाले के व्यक्तित्व का अन्दाज़ लगा सकते हैं। ख़ास तौर से हस्ताक्षर किसी व्यक्ति को समझने में बड़ी मदद करते हैं। काली स्याही में डुबोकर निब से सुघड़ता से अंकित रिप्ले बीन। एक कलात्मक और सुरुचि सम्पन्न छवि वाला चेहरा सामने कौंधा। दर्प की हदों को छूने वाला आत्मविश्वास पर किसी को टूटकर प्यार करने को मचलता दिल भी।

मैं अलग-अलग खंडों के प्रथम पृष्ठ पर उपलब्ध हस्ताक्षरों को ध्यान से देखकर रिप्ले बीन की छवि उकेरने की कोशिश कर ही रहा था कि *'द इंटरनेशनल लाइब्रेरी ऑव फेमस लिटरेचर'* के चौथे खंड के पीले जर्जर पृष्ठों में से किसी डायरी के पन्ने को आधा फाड़कर उस पर एक पंक्ति में लिखा गया वह पुर्जा गिरा जिसने रिप्ले बीन में एकदम से मेरी दिलचस्पी बढ़ा दी।

नो रिग्रेट्स माय लव— एक पंक्ति किसी मोटी नोक वाली क़लम से लिखी गयी थी। काग़ज़ पूरी तरह से पीला पड़ गया था। उसे दो बार तह कर मोड़ा गया था और न जाने कितने बरसों बाद उसे सीधा किया जा रहा था। ज़रा-सी असावधानी से वह किसी कड़ी सतह वाली धातु-सा टूटकर चार टुकड़ों में तब्दील हो सकता था। मैंने पूरी सावधानी से उस पर हाथ फेरकर उसे सीधा करने की कोशिश की। जहाँ-जहाँ से काग़ज़ मुड़ा था वहाँ उसमें गहरी दरारें पड़ गयी थीं। ऊपर की दाहिना बाजू वाली दरार में धुँधली-सी कोई संख्या दिख रही थी। ग़ौर से देखने पर समझ में आया कि ख़त लिखने की तारीख़ थी। दिन और महीना तो इतना धुँधला गये थे कि बड़ी कोशिशों के बावजूद मैं उन्हें नहीं पढ़ सका। सन् का अन्दाज़ा लगते ही मेरा पूरा शरीर झनझना उठा। सन 1910 यानी जिस सन् में एलन को फाँसी हुई थी। मैंने अपनी सारी इन्द्रियों को एकाग्र करते हुए काग़ज़ के निचले हिस्सों में छिपे उन अक्षरों को पढ़ने की कोशिश की जिनमें पत्र लेखक का नाम छिपा था। पाँच अक्षरों में सिर्फ़ बीच में एक ई ही पढ़ा जा सकता था। हे भगवान, क्या यह एलन था! ए एल एल इ एन। सचमुच यह तो एलन का ही ख़त था। रिप्ले बीन की हस्तलिपि से उलट यह किसी कम-पढ़े लिखे और उतावले व्यक्ति द्वारा मोटी नोंक वाली क़लम से लिखी गयी पंक्ति थी।

अगर यह 1910 में लिखा गया था तो निश्चित रूप से मरने के कुछ पहले नैनी जेल से उसने लिखा था। पर यह ख़त रिप्ले बीन तक कैसे पहुँचा? कौन है या थी ये रिप्ले बीन?

सर्दियों की शाम धीरे-धीरे रात में तब्दील हो रही थी। बूँद-बूँद कर टपकते हुए सर्द कोहरे ने स्ट्रीट लाइट और दुकानों के बाहर लगे बल्बों की रोशनी को इतना कमज़ोर कर दिया था कि अब थोड़ी दूर की चीज़ों को देखने के लिए भी अनुमान का सहारा लेना पड़ रहा था।

रिप्ले बीन की गुत्थी सुलझाने का प्रयास करते हुए मैंने चारों ओर देखा। जिस छोटे से बरामदे की सीढ़ियों पर किताबें फैली हुई थीं उसमें तेज़ वाट के बल्ब जल रहे थे लेकिन कोहरे के तैरते हुए बादल बरामदे के अन्दर घुस आये थे और रोशनी के कमज़ोर चकत्ते किताबों पर पड़ ज़रूर रहे थे पर उन्हें पढ़ना मुश्किल लगने लगा था।

कुछ दूर सीढ़ियों पर उकड़ूँ बैठा दुकानदार मुझे ही एकटक देख रहा था। मैं *'द इंटरनेशनल लाइब्रेरी ऑव फेमस लिटरेचर'* के खंडों में इस क़दर उलझा हुआ था कि मुझे पता ही नहीं चला कि कब उसने अपनी ज़्यादातर किताबों को समेटकर दो बड़े-बड़े बक्सों में भर लिया था। थोड़ी-सी किताबें उसके पैरों के पास पड़ी थीं, जिन्हें वह समेट ज़रूर रहा था पर उसकी निगाहें मुझ पर ही गड़ी थीं। शायद वह तौल रहा था कि मैं कुछ ख़रीदूँगा भी या सिर्फ़ किताबें उलट-पुलट कर अपना वक़्त काट रहा था।

रिप्ले बीन के बारे में वही मुझे बता सकता था। मैंने *'द इंटरनेशनल लाइब्रेरी ऑव फेमस लिटरेचर'* के सातों खंडों को एक के ऊपर एक रखते हुए पूछा, "बाक़ी कहाँ मिलेंगे?"

"बस ये ही हैं। सात खंड ही छपे हैं।"

"अरे नहीं भाई, दस खंडों में छपी है यह शृंखला। बाक़ी तीन रिप्ले बीन के यहाँ होंगी।"

दुकानदार ने चौंक कर देखा, "उनके यहाँ होंगी तब तो मिलेंगी। मिलेंगी तो मेरे यहाँ ही... आप सात वाल्यूम ले जाओ। मैं दो-एक दिन में बाक़ी भी ले आऊँगा।"

मैं समझ गया। वह मुझे तौल रहा था। मैं कुछ ख़रीदूँगा भी या सिर्फ़ बहानेबाज़ी कर निकल भागना चाहता हूँ। फुटपाथ की दुकानों पर जहाँ खिड़कियाँ नहीं होतीं वहाँ भी विंडोशॉपिंग ख़ूब होती है। लोग घंटों किताबें देखते हैं फिर कोई-न-कोई बहाना बना कर उठ जाते हैं। कई बार तो बहाने की भी ज़रूरत नहीं

होती। देर तक उलटने-पुलटने के बाद कोई अगर किताबों को बेतरतीबी से उनके ढेर में वापस रखते हुए उठने लगता है तब इस आदमी के पास बेचारगी से उसे घूरने के अलावा और क्या चारा रह जाता है?

''रिप्ले बीन क्या मसूरी में रहती हैं?''

''उन्हें मरे तो कई साल हो गये।''

उसने जिस बेरुख़ी से जवाब दिया था उससे स्पष्ट हो गया था कि वह रिप्ले बीन का पता मुझे नहीं बताना चाहता था। उसने धीरे-धीरे बाक़ी किताबों को भी बक्सों में भरना शुरू कर दिया। उसका हाथ मेरे पास पड़े सात खंडों तक पहुँच चुका था। अगर एक बार किताबें उसके बक्से में चली जातीं तो सम्भव था कि उससे मेरा संवाद ही ख़त्म हो जाता और ख़त्म हो जाती रिप्ले बीन को ढूँढ़ने की उम्मीदें। मैंने किताबों को अपने पास समेट लिया।

''कितने में दोगे?''

दुकानदार के चेहरे का तनाव ढीला पड़ने लगा। उसने मुझे किताबों की क़ीमत बतायी। इस तरह की ख़रीदारी के मेरे अनुभव ने मेरे मुँह से जो क़ीमत बुलवाई वह दुकानदार की कही राशि की तिहाई से भी कम थी। वह भी इस मोल-तोल का अभ्यस्त था। बिना किसी झुँझलाहट या अधैर्य के वह राशि घटाता-बढ़ाता रहा। अन्त में पुरानी बोली के आधे पर सौदा तय हो गया। मैंने जेब से रुपये निकालते हुए फिर पूछा, ''रिप्ले बीन कहाँ मिलेंगी?''

दुकानदार चुप रहा। पैसा उसके हाथ में पकड़ाते हुए मैंने अपना सवाल दुहराया। पैसा हाथ में लेने के बाद उसने जवाब दिया, ''उन्हें मरे कई साल हो गये।''

''अरे नहीं भाई... मैं जब मिला था तब तो ठीक लग रही थीं।''

''कब मिले थे आप?''

दुकानदार ने ध्यान से मुझे देखा। मुझे लगा कि मेरा झूठ पकड़ा गया। मैंने धीमी आवाज़ में कहा, ''काफ़ी पहले।''

''मैडम को मरे कई साल हो गये।'' उसने बात नहीं बढ़ाई।

''उनके पास पुरानी किताबों का ख़ज़ाना था। शायद उनके बाप का रहा हो। बुढ़ऊ को मैंने देखा नहीं था पर मैडम बताती थीं कि उन्हें पढ़ने का बहुत शौक़ था। विलायत से जवानी में ही आ गये थे व्यापार करने, फिर लौट कर नहीं गये। यहीं गोरा क़ब्रिस्तान में दफ़न हैं। मैडम की बड़ी इच्छा थी कि उनके बगल में मिट्टी

मिले लेकिन ईश्वर को कुछ और मंजूर था। जब हम लोग उन्हें लेकर गये तो बगल में जगह कुछ कम पड़ गयी और फिर उनके लिए थोड़ी दूर क़ब्र खोदनी पड़ी।''

दुकानदार रौ में आ गया था। शायद उन सात खंडों की बिक्री ने उसके अन्दर जोश भर दिया था। अब उसे किताबें समेटने की जल्दी नहीं लग रही थी। मैंने भी उसे नहीं रोका।

''मैं बचपन से मैडम के पास जाता रहता था, पहले बाप के साथ, फिर अकेले। मेरा बाप उनसे घंटों चिरौरियाँ करता तब वे कोई किताब बेचने के लिये तैयार होतीं। कहतीं, पापा डाँटेंगे।''

''तुमने उनके पापा को देखा था?''

''नहीं...। जब मैंने जाना शुरू किया पापा को मरे कई साल हो गये थे। पर वे रोज़ आते थे और मैडम बूढ़ी होने को आयी थीं लेकिन उन्हें बुरी तरह डाँटते थे।''

अरे ये तो भूत का मामला है... मेरे कान खड़े हो गये और भीतर की सारी इन्द्रियाँ चौकन्ना हो गयीं। रिप्ले बीन के पापा से दोस्ती हो सकती है... या फिर हो सकता है कि रिप्ले बीन से ही दोस्ती हो जाए। मुझे एक अदद फोटो चाहिए था। दोनों में से किसी एक की।

''तुम्हारे पास उसकी कोई फोटो होगी?''

''किसकी?''

''रिप्ले बीन मैडम की या फिर उनके पापा की।''

दुकानदार ने आश्चर्य से मुझे देखा।

''फोटो मेरे पास कहाँ से आएगी? फिर फोटो का आप करोगे क्या?''

मैं उसे समझा नहीं सकता था। अगर मैं कहता कि मेरी भूतों से दोस्ती हो जाती है और दोस्ती शुरू करने के लिए ज़रूरी है कि मुझे जीवित अवस्था की उनकी फोटो मिले तो वह निश्चित रूप से मुझे पागल समझता।

मैंने सात खंड एक साथ ख़रीदे थे। निश्चित रूप से उसे अच्छी-ख़ासी आय हुई थी और शायद यही कारण था कि जितनी देर उसने किताबें समेटी और अपना बक्सा बन्द किया वह लगातार रिप्ले बीन, जिन्हें वह 'मैडम' कह रहा था, के बारे में बोलता रहा।

उसके मुताबिक़ वह अपने बाप के साथ मैडम के यहाँ जाया करता था। उसका बाप पुरानी किताबों का मसूरी का सबसे जानकार विक्रेता था। वह भी इसी जगह पर दुकान लगाता था। बेटे के मुताबिक़ बाप को शहर के सारे उन

बूढ़े-बूढ़ियों के नाम-पते याद थे जिनके यहाँ किताबों के ख़ज़ाने गड़े हुए थे। इस सूची में सबसे ऊपर थीं रिप्ले बीन मैडम, जिनके पास बेमिसाल किताबें थीं। बाप ने पहली बार ही आलमारियों में सलीके से लगी इतनी बेशक़ीमती किताबों पर विस्फारित नेत्रों से निगाहें दौड़ाई थीं। पहली नज़र में ही उसने जान लिया था कि अनमोल ख़ज़ाना है बुढ़िया के पास और दो-एक मुलाक़ातों में ही उसे यह भी समझ में आ गया था कि करीने से सजी किताबों में से एक भी ख़रीदना बहुत मुश्किल है।

मैडम किताबें क्यों नहीं बेचना चाहती थीं इसका जो कारण सर्दी की उस शाम, जब अँधेरा धीरे-धीरे सर्द कोहरे के रूप में टपक रहा था, उसने मुझे बताया वही रिप्ले बीन से मेरी दोस्ती का सबब बना।

पचहत्तर पार कर रही रिप्ले बीन अपने पिता से बहुत डरती थीं। उनके पिता को मरे सालों हो गये थे किन्तु अभी भी रिप्ले उनके लिए किसी लापरवाह किशोरी की तरह थीं जिन्हें सीधे रास्ते पर रखने के लिए डाँटते रहना पिता बहुत ज़रूरी समझते थे। उनकी इस समझ को ग़लत भी नहीं कहा जा सकता। उनके पिता मसूरी के शुरुआती गोरे बाशिन्दों में से थे। मैडम सिर्फ़ इतना बताती थीं कि कार्डिफ के किसी देहाती इलाक़े से काफ़ी कम उम्र में ही वे जड़ी-बूटियों की तलाश में मसूरी आये और यहाँ के एकान्त और ख़ूबसूरती से इतने प्रभावित हुए कि यहीं के होकर रह गये। सालों उन्होंने पहाड़ी से जड़ी-बूटियाँ तलाशीं और अपने देश भेजते रहे। हर साल सोचते थे कि अगले क्रिसमस में वतन वापस लौटेंगे लेकिन जा कभी नहीं पाये। जड़ी-बूटियों के धन्धे में पहले तो ख़ूब कमाई हुई पर बाद में कलकत्ते के बिचौलियों ने धोखा देना शुरू कर दिया। उन्होंने जड़ी-बूटियों का काम छोड़ दिया और दूसरे धन्धों पर हाथ आज़माये। हर जगह एक ही कहानी दोहराई गयी। शुरू में तो हर बार फ़ायदा होता लेकिन बाद में कभी कोई पार्टनर धोखा दे देता तो कभी बाज़ार टूट जाता तो कभी कलकत्ते से विलायत जाने वाला ज़हाज दुर्घटनाग्रस्त हो जाता। मैडम की मानें तो उनके पिता व्यापार करने लायक ही नहीं थे। जो आदमी दिन का अधिकांश समय किताबों के साथ बिताये वह व्यापार में घाटा नहीं तो और क्या पाएगा? बहरहाल मैडम कुछ भी कहें पिता ने व्यापार में इतना ज़रूर कमाया था कि उन्होंने बारलोगंज की पहाड़ियों पर एक ख़ूबसूरत बँगला बनवाया और उसके लाल खपरैलों से ढँके चौड़े बरामदों में बैठकर वे नीचे दून की घाटी निहारते, दिन में बीयर या रात में व्हिस्की की चुस्की लगाते अपनी किताबों में उलझे रहते।

दुकानदार को उनकी पारिवारिक ज़िन्दगी के बारे में ज़्यादा कुछ नहीं पता था।

मैडम ने कभी अपनी माँ के बारे में बताया ही नहीं। शुरू-शुरू में जब अपने बाप के साथ उसने जाना शुरू किया तब उनके साथ उनकी एक कुबड़ी बहन और मानसिक रूप से अविकसित भाई रहते थे। बहन और भाई एक-एक करके मर गये और काफ़ी दिनों तक मैडम अकेली एक नौकर के साथ रहती रहीं।

मैडम अपने पिता से बहुत डरती थीं— यह तो दुकानदार ने शुरू में ही बताया था पर मरने के बाद उनसे मुलाक़ात कैसे होती थी यह प्रसंग अभी तक नहीं आया था। मैं साँस रोके उसी प्रसंग का इन्तज़ार कर रहा था।

क़िस्से में वह मोड़ भी आया जिसमें मेरी दिलचस्पी थी। लगभग रोज़ रात रिप्ले बीन के सोने के बाद उनके पिता आते। उन्हें बचपन से ही रिप्ले बीन की इस आदत का पता था कि वे रात में अपने ऊपर से कम्बल या रजाई फेंक देती है और ठंड में सिकुड़ती रहती है। पिता की आदत में शुमार था कि वे रात में दो चक्कर उनके बेडरूम का ज़रूर लगाते और ज़मीन पर आधा लुढ़का ओढ़ना ठीक करते, उन्हें अच्छी तरह ढँककर एक बार उनका माथा सहलाते और फिर चुपचाप कमरे से बाहर निकल जाते। अब रिप्ले बीन बूढ़ी ज़रूर हो चुकी थीं पर उनकी आदत नहीं बदली थी।

बचपन में तो अक्सर उन्हें पता ही नहीं चलता था कि कब पिता आये, कम्बल ओढ़ाया और दबे पाँव वापस चले गये। अब शायद बुढ़ापे में गहरी नींद न आने के कारण उन्हें पिता के आने का पता चल जाता। वे साँस रोके उनकी बड़बड़ाहट सुनती रहतीं। पिता की झुँझलाहट कई चीज़ों को लेकर थी। इस बात पर नाराज़गी तो थी ही कि इतनी उम्रदराज़ होने के बाद भी रिप्ले रात में ढंग से ओढ़ कर नहीं सोती और उन्हें अब भी उसका बिस्तर ठीक करना पड़ता है, सबसे बड़ी नाराज़गी इस बात पर थी कि उन्होंने जो आलीशान कोठी बनवाई थी, उसे बेचकर रिप्ले बीन सर्वेन्ट्स क्वार्टरनुमा दो कमरों के इस मकान में किरायेदार के रूप में रह रही थीं। रिप्ले बीन ने कई बार दबे स्वर में पिता को समझाने की कोशिश की कि अपने नीम पागल भाई और कुबड़ी बहन की देख-रेख के लिए ही उन्हें उस कोठी को बेचकर इस घटिया जगह में रहना पड़ रहा था पर पिता कभी इस बात को समझ नहीं पाते थे। वे उनकी सफ़ाई को अनसुना कर बड़बड़ाते और पैर पटकते हुए कमरे के बाहर चले जाते।

ज़ाहिर था कि ये पिता नहीं उनका भूत था, जो बार-बार रिप्ले बीन को सँभालने चला आता था। इसी के डर से वे पुरानी किताबें बेचने से डरती थीं।

दुकानदार और उनके बाप को जब रिप्ले बीन मैडम ने बताया कि उनके पिता ही रात-बिरात आकर किताबों को झाड़-पोंछ जाते हैं और रैक में से एक भी किताब ग़ायब होने पर उनकी लानत मजम्मत करते हैं तो उन्होंने इसे बुढ़िया के सनक जाने के तौर पर लिया था पर मुझे इसमें कोई अस्वाभाविक बात नज़र नहीं आयी। भूत तो होते ही भले और सहृदय हैं। अगर सत्तर के ऊपर पहुँची रिप्ले बीन के पिता का भूत उनकी देख-भाल करता है तो उसमें आश्चर्य क्या था!

दुकानदार के विस्तार भरे वर्णनों में मुझे सिर्फ़ एक दिक़्क़त महसूस हो रही थी। वह उस बिन्दु पर नहीं आ रहा था जिसमें मेरी सबसे अधिक दिलचस्पी थी। यह तो समझ में आ गया था कि रिप्ले बीन को मरे कई साल हो चुके हैं और उनके मरने के बाद ही उनके संग्रह की किताबें इस दुकान पर पहुँचीं पर उनका कोई फोटोग्राफ कहीं मिल सकेगा क्या, इसकी भनक वह नहीं लगने दे रहा था।

इसका हल भी निकल आया।

मैंने दुकानदार को आश्वस्त किया कि मुझे वैसी ही किताबों की दरकार है जैसी रिप्ले बीन के पिता पढ़ा करते थे और जो अब उसके क़ब्ज़े में हैं। ये किताबें उसके पास कैसे आयीं यह समझना बहुत मुश्किल नहीं था।

रिप्ले बीन के मरने के बाद निश्चित रूप से लालची गिद्ध की तरह मँडराने वाले दुकानदार और उसके बाप को मकान मालिक ने पहले भी देखा होगा। रिप्ले बीन के मरने के बाद उनके सामान पर क़ब्ज़ा करते समय और उन्हें एक-एक करके बेचते समय ज़रूर वह बड़बड़ाता रहा होगा कि बुढ़िया उसे लूट कर चली गयी। उसका इतना किराया बाक़ी है कि एक-एक सामान बेचकर भी वह उसकी भरपाई नहीं कर पाएगा। बुढ़िया छोड़ भी क्या गयी है— टूटा-फूटा फर्नीचर और किताबों का कबाड़। यह तो उसे पता ही था कि इन किताबों के लिए मसूरी के ये बाप-बेटे किस क़दर चक्कर लगाते रहते थे। दुकानदार के बताये बिना ही मैं जान गया था कि किताबों के रूप में पड़ा कबाड़ वह मकान मालिक को पटाकर उठा लाया था और अब एक-एक करके बेच रहा है।

मैंने उसे समझाया कि मेरी और रिप्ले बीन के पिता की पसन्द एक जैसी ही है और मैं उन किताबों को ख़रीदना चाहूँगा— किसी भी क़ीमत पर।

किताबों कई सौ की संख्या में थीं। दुकानदार ने उन्हें एक गोदाम में भर रखा था और रोज़ उनमें से कुछ अपनी ज़रूरत के मुताबिक़ निकालकर बेचने ले आता था। तय यह हुआ कि मैं दूसरे दिन सुबह उसके गोदाम पर पहुँच कर अपनी पसन्द की किताबें छाँट लूँ।

मेरी बहुत कोशिशों के बाद भी उसने मुझे रिप्ले बीन के उस मकान का पता नहीं बताया जहाँ अपने जीवन के आख़िरी दिनों में वे रही थीं।

इस तरह रिप्ले बीन का कोई फोटो हासिल करने का एक ही उपाय था कि मैं उनकी किताबों के ढेर में से कोई फोटोग्राफ ढूँढ़ निकालूँ और इस तरह उनसे दोस्ती की सूरत बने।

कुछ घंटों की मेहनत के बाद यह सूरत बन भी गयी। दूसरे दिन उसकी बतायी जिस जगह पर मैं पहुँचा वह मसूरी की तंग गलियों में गुज़रने के बाद आने वाली एक ऐसी पुरानी इमारत थी जिसके छोटे-छोटे कमरों में दरिद्रता पसरी हुई थी।

दर्जनों कमरों वाली इस इमारत के हर कमरे में एक परिवार बसा था। उस दोपहर जब मैं वहाँ पहुँचा तो सामने पहाड़ियों में एक कमज़ोर धुँधला-सा सूरज टँगा हुआ था और उसकी पीली धूप के चकत्ते बर्फ़ीली हवाओं के झोंकों से लड़ने की कमज़ोर कोशिश कर रहे थे। जहाँ-जहाँ धूप के वृत्त बन रहे थे वहाँ औरतों बच्चों के झुंड बैठ कर सर्दी का मुक़ाबला करने में लगे थे।

सुबह से गर्मी पड़ रही थी और ग्यारह बजते-बजते पहाड़ियों पर बादल भर गये और मूसलाधार बारिश के साथ ठंड झरने लगी थी।

बेतरतीब बिखरे सामानों और अचानक सामने आ जाने वाले बच्चों से बचाता हुआ दुकानदार मुझे एक सर्पाकार गलियारे से होता हुआ अन्दर ले गया। इमारत की हर दीवार और हर कोने में सीलन भरी हुई थी। सीलन की एक ख़ास तरह की गन्ध होती है जो लगातार नमी और बारिशों से उपजती है और पहाड़ों में आपकी नाक में देर तक बसी रहती है। यह सीलन उन किताबों में भी रच बस गयी थी जो अँधेरों की गिरफ़्त में क़ैद एक छोटे-से कमरे में बेतरतीबी से गँजी हुई थीं।

थोड़ी देर लगी, आँखों को अँधेरे का अभ्यस्त होने में। हल्का-हल्का दिखने लगा तो मैंने पाया कि सीलन से नम फ़र्श पर अख़बार बिछाकर उस पर किताबें गँजी हुई थी। किताबों को नमी चाट रही थी। ख़ास तौर से निचली किताबों के पन्ने पीले पड़ गये थे। रिप्ले बीन के पिता का भूत अगर भटक कर यहाँ आ पाया होता तो निश्चित रूप से इस दुकानदार की शामत आ जाती।

मुझे कमरे में छोड़कर दुकानदार बाहर निकल गया। मैंने अख़बार का एक टुकड़ा तलाशा, उसे कमरे के एक कोने में बिछाया और उस पर पालथी मार कर बैठ गया। मेरे सामने एक अकूत ख़ज़ाना मौजूद था— कथा, कविता, नाटक, दर्शन, इतिहास, यात्रा वृत्तान्त— कितना कुछ था जो मेरे सामने बिखरा पड़ा था। रिप्ले बीन के पिता की रुचि और समझ की दाद देनी होगी। जिस किताब पर हाथ रखता वही

मुझे ललचा देती। पर अपने लालच पर नियन्त्रण रखना ज़रूरी था। मैंने तेज़ी के साथ किताबों को उलटना-पुलटना शुरू किया। लगभग हर किताब के शुरुआती पन्ने पर एक हस्ताक्षर था और उसके नीचे तिथि अंकित थी। हस्ताक्षर थोड़े प्रयास के बाद स्पष्ट हो गया। शायद विलियम नाम था रिप्ले बीन के पिता का जिन्होंने पहले पृष्ठ पर हस्ताक्षर कर उसके नीचे किताब को हासिल करने की तारीख़ दर्ज कर रखी थी। कुछ किताबों पर रिप्ले बीन के हस्ताक्षर थे। लगता है पिता के मरने के बाद ये किताबें रिप्ले बीन ने ख़रीदी थीं।

काफ़ी देर तक उलटने-पुलटने के बाद भी मुझे किसी किताब पर रिप्ले बीन के जीवन से सम्बन्धित कोई काग़ज़ नहीं मिला। उनके फोटो की तो उम्मीद ही निरर्थक थी। इस बीच दुकानदार कई बार आकर ताक-झाँक कर गया था। मैंने उसे भरमाने के लिए कुछ किताबें एक किनारे एक के ऊपर एक रख दी थीं। वह उस ढेर को देखकर सन्तुष्ट हो रहा था पर समय शायद उसके पास भी अधिक नहीं था। उसने कहा भी कि फिर कभी और आ जाएँगे लेकिन मैं हर बार थोड़ी और मुहलत का आग्रह करता और वह मान जाता। मैं निराश होकर अपनी तलाश मुल्तवी करने ही वाला था कि मेरे हाथ गत्ते का एक टुकड़ा लगा। लगता था किसी ने रिप्ले बीन को कोई सामान पार्सल बना कर भेजा था और उसी पार्सल का एक हिस्सा यह गत्ते का टुकड़ा था। बिना किसी विशेष प्रयास के मुझे गत्ते पर लिखी वह इबारत दिख गयी जिसने मुझे झकझोर कर रख दिया। थोड़ी-सी मेहनत के बाद कोई भी गत्ते पर लिखे उन दोनों पतों को पढ़ सकता था जो किसी सुघड़ हाथ ने निब को काली स्याही में डुबोकर लिखे थे और न जाने कितने वक़्तों की धूल और पानी के थपेड़ों को झेलने के बावजूद जिन्हें अभी भी थोड़े प्रयास से पढ़ा जा सकता था।

पाने वाले के रूप में रिप्ले बीन का पता था, इसका मतलब था कि जब वह पार्सल उन्हें मिला था तब वे किराये के मकान में आ गयीं थीं। डाकख़ाने की मोहर धुँधला गयी थी और पूरी कोशिश के बावजूद मैं उस पर छपी तारीख़ नहीं पढ़ पाया। भेजने वाला न्यूज़ीलैंड में रहता था। उसका नाम भी बहुत साफ़ नहीं था पर मुझे लगा कि थोड़े प्रयास से उसे भी पढ़ा जा सकता था। सबसे ज़रूरी था कि गत्ते को लेकर वहाँ से खिसक लिया जाए। मैंने सावधानी से गत्ते के पते वाले हिस्से को फाड़ा और अपनी जेब में ठूँस लिया। इसके बाद छाँट कर रखी गयी किताबों में से एक किताब उठायी और बाहर निकल आया।

घर के बाहर निकलते-निकलते दुकानदार मुझसे टकरा गया। शायद उसका धैर्य चुक गया था। और इस बार वह मुझे निकाल देने के इरादे से ही आ रहा था।

मुझे निकलते देखकर वह ठिठका और मेरे हाथ में सिर्फ़ एक किताब देखकर उसका चेहरा लटक गया।

"आपके पास तो पूरा ख़ज़ाना है। मैं फिर आऊँगा, आज तो बस यही एक...।"

उसने मुझे जो क़ीमत बतायी उसे चुकाकर मैं सीधे अपने होटल की तरफ़ लपका।

सूरज बादलों के पीछे छुप गया था और कभी भी बारिश हो सकती थी। वैसे भी ठंड और चेहरे से टकराते हुए बादलों की वजह से मैं तेज़ क़दमों से चल रहा था, रिप्ले बीन से मुलाक़ात की सम्भावना से मैं इस क़दर उत्तेजित था कि लगभग दौड़ते हुए मैंने होटल का रास्ता तय किया।

होटल मैं लगभग भीगते हुए पहुँचा था। रास्ते में बारिश कई जगह थमी और शुरू हुई। मुझे ख़ुद के भीगने से ज़्यादा उस गत्ते के टुकड़े की चिन्ता थी जो मेरे पैंट की जेब में था और मैं लगातार अपने हाथ की मोटी किताब जेब पर रखकर उसे भीगने से बचाने की कोशिश कर रहा था। होटल पहुँचकर भी मैंने पहला काम गत्ते के टुकड़े को निकालकर एक सूखी जगह पर रखने का किया। अपना बदन सूखे तौलिये से रगड़कर मैंने उसका निरीक्षण करना आरम्भ किया। बारिश से तो गत्ते का यह टुकड़ा अछूता था पर उस पर लिखा पता समय की मार से इतना धुँधला हो गया था कि लिखावट को पढ़ना बहुत आसान नहीं था।

मैंने बड़ी सावधानी से धुँधली पड़ी लिखायी पर एक पेंसिल हल्के-हल्के फेरी। थोड़ी देर में अक्षर आकृतियों की शक़्ल में उभरे। मसूरी के मोहल्लों से अपरिचित होने के कारण मुझे उन्हें पढ़ने में दिक़्क़त हुई पर मैं जानता था कि नीचे काउंटर पर बैठे रिसेप्शनिस्ट को दिखाने से पते का अन्दाज़ लगाया जा सकेगा।

मेरा सोचना सही निकला। दूसरे दिन सुबह जब दिन भर भूख न लगे इतना नाश्ता कर मैं अपने कमरे से निकला और पता लिखा गत्ता रिसेप्शनिस्ट के हाथ में थमाया तो थोड़ी देर में ही मुझे कामचलाऊ जानकारी मिल गयी। पता पढ़ पाना अकेले रिसेप्शनिस्ट के बस का नहीं था, उसकी मदद के लिए दो तीन बेयरे वहाँ इकट्ठे हो गये, एक स्थानीय व्यक्ति भी, जो होटल में किसी से मिलने आया था, इस काम में लगा और अलग-अलग उच्चारणों के बाद वे एक नाम पर सहमत हो गये। फिर रिसेप्शनिस्ट ने एक अलग काग़ज़ पर वहाँ पहुँचने का नक़्शा-सा बनाया और उसे लेकर मैं बाहर आया।

उस पते को ढूँढ़ने में थोड़ा वक़्त ज़रूर लग गया लेकिन मैं उस खस्ताहाल

दोमंज़िला इमारत तक पहुँचने में क़ामयाब हो ही गया जो मसूरी के बाहरी हिस्से में स्थित थी और जिसमें रिप्ले बीन ने अपने जीवन के अन्तिम वर्ष एक किरायेदार की हैसियत से बिताये थे। लगभग सौ वर्ष पुरानी इस इमारत का पलस्तर लगभग पूरा झड़ चुका था, रंग-रोगन वर्षों से नहीं हुआ लगता था, नतीजतन दीवारों पर लगातार नमी की वजह से जमीं काई के बीच छोटे-बड़े रंगीन चकत्ते मौजूद थे, जिन्हें ग़ौर से देखने पर भी यह अन्दाज़ लगाना मुश्किल था कि वे मूलत: किस रंग के रहे होंगे।

इमारत जब बनी होगी तब भले ही यह क्षेत्र हरीतिमा से भरा, कोलाहल से दूर, मसूरी में शुरुआती दौर में बसने वाले एंग्लो इंडियन बाशिन्दों का प्रिय रिहायशी इलाक़ा रहा हो पर अब तो अगल-बगल के सारे खुले हिस्से कांक्रीट की दुकान और मकानों से इस क़दर पट गये थे कि इस दुमंज़िला इमारत को बिल्कुल क़रीब पहुँचकर ही पहचाना जा सकता था। काफ़ी दूर से ही लोगों ने मेरे हाथ के काग़ज़ पर लिखे पते को पढ़कर इमारत की दिशा की तरफ़ इशारा करना शुरू कर दिया था पर मैं जब तक एकदम बगल में जाकर खड़ा नहीं हो गया, मुझे उसका आभास नहीं हुआ।

क़रीब पहुँचने पर ही पता चला कि उस इमारत में तो कई किरायेदार रहते हैं और रिप्ले बीन आसपास के दुकानदारों के लिए कोई अपरिचित नाम नहीं थी। कुछ वर्षों पूर्व ही उनका निधन हुआ था और नज़दीकी दुकानदारों के पास उनके और उनसे उम्र में थोड़े ही छोटे नौकर को लेकर तमाम क़िस्से थे।

जो कुछ मुझे सुनने को मिला उसके अनुसार मैडम— रिप्ले बीन को वे इसी नाम से पुकारते थे— मरने के लगभग पन्द्रह वर्ष पहले इस इमारत की ऊपरी मंज़िल के एक छोटे से हिस्से में रहने आयी थीं। उन्होंने सुना था कि वे पहले लैण्डोर के पास किसी बड़ी आलीशान कोठी में रहती थी। जाने क्यों, सब बेच-बाच कर यहाँ चली आयी। साथ में मानसिक रूप से अविकसित एक भाई और एक कुबड़ी बहन थी। एक बूढ़ा नौकर था जिसके ख़ुद के अनुसार वह मैडम के पिता के ज़माने से था और अब इनके पास से सीधे क़ब्रिस्तान ही जाएगा। भाई-बहन जो मैडम से छोटे थे इस मकान में आने के बाद कुछ दिनों में गुज़र गये। यहाँ इस मकान में ज़्यादा समय मैडम और नौकर ही रहे। उनके पास एक कुत्ता भी था जो उनके मरने के कुछ पहले गुज़र गया।

वे ज़्यादातर घर में ही रहती थीं और शायद ही कभी भूले-भटके उनसे मिलने कोई आता हो। नौकर भी ज़रूरी सौदा-सुलुफ के लिए ही निकलता था और अगर कभी किसी दुकान पर देर तक गप्प लड़ाने लगता तब ऊपरी मंज़िल की खिड़की से

बाहर झाँकता मैडम का चेहरा दिखायी देता जो अजीब कर्कश आवाज़ में नौकर को तब तक बुलाता रहता जब तक सकपकाया हुआ वह अन्दर न भाग जाता।

दुकानदार ने मुझे किराये पर रहने का ठिकाना तलाशने वाला समझा था... यह मुझे थोड़ी ही देर में पता चल गया। दरअसल रिप्ले बीन वाला हिस्सा अभी तक ख़ाली था। उनके मरने के बाद से ही ख़ाली पड़ा था। ऐसा नहीं था कि किरायेदार आये नहीं पर कुछ बात थी कि किरायेदार आते और आसपास की दुकानों पर दरयाफ़्त करके ही लौट जाते। मकान मालिक तक जाने की नौबत ही नहीं आ पायी। सिर्फ़ एक किरायेदार सीधे मकान मालिक तक पहुँच पाया था और मकान मालिक ने पहले उससे पेशगी किराया वसूला फिर अपने नौकर को चाबी लेकर उसे कब्ज़ा देने के लिए भेजा। नौकर ने उसे ताला खोलकर पूरा हिस्सा दिखाया और चाबी सौंपकर चला गया। इतने कम किराये में अपनी ज़रूरत से बड़ी जगह पाकर ख़ुश किरायेदार वापस ताला लगाकर नीचे उतरा। उसे थोड़ी दूर से अपना सामान लेकर लौटना था। बाहर निकलकर पहली ही दुकान पर वह सिगरेट सुलगाने के लिए रुका। दुकानदार से जो थोड़ी बहुत बातें हुईं उनसे एक तो उसकी सिगरेट उसकी उँगलियों में सुलगती हुई राख हो गयी और दूसरे वह वहाँ से जो गया तो फिर सामान लेकर वापस नहीं लौटा।

उस किरायेदार के भाग जाने का जो कारण था वह अगर बाहर नौकरी न कर रहा होता तो मेरे मसूरी में बस जाने का सबसे बड़ा सबब बन जाता। किरायेदार इसलिए भाग गया कि उसे दुकानदार ने बता दिया था कि ऊपर वाले हिस्से में रिप्ले बीन मैडम का भूत रहता है।

मैं जब एक दुकान पर बैठकर बातें कर रहा था तो आसपास के बहुत से दुकानदार, उनके ग्राहक और रास्ता चलने वाले मेरे इर्द-गिर्द इकट्ठे हो गये। सबके पास अपने अनुभव थे। ज़्यादातर ने ऊपर वाले हिस्से में आधी रात के बाद अचानक बल्ब को जलता-बुझता देखा था। कुछ ने तो ऊपर वाली खिड़की से मैडम को झाँकते और अपने नौकर को फटकारते भी सुना था। कई शर्त लागने के लिए तैयार थे कि मैडम अकेली नहीं बल्कि उनका नौकर और कुत्ता भी वहाँ आता है। लोगों के पास अलग-अलग अनुभव थे और अपनी उत्तेजित आवाज़ों में एक-दूसरे को काटते हुए वे मुझे सुनाना चाहते थे।

वहाँ मौजूद लोगों को आश्चर्य हो रहा था कि सबकुछ सुनते हुए भी मैं मुस्करा रहा हूँ और जब तीसरी बार मैंने मकान मालिक का पता पूछा तो बगल के एक दुकानदार ने अपने यहाँ काम करने वाले एक छोकरे को मकान मालिक का घर दिखाने के लिए मेरे साथ भेज दिया।

ज़्यादा दूर नहीं जाना पड़ा। हम मुश्किल से दो सौ गज चले होंगे कि छोकरा ठिठक कर खड़ा हो गया। सामने से एक वृद्ध सज्जन आ रहे थे। उनके एक हाथ में छाता और दूसरे में एक बड़ा-सा झोला था। शायद ख़रीदारी के लिए निकले थे। छोकरे ने ज़ोर-ज़ोर से हाथ हिलाकर उनका ध्यान आकर्षित किया। वे अपनी जगह पर खड़े हो गये। हम दोनों सड़क पार करते हुए उन तक पहुँचे। जैसे ही उन्हें समझ आया कि मैं उनका किरायेदार बनना चाहता हूँ उन्होंने अचकचा कर पहले मुझे और फिर छोकरे को देखा।

"इन्हें मैडम से डर नहीं लगता।" छोकरे ने कहा तो मैंने सर हिलाया।

"अरे भूत-वूत कुछ नहीं है। लुच्चों ने सारी अफवाहें फैला रखी हैं ताकि कोई वहाँ टिके नहीं। ख़ुद ये लफंगे वहीं बैठ जुआ खेलते हैं तब कोई भूत नहीं आता। सब मेरे दुश्मन हैं।" बूढ़ा देर तक बड़बड़ाता रहा, "और वह बुढ़िया तो जीते जी भूत से कुछ कम थी क्या? बाप रे बाप, कितनी कंजूस थी। उससे किराया वसूलना कितना मुश्किल था? पुराना मकान है टूट-फूट लगी रहती है, यही कहकर हर साल आधा किराया तो मरम्मत में ही लगवा देती थी। उसे मरने के बाद भूत बनने की क्या ज़रूरत है?"

वह देर तक रिप्ले बीन को कोसता रहा। पर बीच-बीच में उसकी ख़ुशी भी छलकती रही। किरायेदार और ऐसा किरायेदार जो भूत के साथ रहने को तैयार हो, मिलने की उत्तेजना उसकी आवाज़ में छलक रही थी। वह मुझे लेकर एक चाय की दुकान पर बैठ गया और छोकरे को अपने घर जाकर चाबी लाने के लिए कह दिया। जब तक छोकरा उसके घर से चाबी लेकर लौटा, हम दो-दो कप चाय पी चुके थे और मुझे रिप्ले बीन के बारे में काफ़ी कुछ पता चल चुका था।

मकान मालिक मेरे साथ मुख्य द्वार तक तो गया लेकिन ऊपर नहीं गया। उसने मुझे नीचे ही चाबियाँ थमायीं और विदा ली। उसकी जल्दबाज़ी को मैं समझ रहा था लेकिन मुझे कोई दिक़्क़त भी नहीं थी। मुख्य द्वार को हल्का-सा धक्का देता हुआ मैं अन्दर चला गया।

पुराने जर्जर, दो मंज़िला मकान के निचले हिस्से में दो किरायेदार थे। बीच से ऊपर जाने की सीढ़ियाँ इस तरह थीं कि बिना किसी को परेशान किये स्वतन्त्र रूप से ऊपरी हिस्से तक जाया जा सकता था। नीचे के किरायेदारों के कमरे अन्दर से बन्द थे पर खटपट से उनके अन्दर चल रहे जीवन का अन्दाज़ा लगाया जा सकता था। मैं उनमें से किसी के बताये बिना सीढ़ियों से ऊपर चला गया। ऊपर एक बालकनी थी जहाँ से सामने हिमालय की शृंखलाएँ दिखती थीं। यही मकान मालिक के शब्दों में,

"चुड़ैल बुढ़िया खुले मौसम में दिन भर रॉकिंग चेयर पर बैठी-बैठी मुझे कोसती रहती थी।"

मौसम खुला था लेकिन बालकनी ख़ाली थी। बावजूद इसके कि, 'बाज़ार के सारे लफंगे ऊपर जाकर जुआ खेलते हैं' बालकनी में धूल की एक मोटी पर्त जमी थी। बालकनी में इस हिस्से के अकेले बड़े कमरे का दरवाज़ा खुलता था। उस पर मोटा-सा ताला लटका था। मुझे तीन चाबियों वाला एक गुच्छा मिला था। मैंने ताले को देखकर अन्दाज़ से जो चाबी लगायी उसी से वह खुल गया।

अन्दर घुसा तो सीलन जन्य बदबू का ऐसा थपेड़ा मुँह पर लगा कि उलटे पैर वापस लौटना पड़ा। कमरे को खुला छोड़कर मैं कुछ देर तक बालकनी में ही खड़ा रहा और नीचे सड़क एवं बाज़ार की चहल-पहल देखता रहा। नीचे लोगों की उत्सुकता अभी तक मुझमें बनी हुई थी, वे सड़क पर चलते-चलते रुककर या दुकानों से बाहर निकल-निकलकर मुझे देख रहे थे। बालकनी पर बिना किसी भय, स्थिर खड़ा मैं उन्हें मुँह चिढ़ाता-सा लग रहा हूँगा, ऐसा मुझे लगा।

पर्याप्त ताज़ी हवा कमरे के अन्दर जा चुकी थी कि मैं अन्दर घुसा। अभी भी सीलन थी पर साँस ली जा सकती थी। कमरे में अँधेरा था। बाहर की रोशनी से इतना तो हुआ कि थोड़ी देर दम साधे खड़े रहने पर स्विच बोर्ड दिखायी दे गया। मैंने एक-एक करके सारे स्विच आन किये पर कोई बल्ब नहीं जला। यह तो मुझे बाद में पता चला कि पिछले कई वर्षों से इस कमरे में बिजली नहीं थी, पता नहीं बाहर वालों को कैसे बीच-बीच में रातों को यहाँ रोशनी दिखती थी।

जितना भी उजाला बाहर से आ रहा था उससे मैंने अन्दर के कमरे का मुआयना करना आरम्भ किया। अब तक मेरी आँखें भी कुछ अभ्यस्त हो चली थीं। कमरा पुराने कबाड़ से भरा था। एक पुराना पलंग जो काफ़ी बड़ा था और जिसने लगभग आधा कमरा घेर रखा था, अपनी तीन टाँगों पर दीवार के किनारे पड़ा था। उसकी चौथी टाँग ईंटों पर टिकी हुई रही होगी क्योंकि इस टूटी टाँग के पास कई ईंटें गिरी पड़ी थीं और पलंग उधर की तरफ़ लटका हुआ था। पलंग पर लगभग चिथड़ा हो गयी एक बदरंग-सी चादर पड़ी थी। कमरे की दो दीवारें आलमारियों से भरी हुई थीं जो कभी रिप्ले बीन की किताबें रखने के काम आती रही होंगी। आलमारियों के पल्ले या तो ग़ायब थे या लटक गये थे। ख़ाली आलमारियों को देख कर अन्दाज़ लगाया जा सकता था कि उनकी किताबें मकान मालिक ने रिप्ले बीन के दूसरे सामानों के साथ बेच दी थीं। इस कमरे से सटे दो कमरे और थे। मकान मालिक ने जो विवरण मुझे दिया था उससे इनके दरवाज़े खोले बिना ही मैं समझ गया कि एक गुसलख़ाना था और दूसरा छोटा कमरा जो

रिप्ले बीन के ज़माने में किचन के तौर पर इस्तेमाल होता था। इसलिए उन्हें खोलने की जगह मैंने अपने मतलब की चीज़ कमरे में ही तलाशनी शुरू की।

मैं अपने मक़सद में थोड़ी मेहनत के बाद क़ामयाब भी हो गया। नीमअँधेरे कमरे की पलस्तर उखड़ी दीवारों पर टँगी टेढ़ी-मेढ़ी हो गयी तस्वीरों पर फिरती मेरी निगाहें जिसे तलाश रही थीं उस तक पहुँच गयीं। दीवारों पर कई लैंड स्केप और पेंटिंग लगी थीं, धुँधले होने के बाद भी जिनके रंग अभी इतने निष्प्राण नहीं हुए थे कि आपकी दृष्टि को थोड़ी देर बाँधे न रख सकें। कुछ पारिवारिक फोटोग्राफ्स थे पर उन्हें देखकर केवल यह अन्दाज़ा लगाया जा सकता था कि धब्बों में परिवर्तित आकृतियाँ रिप्ले बीन, उनकी माँ, पिता या छोटे भाई-बहन की हो सकती थीं। पर उस भूरी दीवार पर एक फोटोग्राफ ऐसा भी था जिस पर एकदम से मेरी निगाहें ठहर गयीं। यद्यपि कमरे में रोशनी इतनी कम हो गयी थी कि कुछ भी साफ़-साफ़ देख पाना मुमकिन नहीं था पर यह फोटोग्राफ ऐसा था कि जालों और धूल से अँटे होने के बाद भी एक बार मेरी निगाह उस पर पड़ी तो अटक कर रह गयी। मैं कमरे में मौजूद हिलती टाँगों वाले एकमात्र मेज़ को घसीट कर दीवार तक ले आया और फिर डगमग काँपते उस मेज़ पर चढ़कर थोड़ी मुश्किल से ही सही पर मैंने तस्वीर उतार ली, उतार क्या ली मेरे थोड़े बहुत खींचने से वह कील सहित उखड़ कर मेरे हाथ में आ गयी और मैं गिरते-गिरते बचा।

अन्दर कमरे में अब इतनी रोशनी नहीं बची थी कि फ्रेम में जड़ी तस्वीर साफ़ दिखायी दे इसलिए मैं उसे लेकर बाहर निकल आया। रूमाल से थोड़ा रगड़ने से साफ़ हो गया कि यह कोई फोटोग्राफ था जिसे एनलार्ज किया गया था। नीचे फोटोग्राफर का नाम था और एक तारीख़ लिखी थी। मैंने माचिस की तीली जलायी और जब तक लौ मेरी त्वचा को जलाने नहीं लगी तब तक फोटोग्राफर का नाम पढ़ने की कोशिश की। दूसरे प्रयास में हाथ से लिखे इस नाम को पढ़ने में मैं सफल हो गया। दूसरी तीली बुझने के पहले मैं उत्तेजना से भर गया।

फोटोग्राफर का नाम रस्ट था जिसने नीचे अपने हस्ताक्षर किये थे। रस्ट का नाम पढ़ते हुए मुझे अन्दर से बेचैनी महसूस हुई। यह तो वही फोटोग्राफर था जिसे एलन को उत्तेजित फ़ौजियों की भीड़ से बचाने के लिये कोतवाल ने एलन की कमीज़ पहनाकर और उसकी पीठ भीड़ की तरफ़ करके बैठाया था।

रस्ट रिप्ले बीन को कैसे जानता था? मुझे सब कुछ बड़ा रहस्यमय लगा। फोटोग्राफ पर अपन हस्ताक्षर के नीचे रस्ट ने जो तारीख़ डाली थी वह सोलह वर्ष पुरानी थी। यानी मरने के कुछ ही दिन पहले खींची गयी थी यह फोटो।

रोशनी ख़त्म हो गयी थी पर अँधेरे में बालकनी में बैठे मैं माचिस की तीलियाँ तब

तक फूँकता रहा जब तक पूरी माचिस ख़ाली नहीं हो गयी। मैं एक तीली जलाता और तस्वीर पर अलग-अलग कोण से रोशनी फेंकता रहा। जब तीली जलते-जलते उँगलियाँ सुलगाने लगती तब मैं उसी से दूसरी तीली जला लेता। यह एक उम्रदराज़ बूढ़ी औरत का चित्र था जिसे एक कुशल फोटोग्राफर के कैमरे ने खींचा था और जिसमें उसके चेहरे की एक-एक रेखा इतनी सजीव उभरी थी कि आप आँख मूँदकर उसे साक्षात अनुभव कर सकते थे। मैंने आख़िरी तीली बुझने के बाद अपनी आँखें बन्द कीं।

''अरे क़मबख्त बाहर कब तक बैठा रहेगा। ठंड लग जाएगी।''

मैंने अचकचा कर आँखें खोलीं। अन्दर कमरे में लाइट जल रही थी। रिप्ले बीन आ गयी क्या?

मैं झपटते हुए अन्दर गया। सचमुच रिप्ले बीन का भूत उनकी पसन्दीदा जगह रॉकिंग चेयर पर बैठकर झूल रहा था। रोशनी हो जाने से कमरे में साफ़ दिखायी दे रहा था। सारी दीवारें जालों से अँटी पड़ी थीं। आलमारियों, तस्वीरों और टूटे-फूटे फर्नीचरों पर जाले फैले हुए थे और हर जगह धूल की मोटी पर्तें जमी हुई थीं।

''मैं कमरे की सफ़ाई कर दूँ मैडम?'' मैंने भूत की ख़ुशामद करते हुए कहा।

''रहने दे... रहने दे! एक बार भूत बन जाने के बाद इन सब चीज़ों का कोई मतलब नहीं रह जाता।'' उसने कुछ दार्शनिक अन्दाज़ से कहा, ''अपने बैठने के लिए कोई जगह साफ़ कर ले। ज़िन्दा आदमी के लिए हज़ार लफड़े होते हैं।'' भूत हँसा तो मैंने भी उसे ख़ुश करने के लिए दाँत निपोर दिये।

तीन पाये के पलंग पर बैठने के इरादे से मैंने जैसे ही अपने रूमाल से उसे झाड़ने की कोशिश की, भूत चीखा, ''अरे नालायक वहाँ नहीं। मेरी पलंग पर कोई नहीं बैठता। इसी बात पर नौशाद ने मुझसे कितनी डाँट खायी थी। उधर उस स्टूल को खींच ले।''

मुझे बाद में पता चला कि नौशाद उनके नौकर का नाम था जो रिप्ले बीन से दो-चार बरस ही छोटा था और अन्तिम बीसियों साल उनकी ख़िदमत में रहा था। मैंने स्टूल खींचा, झाड़ा-पोंछा और उस पर बैठ गया।

''मुझे पता है कि तुम मुझे क्यों ढूँढ़ रहे हो?''

मैं चुप रहा। भूत को क्या नहीं पता होता?

''आदमी था बहुत बदमाश। भला बताओ अपने दोस्त को कोई कैसे मार सकता है? तुमने जेम्स की क़ब्र देखी है? उस पर क्या लिखा है?''

मैं उसके इस प्रश्न पर भी ख़ामोश रहा। मैं अभी तक जेम्स की क़ब्र देखने नहीं जा पाया था। मुझे ख़ुद पर गुस्सा आया कि अभी तक यह बात मेरे दिमाग़ में आयी

क्यों नहीं?

"कैमल बैक रोड से गन हिल की तरफ़ जाओ तो ढलानों पर तुम्हें योरोपियन सिमेट्री मिलेगी। कमबख़्त पहाड़ी इसे गोरा क़ब्रिस्तान कहने लगे हैं। पहले तो सिर्फ़ योरोपियन दफ़नाये जाते थे वहाँ।"

इस भूत का दर्द छलक आया कि उसे न जाने कितने कालों के बीच दफ़न किया गया है।

"वहीं तुम्हें जेम्स की क़ब्र मिलेगी जिसकी क़ब्र पर दर्ज है— मर्डर्ड बाई द हैंड दैट ही बीफ्रेंडेड। अँग्रेज़ी समझते हो?"

मैंने 'हाँ' में सर हिलाया। दोस्त हाथों से कत्ल हुआ था।

"क्या एलन सचमुच क़ातिल था?"

शायद मेरा प्रश्न कुछ जल्दी पूछ लिया गया था। भूत उसके लिए तैयार नहीं था। सवाल सुनते ही वह ख़ामोश हो गया। मैं थोड़ी देर तक चुपचाप बैठा उसके जवाब का इन्तज़ार करता रहा। उसने मुँह लटका लिया था और बोलने के लिए ज़रा भी उत्सुक नज़र नहीं आ रहा था।

काफ़ी देर तक ख़ामोशी छायी रही फिर हौले से उसने कहा, "पता नहीं हत्या उसने की थी या नहीं पर सारा मसूरी तो यही मानता था। दूसरे दिन जब देहरादून से पुलिस वाले उसे वापस जेम्स की दुकान पर लाए तो कितनी भीड़ थी आस-पास। अगर पुलिस ने होशियारी न दिखायी होती तो लोग उसे पीट-पीटकर मार डालते। तुमने उन दिनों के मसूरी के अख़बार पढ़े होते। कितने नाराज़ थे मसूरी के लोग। यह भी कोई बात हुई कि चन्द सिक्कों के लिए अपने दोस्त को क़त्ल कर दे कोई!"

"तुम्हें क्या लगता है, जेम्स की हत्या एलन ने ही की थी?"

इस बार का दुस्साहस मुझे महँगा पड़ा। भूत ने गन्दा-सा मुँह बना कर मुझे देखा और फिर जो ख़ामोश हुआ तो फिर उसकी ख़ामोशी नहीं टूटी तो अन्त तक नहीं टूटी।

मैं कब तक इन्तज़ार करता। रात घिर आयी थी और ठंड भी बढ़ने लगी थी। अभी मुझे होटल जाकर सामान लाना था। मैंने उसे ख़ामोश रॉकिंग चेयर पर झूलते हुए छोड़ा, बाहर आकर दरवाज़े में ताला लगाया और नीचे उतर आया। गेट के बाहर निकलकर ऊपर देखा तो कमरे की लाइट ऑफ थी। शायद मेरे जाते ही भूत भी वहाँ से चला गया था।

होटल से दूसरे दिन सामान लेकर मैं उस मकान में आ गया। जब मैं कुली की पीठ पर सामान लदवाये वहाँ पहुँचा तब एक अजूबे की तरह लोगों ने मुझे घेर

लिया। कल रात मेरे जाने के बाद आसपास के लोगों ने मान लिया था कि मैं भाग गया हूँ, इसलिए स्वाभाविक था कि मेरे लौट आने पर उन्हें उत्सुकता हुई। वे मुझसे तमाम चीज़ें पूछना चाहते थे लेकिन मेरी दिलचस्पी उनसे बात करने में एकदम नहीं थी। कुली स्थानीय था इसलिए इस भुतहे मकान के बारे में जानता था। उसने भी सामान गेट के बाहर पटका और अपनी मजूरी लेकर चलता बना।

सामान बहुत था भी नहीं— एक अटैची और एक बिस्तरबन्द। मैंने ख़ुद ही ढोकर उन्हें ऊपर पहुँचा दिया।

नीचे वाले किरायेदारों के दरवाज़े-खिड़कियाँ कल की तरह आज भी बन्द थे। शायद उन्हें डर था को खुले रास्तों से ऊपर का भूत उनके घर में प्रवेश कर सकता था, इसलिए वे घर हर समय बन्द रखते थे। कमरे का ताला खोलकर मैं अन्दर घुसा तो कल के मुक़ाबले सीलन की गन्ध कम थी। मैंने खिड़कियाँ खोल दीं। मेज़ पर अपनी अटैची रखी और एक कपड़ा लेकर जितना कुछ झाड़-पोंछ सकता था, किया। पलंग झाड़कर उस पर अपना बिस्तर बिछाने का इरादा तो मैंने शुरू में ही छोड़ दिया था। रिप्ले बीन की पलंग पर सोते देख कहीं भूत और नाराज़ न हो जाए। मैंने ज़मीन पर ही अपना बिस्तर बिछा दिया। होटल से यहाँ तक आने की थकान ने मजबूर किया कि थोड़ी देर पीठ सीधी कर लूँ पर जब लेटा तो पता नहीं कब गहरी नींद आ गयी। उठा तो चारों तरफ़ अँधेरा था। खुली खिड़कियाँ और दरवाज़े से ठंड अन्दर आ रही थी। आँख खुलते ही पहली चीज़ जो याद आयी वह थी कमरे में बिजली का गुल होना।

दिनभर सोते रह जाने से मैं किसी मिस्त्री को बुला कर चेक नहीं करा सका कि बिजली क्यों नहीं आ रही? मकान मालिक के अनुसार तो पूरे घर में एक ही मीटर था और बिजली का बिल बाक़ी नहीं था। कोई न कोई अन्दरूनी फाल्ट थी। पर क्या पता बुलाने पर कोई मिस्त्री ऊपर आता भी!

मैं काफ़ी देर तक यह सोचकर पड़ा रहा कि भूत आ जाए और लाइट ऑन कर दे पर वह नहीं आया। लगता है नाराज़ हो गया था।

ज़ोर की भूख लगी थी, देर तक लेटे रहना मुमकिन नहीं था। मैं उठा और खाने की तलाश में बाहर निकल आया। इस बार मैंने दरवाज़ा बन्द करने की ज़रूरत भी नहीं समझी। जिस घर में भूत रहते हों वहाँ चोर-चाईं क्या आएँगे!

मैं अपने नये ठिकाने के आसपास की किसी दुकान पर नहीं रुकना चाहता था क्योंकि वहाँ लोगों से घिर जाने और तमाशा बन जाने के इमकानात थे, इसलिए बिना किसी से नज़रें मिलाये, अपरिचित दिशा में तेज़ क़दमों से बढ़ चला। थोड़ा ही आगे

चलने पर मुझे समझ आ गया कि मैं कैमल बैक रोड पर आ गया हूँ। कैमल बैक रोड पहले भी मसूरी आने पर मेरी पसन्दीदा सड़क रहती थी। माल रोड की भीड़-भाड से दूर यह आमतौर से रोमांटिक जोड़ों या भीड़ से दूर रहना चाहने वाले सैलानियों के सैर के लिए प्रिय जगह थी। मुझे गनहिल के इर्द-गिर्द रेंगती यह पहाड़ी इसलिए भी प्रिय थी कि इसके ढलान से लिपटी एक बड़ी सिमेट्री थी जिसमें फैली सफ़ेद संगमरमर की क़ब्रें बादलों से रहित चाँद रातों में एक अजीब-सा रहस्य लोक निर्मित करती थीं और कैमल बैक रोड के कई घुमावदार मोड़ों से अलग-अलग कोण पर उन्हें देखना मुझे रोमांचित कर देता था। सिमेट्री के प्रति मेरे आकर्षण का कारण यह भी था कि उसमें मेरे सबसे प्रिय मित्र यानी भूत अपने अन्तिम रूपों में लेटे हुए थे। आज भी यही हुआ। मैंने कैमल बैक रोड की शुरुआत में ही एक टी शॉप पर पाव रोटी खायी और चाय पी। पेट में कुछ जाने पर मैं चैतन्य हुआ और कैमल बैक रोड पर मटरगश्ती करने निकल पड़ा।

कैमल बैक रोड के उस मोड़ पर पहुँचते ही जहाँ से ढलानों पर स्थित सिमेट्री की पहली झलक मिली, मेरा दिल धड़कने लगा। एक ख़ास बिन्दु पर जहाँ से सिमेट्री का विहंगम दृश्य दिखता था और जहाँ लोहे की एक ख़ाली बेंच जैसे मेरा ही इन्तज़ार कर रही थी, मैं बैठ गया। सामने की कब्रों में कितने परिचित लेटे थे—कैप्टन यंग, रिप्ले बीन, जेम्स, मिसेज़ सैमुअल, रस्ट और न जाने कौन-कौन! इन सबने कितना साथ दिया है मेरा, कितनी मित्रता निभाई है! मेरा मन कृतज्ञता से भीग गया।

मैं एकटक संगमरमर के उस रहस्यलोक में अपने मित्रों के आशियाने तलाशता रहा। कल के अनुभव से मन कुछ व्यथित-सा था। मैंने कुछ ऐसी ग़लती की थी जिसे मैं समझ नहीं पा रहा था पर जिससे भूत इतना नाराज़ हो गया था कि आज दिन भर इन्तज़ार करने के बाद भी नहीं आया। मेरी कहानी बीच में ही छूट गयी।

मुझे अपने मित्र कैप्टन यंग की याद बुरी तरह सता रही थी। कहाँ होगा? ज़रूर तीसरी गोरखा पलटन की लाइंस के पास किसी पीपल या बड़ के पेड़ से लटका मटरगश्ती कर रहा होगा। मलिंगर हाउस में अगली पूर्णिमा को आएगा। उसने कहा था कि वह एक ऐसे भूत को जानता है जिसे इस हत्याकांड के बारे में सबकुछ पता है और मुझसे उसे मिलवाने का वायदा भी किया था। उस भूत ने कैप्टन यंग को तो कुछ नहीं बताया पर उसे उम्मीद थी कि मैं उससे सचाई उगलवा लूँगा। मनुष्य की क्षमता पर भूतों को भी यक़ीन होता है।

मेरा अब तक का अनुभव यही बताता था कि भूत वायदा निभाते हैं और मित्रों की मदद करते हैं। कैप्टन भी करेगा पर पन्द्रह दिन इन्तज़ार करना तो बड़ा मुश्किल है। मेरा

दुष्ट सम्पादक एक स्टोरी के लिए मुझे एक महीने मालिकों के खर्चे पर मसूरी घूमते पाएगा तो जल-भुनकर राख हो जाएगा।

क्या किया जा सकता था?

बैंच पर असहाय बैठा मैं क़ब्रिस्तान में फैली असंख्य क़ब्रों को उदास निहारता रहा।

अचानक अपने कन्धे पर किसी के हाथों के हल्के स्पर्श का आभास हुआ। मैंने चौंक कर देखा तो बेंच के दूसरे कोने पर मुस्कराता हुआ कैप्टन यंग दिखायी पड़ा। मुसीबत में काम आने वाले इस दोस्त पर इतना प्यार उमड़ा कि जी हुआ उसे चूम लूँ। मुझे पता था कि भूत इन सब इंसानी चोंचलों से दूर रहते हैं, अगर मैंने ऐसा कुछ किया तो हो सकता है कि शरमा कर भूत भाग ही न जाए। इसलिए मैं सिर्फ़ कृतज्ञ नज़रों से उसे भिगोता रहा।

"जय गोरख हुज़ूर! कैसे आ गये?"

मेरे आश्चर्य पर भूत खिलखिलाया, "तुम्हें उदास देखा तो चला आया। मेरी पलटन तो दूर सियाचिन में है। कमबख़्त हाड़ कँपाने वाली ठंड है। मैं तो ऊनी कपड़ों के स्टोर में छिपा बैठा था। तुम मुँह लटकाये बैठे थे इसलिए इधर आ गया।"

मुझे उदास देख सकता है तो मेरी उदासी का सबब भी जानता ही होगा, यह सोचकर मैं चुप रहा। पर लगा वह मेरे मुँह से ही सुनना चाहता है। इसलिए मुझे विस्तार से बताना पड़ा।

"अच्छा, तो तुम रिप्ले बीन से मिल चुके।" उसने शरारत से आँख मारी, "चलो मेरा काम आसान हो गया। उसी से तो मिलाना चाहता था मैं तुम्हें।"

"अजीब बात है। रिप्ले बीन से मैंने भी जब-जब यह सवाल किया कि एलन हत्यारा है या नहीं, वह चुप हो जाती है। मुझे कोई जवाब नहीं देती।"

"हाँ, मुश्किल तो है।"

"फिर कैसे बात बनेगी?" मैंने आजिज़ी से पूछा।

"तुम्हें कोशिश करते रहना होगा। अब तो तुम्हें मेरे लिए भी कोशिश करना होगा। तुम नहीं जानते कि मैं कितना व्याकुल हूँ यह जानने के लिए कि एलन हत्यारा था या नहीं? तुम्हीं जान सकते हो। तुम इनसान हो और मुझे पता है कि इनसानों के लिए कुछ भी मुश्किल नहीं है।"

सुनकर मुझे हँसी आ गयी। हम इनसान मानते हैं कि भूतों के लिए कुछ भी मुश्किल नहीं है जबकि भूत हमारे बारे में यही सोचते हैं। मैंने अपनी हँसी रोकते हुए अपनी अगली समस्या उसके सामने रखी, "पर वह तो नाराज़ होकर चला

गया। आज पूरा दिन मैंने इन्तज़ार किया पर आया ही नहीं। पता नहीं अब आएगा भी या नहीं?''

''आएगा... ज़रूर आएगा। भूत इनसानों की तरह नहीं होते। वे कोई बात गाँठ में बाँध कर नहीं रख लेते। वे दिल के साफ़ होते हैं। अगर नाराज़ हुआ भी होगा तो अब तक ग़ुस्सा उतर गया होगा। तुम घर चलो मैं भी थोड़ी देर में पहुँचता हूँ, तुम्हारे बुलाने से नहीं आया तो मैं पकड़ कर ले आऊँगा।''

शाम की उदासी दूर हो गयी। मैंने झटपट अपने आशियाने की राह पकड़ी। रास्ते में मैंने खाना पैक करा लिया पर मोमबत्ती लेना भूल गया। घर के पास पहुँच कर याद आया तो न चाहते हुए बगल की दुकान पर रुकना पड़ा। जैसे ही मैंने मोमबत्ती माँगी, किसी और कार्य में व्यस्त दुकानदार ने मेरी तरफ़ देखा और चौंकते हुए कहा, ''कल तो आपने पूरी रात अँधेरे में बितायी। आपको डर नहीं लगा?''

''कल तो पूरी रात मेरे कमरे में रोशनी थी। बल्ब जलता रहा।''

दुकानदार ने अचकचा कर मुझे देखा। मैंने उसे ज़्यादा बोलने का मौक़ा नहीं दिया तथा मोमबत्तियों का पैकट और पानी की दो बोतलें लेकर ऊपर चला गया।

मेरे दो दोस्त आने वाले थे। अन्दर से एक ख़ास तरह की ख़ुशी महसूस कर रहा था मैं। मैंने एक कोने में मोमबत्ती जलाई, पानी की बोतल खोलकर कमरे में ही हाथ धोये और जल्दी-जल्दी साथ लाया खाना ख़त्म किया।

कमरे में सिर्फ़ दो कुर्सियाँ थीं। रॉकिंग चेयर तो मैडम के लिए हो गयी, दूसरी कुर्सी पर बैठकर मैंने खाना खाया था, उसी को कैप्टन यंग के लिए छोड़ दूँगा। जिस स्टूल पर रखकर खाना खाया था उस पर मैं बैठ जाऊँगा। अपने घर में भी मेहमानों के लिए इतनी व्यवस्थित तैयारियाँ मैंने स्वयं कभी नहीं की थीं। मेरी पत्नी देखती तो उसे विश्वास नहीं होता कि मैं भी इतने सलीक़े से ऐसा इन्तज़ाम कर सकता हूँ।

स्टूल को रॉकिंग चेयर के पास जमाकर अभी मैं हटा ही था कि मुझे उस पर बैठा कैप्टन यंग दिखायी दे गया। लगता था कहीं बगल में खड़ा होकर इन्तज़ार ही कर रहा था और उसे मौक़ा मिलते ही स्टूल पर बैठ गया। कमरे में बल्ब जल गया था।

''अरे यार, तुम इतना कम खाते हो?'' इसका मतलब वह मुझे खाते हुए देख रहा था।

मैंने झेंपते हुए कहा, ''अरे नहीं कैप्टन साहब! आज तो कुछ ज़्यादा ही खा लिया।''

''भाई जवान आदमी हो, इतने को ही ज़्यादा कहोगे तो कैसे चलेगा! मेरी

पलटन के लड़कों की खुराक देखना कभी...।"

"आप भी हुज़ूर... फ़ौजियों की तुलना पत्रकारों से करते हैं। हम तो क़लम के सिपाही हैं... स्याही खाते हैं।"

हम दोनों हँसे।

"अभी तक रिप्ले बीन नहीं आयीं?" उसने बातचीत का रुख़ दूसरी तरफ़ मोड़ा।

"पता नहीं आएँगी भी?" मेरे मन की शंका बाहर आ गयी।

"आएँगी कैसे नहीं?" वह ख़ामोश हो गया। लगता था उसने मेरे प्रश्न को चुनौती की तरह लिया था।

आँखें बन्द कर चुपचाप बैठ गया। मैं डरा कि कहीं मैंने अपनी मूर्खता से इस भूत को भी तो नाराज़ नहीं कर दिया था।

यह तो मुझे बाद में पता जब मैडम रिप्ले बीन का भूत रॉकिंग चेयर पर आकर बैठ गया कि मौन भी संवाद का माध्यम हो सकता है। ख़ासतौर से भूतों के बीच तो मौन ही ऐसा अचूक माध्यम था जिसके द्वारा कैप्टन यंग का सन्देश आग्रह, चिरौरी, नाराज़गी, धमकी... और न जाने किन-किन भावनाओं से भरा हुआ रिप्ले बीन तक पहुँचा था।

मैडम रिप्ले बीन के भूत को देखकर इतना तो साफ़ लग रहा था कि वह नाराज़ था। नाराज़गी उसके चेहरे पर थी और जिस तेज़ी से वह रॉकिंग चेयर पर झूल रहा था उससे भी स्पष्ट थी।

मैं भले डरा, पर कैप्टन यंग पर रिप्ले बीन की नाराज़गी का कोई असर नहीं लग रहा था। वह चिढ़ाने जैसे भाव से मुस्करा रहा था जैसे कोई बड़ा किसी बच्चे के नाराज़ होने पर उसे छेड़ता है। कैप्टन यंग था भी तो उससे सत्तर-पचहत्तर साल बड़ा।

"अब गुस्सा थूक दो मैडम और इस बेचारे खोजी पत्रकार की कुछ मदद करो।"

"मदद क्या करूँ, खाक! जिस मामले के बारे में पूछ रहा है उसके बारे में मुझे कुछ नहीं पता।"

"क्यों तुम तो उन दिनों मसूरी में ही थीं। अपने शानदार बँगले में मुझे ले भी गयी थीं।"

"थी ज़रूर पर मुझे उतना ही मालूम है जो उन दिनों मसूरी के अख़बारों में छपता था। मसूरी में हर कोई जानता था कि एलन हत्यारा है। क़त्ल क्यों हुआ यह किसी को पता नहीं था। कम-से-कम मुझे तो नहीं ही पता है।"

''देखो रिप्ले तुम्हारे सामने जो बैठा है वह एक इनसान है और ऊपर से खोजी पत्रकार भी। कितना डेडली काम्बिनेशन है। हम तुम भूत हैं— हमें यह तो पता ही है कि इनसान क्या कुछ नहीं कर सकता! इस मामले में तो मेरी भी दिलचस्पी है। मैं भी जानना चाहता हूँ कि मामला क्या था? इस पत्रकार से मिलने के बाद तो मुझे भी उम्मीद बँधी है कि शायद मैं जान सकूँ कि मेरी पलटन का सिपाही सचमुच क़ातिल था या उसे बेगुनाह लटका दिया गया।''

काफ़ी देर मान-मनौव्वल का दौर चला। रिप्ले बीन इसरार करती रहीं कि उन्हें नहीं पता कि क़त्ल किसने किया था। उन्हें मसूरी के दूसरे लोगों की इस जानकारी पर सन्देह करने का कोई कारण नज़र नहीं आता कि क़ातिल एलन ही था। वही था जो जेम्स के साथ आख़िरी बार देखा गया था। उसके बाद जेम्स से मिलने कोई दूसरा आदमी वहाँ नहीं पहुँचा था।

पुलिस की सारी तफ़तीश उसी को दोषी पाती है, पूरी मसूरी में कोई ऐसा नहीं था जिससे जेम्स की दुश्मनी रही हो। फिर कौन मारेगा जेम्स को? एलन ने चन्द सिक्कों के लिए अपने दोस्त को मार डाला। बार-बार रिप्ले बीन मुँह बिचकाकर उसे कोसती। पर कैप्टन यंग भी किसी ऐसे सेनानायक की तरह अड़ा रहा जिसे एक टास्क मिला है और उसे किसी भी क़ीमत पर पूरा करना चाहता है। अन्त में रिप्ले बीन को झुकना ही पड़ा। शर्त सिर्फ़ इतनी रखी उसने कि मैं ऊलजुलूल सवाल नहीं पूछूँगा। वह जितना बताएगी चुपचाप सुनूँगा। उसके बारे में जितना मैंने उसके मकान मालिक और आस-पड़ोस के दुकानदारों से सुना था उससे उसकी पूरी छवि एक चिड़चिड़ी और तुनक मिजाज़ बुढ़िया की बनती थी। वह जीवित मिलती तब भी मेरी क्या मजाल थी कि उससे ज़्यादा सवाल जवाब करता, अब तो ख़ैर भूत बन जाने के बाद इसका प्रश्न ही नहीं उठता था।

इसके बाद रिले यात्रा शुरू हुई। कैप्टन यंग ने कथा का सूत्र रिप्ले बीन को थमाया और फुर्र से उड़ गया। मुझे अफ़सोस हुआ कि मैं उसे ढंग से धन्यवाद भी नहीं दे पाया।

''देखो तुम मुझसे बहुत उम्मीद मत करना।'' जैसे ही रिप्ले बीन के भूत ने बोलना शुरू किया मेरा चेहरा उतर गया। कैप्टन यंग के जाते ही मुझे निःशस्त्र पाकर अपने रंग में आ रही है बुढ़िया! पर उसकी अगली बात से कुछ ढाँढस बँधा।

''सामने आलमारी में जो बंडल दिख रहा है। उसमें कुछ ख़त हैं जो एलन ने लिखे थे। पिछले सौ सालों में किसी ने इन्हें नहीं पढ़ा है। इन्हें पढ़ लो फिर आगे बातें करते हैं।''

मैंने अचकचाकर देखा तो सिर्फ़ रॉकिंग चेयर हिल रही थी। उस पर से भूत ग़ायब था। कमरे की रोशनी गुल हो गयी थी। मैंने तीली जलाकर पहले तो वह मोमबत्ती तलाशी जो भूतों के आने पर बुझ गयी थी और फिर उसे हाथ में लेकर सामने वाली आलमारी की तरफ़ लपका। ज़्यादा ढूँढना नहीं पड़ा। आलमारी के ऊपरी ख़ाने में ही पुराने और लगभग चिथड़ा हो चुके कपड़े के बस्ते में लिपटा ख़तों का एक बंडल पड़ा था। उसे उतार कर मैं कमरे के बाहर बालकनी में ले आया। कुछ रोशनी बाहर भी आ रही थी और कुछ मोमबत्ती की लौ से उपजी थी जिसमें मैंने सावधानी से बस्ते को खोला। उसका कपड़ा जो पूरी तरह से पीला पड़ गया था छूते ही फट-फट जा रहा था। अन्दर नीमअँधेरे में जो कुछ मैंने देखा उसे पढ़ने की व्यग्रता ने मुझे इतना भी नहीं रुकने दिया कि मैं कमरे में ताला लगा दूँ। मैं बंडल को लेकर सीधा अपने होटल की तरफ़ भागा। उम्मीद थी कि मुझे वहाँ फिर से कमरा मिल जाएगा।

हम जिन्हें बरसों से जानते हैं उन्हें कितना जानते हैं ?

हर सम्बन्ध की अपनी भाषा होती है। यह भाषा हमें कहीं से मिलती नहीं है... हम इसे स्वयं विकसित करते हैं। सम्बन्ध के साथ यह ख़ुद-ब-ख़ुद विकसित होती जाती है यह भाषा। तुम्हें नहीं लगता कि पिछले तीन महीनों में हमने भी एक भाषा हासिल की है? शब्दकोशों से परे है यह भाषा। इसके शब्दों के वही अर्थ नहीं हैं जो डिक्शनरी में मिलते हैं। कुछ के पास तो सिर्फ़ ध्वनियाँ हैं, अर्थ हैं ही नहीं। कल उस लम्बे चौड़े छतनार हार्स चेस्ट नट के दरख़्त के नीचे जब तुम पिघल रही थीं तब अचानक मेरी गर्दन में नाख़ून गड़ा कर तुम क्या चीखी थीं? याद है तुम्हें? मेरी स्मृतियों में टँक गयी है वह अस्फुट पर तेज़ ध्वनि। नीचे ज़मीन पर पतझड़ था और हमारे शरीरों में बसन्त फूट रहा था। शायद हम साथ ही स्खलित हुए और तभी तुम्हारे मुँह से यह ध्वनि फूटी जिसने कल के संयोग को मेरे अनुभव संसार की सबसे अद्‌भुत वस्तु बना दिया। मैं देख रहा हूँ कि तुम हँस रही हो पर तुम्हें वही ध्वनि फिर पैदा करनी होगी... अगली बार... बार-बार।

हाँ... इस बार भी मैं कोई नाम नहीं तलाश पाया। फिर कोशिश करूँगा। मुझे लगता है कि अचानक ही कोई सम्बोधन सूझेगा। यह भाषा के लिहाज से असाधारण नहीं होगा पर होगा हमारा नितान्त अपना। एक ऐसा सम्बोधन जिससे सिर्फ़ मैं तुम्हें पुकारूँगा, जिसका इस्तेमाल न मेरे पहले किसी ने तुम्हारे लिए किया होगा, न बाद में कोई करेगा।

ढेर सारा प्रेम...

एलन

तुमने एक बार कहा था कि कई बार अनुपस्थिति से हम अपनी उपस्थिति दर्ज़ कराते हैं, कहीं इसीलिए तो यह ख़ामोशी नहीं? चार दिन... पूरे चार दिन हो गये तुमने कुछ नहीं लिखा। मिलने की तो बात ही सोचना बेकार है...।

एलन

अगर आज भी तुम्हारा ख़त नहीं मिला होता तब भी मैं लिखता ही। तुम रूठकर मुझसे पाँच दिन दूर रह सकती हो पर मैं बिना लिखे कैसे रह सकता हूँ? फ़र्क सिर्फ़ इतना है कि आज ख़त लिखने का एक अतिरिक्त कारण है। आज मैंने तुम्हारे लिए एक नाम भी तय कर लिया है। बूझना तुम्हें पड़ेगा। इतना इशारा दे सकता हूँ कि पहली बार यह मेरे मुँह से तब निकला था जब पूरे चाँद की दूधिया धवल रात तुम हार्स चेस्ट नट के पेड़ के नीचे पहली बार पूरी तरह से निर्वस्त्र हुई थीं। मैंने तुम्हें दो-तीन सम्बोधनों से पुकारा था। एक पर तुम खिलखिला कर हँसी थीं। याद है तुम्हें वह सम्बोधन? याद करो, मैं नहीं बताऊँगा। लिखना फ़ौरन। अगर तुम्हें याद है तो उसी से पुकारूँगा मैं तुम्हें।

एलन

इस तरह के आठ ख़त थे जो रिप्ले बीन के भूत ने मुझे दिये थे। दिक़्क़त यह थी कि इन ख़तों का दूसरा पक्ष ख़तों के इस बंडल में नहीं था। बाद में मिलने पर मैंने भूत से कई बार इसरार भी किया कि वह मुझे एलन की प्रेमिका के ख़त भी उपलब्ध कराये पर हर बार वह टाल जाता। उसका कहना था कि प्रेमिका के ख़त एलन के पास थे और पकड़े जाने के बाद जब देहरादून के कोतवाल और उसकी टीम उसे देहरादून से मसूरी वापस ला रही थी तब रास्ते में एक जगह एलन ने उनसे पानी पीने की इजाज़त माँगी और जिस झरने में वह पानी पीने के लिए झुका, वहीं धीरे से सबकी आँखें बचाकर ख़त उसने बहा दिये थे।

भूत की इस दलील से भी मैं आश्वस्त नहीं हुआ। भूत के लिए क्या मुश्किल है? वह चाहता तो एलन की प्रेमिका के ख़त भी मेरे लिए उपलब्ध करा ही सकता था। पृथ्वी, आकाश-पाताल हर जगह तो उसकी रसाई है। अगर पानी में बहे उसके ख़तों के अक्षर मिट भी गए हों तो क्या वह उन्हें पुनः नहीं लिख सकता या अगर काग़ज़ लुगदी बन कर नदी के पेट में या उसके किनारे उगे किसी वनस्पति में समा भी गये हों तब भी तो एक भूत के लिए हमेशा यह सम्भव है कि मिट्टी का अंग

बन चुके उन अवशेषों को वापस उसी तरह के रूलदार हस्तनिर्मित काग़ज़ों में तब्दील कर दे, जिन पर एलन की प्रेमिका ने उसे पत्र लिखे थे और जिनके ऊपर लिखे एलन के आठ ख़त मुझे भूत ने उपलब्ध कराये थे। सत्तर-अस्सी साल बाद चौकोर मुड़े इन काग़ज़ों को खोलने और पढ़कर वापस तह करने पर यह डर तो ज़रूर लगता था कि वे किसी सूखे पत्ते की तरह टूट जाएँगे लेकिन उनकी चमक पूरी तरह से फीकी नहीं पड़ी थी और निब को काली स्याही में डुबोकर लिखे लगभग बेडौल और खुरदुरे उनके अक्षर, अभी भी धुँधलाए नहीं थे।

भूत से असन्तुष्ट होकर आप कर भी क्या सकते हैं?

अगर वह कुछ नहीं देना चाहेगा तो फिर नहीं देगा। मन मार कर मैंने मान लिया कि भूत मुझे एलन की प्रेमिका के ख़त उपलब्ध नहीं कराएगा।

मैंने एलन के पत्रों से उस मजमून को भाँपने की कोशिश की जो प्रेमिका ने किसी ख़त को मिलने से पहले या बाद में लिखा होगा। काफ़ी हद तक ग़ालिब वाला मामला था। फ़र्क़ सिर्फ़ इतना था कि ग़ालिब लिफ़ाफ़ा देखकर ख़त का मजमून भाँपने की कोशिश करते थे पर यहाँ भूत मेरी मदद करने के लिए मौजूद था। उसने प्रेमिका के ख़त मुझे भले न दिये हों पर एलन के ख़तों को पढ़कर दूसरे पक्ष की प्रतिक्रिया समझने या ख़त लिखने के पीछे की पृष्ठभूमि समझने में भरपूर मदद की।

छुटकू

तूने ठीक पहचाना, फ़र्क़ सिर्फ़ इतना है कि मैंने उस रात हार्स चेस्ट नट के पेड़ के नीचे तुझे छुटकू नहीं, छुटकी कहा था। तेरे लिए कई सम्बोधन मैंने होंठों से दुहराये और अलग-अलग अन्दाज़ से दुहराता चला गया। यही सम्बोधन सबसे अच्छा लगा। थोड़ी देर बाद मैंने पाया कि छुटकी की जगह मेरे मुँह से छुटकू निकल रहा है। शायद बचपन की कोई स्मृति हो। बहरहाल आज से मैं तुझे सिर्फ़ छुटकू कहूँगा। आज रात जब तू हार्स चेस्ट नट के नीचे खड़ी होकर मुझे ढूँढ़ रही होगी तब अपने कान खुले रखना... । कहीं से हौले-हौले कोई पुकारेगा... छुटकू... छुटकू।

तेरा

एलन

लिखे गये पत्रों को तारीख़वार क्रम से रखने पर यह पहला पत्र था जिस पर सम्बोधन पड़ा था। इसके पहले वाले तीनों पर सम्बोधन नहीं थे। ध्यान से देखने पर

ही पता चलता था कि किसी ने उनके ऊपर का सम्बोधन खुरच डाला था। ज़ाहिर है कि पत्र पाने वाले ने ही ऐसा किया था। पर क्यों किया होगा ऐसा? क्यों नहीं चाहती थी वह कि उसका नाम किसी को पता चले। बहुत पूछने पर भी भूत नहीं बता सका।

इस भूत ने मुझे कुछ हद तक निराश किया था। मेरा यह विश्वास टूट रहा था कि भूत सबकुछ जानते हैं और अगर मैं यह मान लूँ कि यह भूत भी सबकुछ जानता था तो यह विश्वास टूट जाता कि भूत इतने भले होते हैं कि एक बार दोस्ती हो जाने पर कुछ नहीं छिपाते।

बहरहाल कुछ किया नहीं जा सकता था। भूत जो कुछ कर रहा था वह भी कम नहीं था। कम से कम वह पत्रों के माध्यम से एक अद्‌भुत प्रेम कथा से मेरा परिचय करा रहा था।

शुरुआती चारों ख़तों से एक सीधा-सादा लेकिन पहाड़ी नदियों जैसा उद्दाम प्रेम-प्रसंग सामने खुल रहा था पर अचानक ऐसा लगा कि सामने कोई बड़ा शिलाखंड आ गया हो और कल-कल करता जल उस पर पछाड़ खाकर गिरने लगा हो।

चौथे और पाँचवें ख़तों के बीच के कुछ पत्र ग़ायब थे। अगला ख़त जो दो महीने बाद की तारीख़ का लिखा हुआ था, इस बात की गवाही दे रहा था कि इन साठ दिनों में बहुत कुछ ऐसा घटा है जिसने दो प्रेमियों के बीच कुछ खिंचाव पैदा कर दिया था।

छुटकू

हम जिन्हें बरसों से जानते हैं उन्हें कितना जानते हैं? साथ-साथ उठते, बैठते, सोते हैं पर कितना जान पाते हैं अपने साथी को। कई बार अचानक ऐसा नहीं लगता है क्या कि हमारे बग़ल में कोई नितान्त अपरिचित शरीर लेटा हुआ है? ग़ौर से देखने पर उसे पहचान पाना मुश्किल लगता है। तेरा सोचना सही है कि सिर्फ़ चार-पाँच महीने ही तो हुए हैं हमें मिलते। इतने में तू मुझे कितना जान पायी होगी? या जो कुछ जान पायी है उसमें जानने जैसा कितना है?

छुटकू मेरी जान, मुझे सिर्फ़ यह कहना है जितना कुछ हम एक-दूसरे के बारे में जान पाये हैं, वही काफ़ी है। एक साथ गुज़ारा लम्बा समय इस बात की गारंटी नहीं होता कि दो प्राणी एक दूसरे को अच्छी तरह से जानने लगे हों।

और एक पल का साथ भी हमें कितना परिचित कर देता है इसलिए अब इस

ऊहापोह से निकल और उस तरह के ख़त मत लिख जो तूने पिछले दिनों लिखे हैं और अच्छे बच्चे की तरह हार्स चेस्ट नट के नीचे आ जा— मेरी बाँहों में समाने के लिए।

आज मैं तुझे एक अद्‌भुत पहाड़ी गीत सुनाऊँगा जो मुझे मेरी पलटन के पहाड़ी साईस ने सुनाया है। मुझे लगता है यह गीत तेरे लिए लिखा गया है। तू जानती है मेरी पहाड़ी कितनी ख़राब है। तुझे मेरे लिए इसका अँग्रेज़ी अनुवाद करना होगा।

एलन

डियरेस्ट वन

आज मुँह अँधेरे उठ गया। बैरक की खिड़कियाँ खुलीं थीं और बाहर की नीम ठंडी हवा दबे पाँव अन्दर प्रवेश कर रही थी। लेटे-लेटे बादलों से अठखेलियाँ करते चाँद और तारों की स्थिति देखी, पी.टी. के लिए उठने से पहले एक नींद ली जा सकती थी। मैंने सोने की कोशिश की। आधा सोते आधा जगने की स्थिति में कई तरह के ख़ौफ़ मेरे ऊपर तारी हो गये।

मुझे लगा अचानक एक दिन तू मुझसे मिलना बन्द कर देगी। ज़ाहिर है कि दुनिया उसी दिन ख़त्म नहीं हो जाएगी लेकिन निश्चित है कि दुनिया पहली जैसी भी नहीं रह पाएगी।

मैं डरा कि एक दिन तू शरारतन यह कहना छोड़ देगी कि तू मुझे प्यार नहीं करती। शायद उस दिन तू सचमुच मुझे प्यार करना छोड़ देगी।

पता नहीं, ऐसा क्या होगा कि एक दिन तेरी आवाज़ सुनाई देगी और नहीं भी सुनाई देगी। जब सुनाई देगी तब मेरे अन्दर कुछ नहीं घटेगा।

इसी तरह के बहुत सारे डर जो पहली बार तुझसे मिलने जाते समय मुझे महसूस हुए थे। उस समय मैं डर रहा था कि तुझसे मिलते ही मैं बाँहें फैलाये तुझे उनमें समाने का अनुरोध करूँगा और तू दूर खड़ी मुझे बरजेगी। तेरी तरेरती आँखों की अवज्ञा करता हुआ मैं तुझे अपनी बाँहों में भर लूँगा। तू मेरे सीने पर मुक्के बरसाएगी और मैं तुझे चूम लूँगा। मैं कुछ ऐसा करूँगा जो तुझे नाराज़ करेगा लेकिन जब बाद में हम हार्स चेस्ट नट के नीचे धरती पर फैली हरी घास पर बैठेंगे और बतियाएँगे और हँसेंगे तब तू धीरे से बिना कहे कह देगी कि तुझे सबकुछ बहुत अच्छा लगा।

इसी तरह के बहुत सारे डर। शायद ये डर इसलिए सता रहे थे कि छुट्टी पर जाने का वक़्त क़रीब आता जा रहा है। एक बार लैंडोर छोड़ने के बाद कम से कम

तीन महीने तुझे नहीं देख पाऊँगा। पर यह आख़िरी छुट्टी होगी जो मैं अकेले काटूँगा।

प्यार, प्यार और सिर्फ़ प्यार,

एलन

सी

कल मैंने तुझे बहुत दुखी किया? सॉरी... सॉरी... सॉरी...! मुझे पता है कि तू कहेगी कि सॉरी से कुछ नहीं होता। मैं भी यही मानता हूँ कि सिर्फ़ सॉरी कहने से काम नहीं चलेगा। मैं कल जैसे ही कैम्प से खिसकने चला, रोलकॉल का बिगुल बजने लगा। किसी ने कमांडेंट से शिक़ायत कर दी थी— मेरी नहीं दूसरे दो-तीन कमबख़्त हैं जो पता नहीं कहाँ-कहाँ ग़ायब हो जाते हैं रात भर, उनकी शिक़ायत थी, इस रोलकॉल के बाद इतनी देर हो गयी थी कि तेरे पास तक आना मुमकिन नहीं रह गया था। मुँह मत फुला। माफ़ कर दे।

एम

इस ख़त के सम्बोधन सी को समझने में थोड़ी दिक़्क़त ज़रूर हुई पर यह समझ में आ ही गया कि 'सी' छुटकू के लिए प्रयोग हो रहा है। अगले सारे ख़तों में सम्बोधन के लिए 'सी' का इस्तेमाल हुआ। पर एलन एम कब बन गया?

सी

आय लव यू... आय लव यू... आय लव यू... आय लव यू...!

एम

लगता है किसी शर्त के तहत लड़की ने चिढ़ाने के लिए एलन से कहा होगा कि क्या वह लिख कर दे सकता है कि वह उससे प्यार करता है और इस पर एलन ने यह ख़त भेजा था जिसमें पूरे काग़ज़ पर सिर्फ़ यही लिखा था — आय लव यू।

हार्स चेस्ट नट के नीचे प्रेम

उन आठ ख़तों से गुज़रना प्रेम की अन्धी गली से गुज़रना जैसा था। इस गली का कोई ओर-छोर नहीं था लेकिन ओर-छोर की तलाश किसे थी ? ख़त एकतरफ़ा थे। दूसरी तरफ़ से लिखे गये पत्रों को भूत ने मेरे बहुत माँगने पर भी नहीं दिया। न चाहते हुए भी मुझे उसकी इस बात पर यक़ीन करना पड़ा कि एलन को लिखे गये ख़तों तक उसकी रसाई नहीं थी।

मैंने बहुत तर्क दिये कि भूत के लिए एलन को लिखे गये पत्रों को पाना क्या मुश्किल था, वह जब चाहे वे पत्र भी उसको हासिल हो सकते हैं, उसी तरह जैसे एलन के लिखे पत्र उसे मिल गये थे, पर वह नहीं माना। बार-बार यही कहता रहा कि प्रेमिका ने ख़ुद के लिखे पत्र तो नष्ट कर दिये पर एलन के लिखे पत्रों को बार-बार कोशिश करके भी नष्ट नहीं कर पायी। एलन द्वारा लिखे पत्रों में से सिर्फ़ आठ ही क्यों बचे ? बाक़ी का क्या हुआ ? बाक़ी प्रेमिका ने नष्ट कर दिये, पर क्यों ?

पहली बार किसी भूत से मेरा झगड़ा हुआ। मेरा अब तक का अनुभव झूठा साबित हो रहा था। जब मैडम रिप्ले बीन से मेरी पहली मुलक़ात हुई थी तभी मुझे लग गया था कि वे ख़ासी तुनकमिज़ाज हैं। बाद में उनके बारे में मसूरी में जो सूचनाएँ मैंने इकट्ठी कीं वे भी यही बताती थीं कि वे ज़िद्दी, अकडू और ग़ुस्सैल हैं। लेकिन ऐसे तो कई भूतों से मेरा साबका पड़ा था जो जीवित अवस्था में कठिन मनुष्य रह चुके थे पर भूत बनते ही उनका अतीत उनका पीछा छोड़ देता है। कम से कम मेरा अनुभव तो यही कहता था। एक से एक ख़ूँखार दुर्दान्त हत्यारों को मैंने नर्म पँखुरी की तरह पसरते और मक्खन-सा पिघलते देखा है। भूत बनते ही उनकी

कठोरता न जाने कहाँ ग़ायब हो जाती है!

लड़ने- झगड़ने का एक फ़ायदा यह हुआ कि रिप्ले बीन के भूत ने वृत्तान्त का फारमेट बदल दिया। नैरेटर की भूमिका से वह वीडियो आपरेटर की भूमिका में आ गया। वाचिक परम्परा छोड़कर उसने मुझे फ़िल्म दिखानी शुरू कर दी। दूसरे पक्ष के पत्र न मिलने के कारण जो ख़ालीपन था उसे भरने का सबसे आसान तरीक़ा मुझे यही समझ में आया कि मैं उससे कहानी सुनाने की ज़िद न करके जो कुछ वह दिखाने जा रहा है उसी को देखूँ। शायद ऐसा इसलिए भी हुआ कि उससे लड़-झगड़ कर मैं थक गया था और पता भी नहीं चला कि कब गहरी नींद के आग़ोश में डूब गया।

बहुत से दृश्य मेरे मित्र भूत ने दिखाये। इस मामले में वह पत्रों के मुक़ाबले ज़्यादा उदार दिखा। मैं जिस प्रसंग की फ़रमाइश करता उसके पूरे दृश्य एवं श्रव्य छवियों के साथ वह हाज़िर हो जाता।

कई दृश्य थे।

दृश्य-एक

चट्टानों के ऊपर पत्थरों को काटकर समतल बनाया गया मकान। ऊपरी मंज़िल के एक कमरे में लैम्प की रोशनी में किताब पढ़ती हुई एक लड़की। इस कमरे के अलावा पूरा मकान अँधेरे में डूबा हुआ है। बाहर की हल्की ठंडी हवा कमरे में दाख़िल न हो सके, इसलिए काँच की बड़ी खिड़कियाँ सख़्ती से बन्द हैं।

किताब पढ़ते-पढ़ते लड़की का जी उचटता है तो उसकी दृष्टि काँच के परे घने वृक्षों से घिरी और टिमटिमाती रोशनियों वाली वादी में तैरने लगती है। यही क्रिया बार-बार दोहराई जाती है। अचानक लड़की की निगाहें लपटों की हिलती परछाइयों पर पड़ती हैं। रुक-रुककर खिड़की के शीशों पर परछाइयाँ नाचती थीं और फिर अँधेरे में बिला जाती थीं। कुछ-कुछ भय और उत्सुकता से लड़की ने परछाइयों को देखा। सहमते हुए उठी और खिड़की के पास जाकर शीशों से नाक सटाकर खड़ी हो गयी।

जिस मकान में लड़की थी वह इस पहाड़ी का आख़िरी मकान था। मुश्किल से बीस गज की दूर से ढलान शुरू हो जाती थी। ढलान जिस घाटी में उतरती चली गयी थी, उसकी शुरुआत में ही हार्स चेस्ट नट के विशाल दरख़्तों का झुरमुट था। रात में अक्सर लड़की खिड़की के पल्ले खोलकर अँधेरे में झूमते इस झुरमुट को

निहारती थी— ख़ास तौर से पूरे चाँद की रात, जब आकाश में बादल न हो। आज भी आकाश साफ़ था पर बाहर हवा में हल्की-सी ठंड थी इसलिए लड़की ने खिड़की बन्द कर रखी थी। पर बाहर उसने जो कुछ देखा उसने उसे खिड़कियाँ खोल देने को मजबूर कर दिया। सामने मुश्किल से पचास गज की दूरी पर एक छोटी-सी चट्टान के दामन में आग जल रही थी। कोई था जो आग के बगल में लेटा धीरे-धीरे गा रहा था। आग की लपटें हवा के झोंकों के साथ काँप रही थीं। एक ख़ास कोण पर पहुँचने पर ही इन लपटों की कौंध लड़की की खिड़की के काँचों पर पड़ रही थी।

सामने लेटा पुरुष क्या गा रहा था ? लड़की ने ध्यान से सुनने की कोशिश की। थरथराती स्वर लहरियों की मद्धम आवाज़ जब वह पकड़ पायी तो अचानक रोमांचित हो उठी।

क्या यह वही धुन नहीं थी जिसे लड़की के पिता बीच-बीच में गुनगुनाते थे ? उसका पूरा जिस्म कान हो गया। वही धुन थी। एक बार धुन पकड़ लेने के बाद बोल स्पष्ट हो गये। उसके पिता कई बार अपने इर्द-गिर्द फैली किताबें सरकाकर अवसाद में डूब जाते हैं और काफ़ी देर चुप रहने के बाद अचानक जो कुछ गुनगुनाते हैं, वह यही धुन है।

सालों पहले जब उसकी माँ ज़िन्दा थीं और वह बहुत छोटी थी तब वह उस छोटे-से क़स्बे में गयी थी जहाँ से उसके पिता आये थे और जहाँ के लोकगीत इसी धुन में गाए जाते हैं। महीनों बैलगाड़ी, ट्रेन और समुद्री जहाज़ से यात्रा करने के बाद वे उस क़स्बे में पहुँचे थे। उस समय तो उसकी समझ में नहीं आया लेकिन अब इतने वर्षों बाद वह समझ सकती है कि जैसे-जैसे वह क़स्बा क़रीब आता गया, क्यों उसके पिता चुप होते गये। घोड़ा-गाड़ी की पिछली सीट पर बैठी उसकी माँ ने जब पाया कि अगली सीट पर कोचवान के पास बैठे पिता की आवाज़ सुनाई देना बन्द हो गयी है और उनके दो-तीन सवालों का जवाब सिर्फ़ 'हाँ-हूँ' में मिल रहा है तो उन्होंने हल्के से सिर्फ़ एक सवाल पूछा, "क्या कार्डिफ़ आ गया ?"

छोटी-सी लड़की जो माँ की बग़ल में बैठी घोड़ा-गाड़ी की खिड़कियों से बाहर सेब के बाग़ों में लदे फल निहार रही थी, अचानक अपने पिता को ज़मीन पर कूदते और फिर लुढ़कते देखकर घबरा गयी। उसे लगा कि किसी ने उसके पिता को गाड़ी के नीचे ढकेल दिया है और वे दर्द से लोटपोट हो रहे हैं। गाड़ी झटके से रुक गयी और तेज़ी से अपनी स्कर्ट सम्भालती हुई माँ भी लगभग कूदती हुई पिता के पास पहुँचीं। लड़की के दिमाग़ में अभी तक वह दृश्य अंकित है जिसमें माँ घुटने के

बल बैठकर औंधे मुँह ज़मीन पर लेटे सिसकियाँ भरते पिता की पीठ सहला रही थीं। बाग़ों में काम कर रहे किसानों और राहगीरों से घिरे माँ-बाप से थोड़ी दूर गाड़ी में बैठी, उस छोटी-सी लड़की की घबराहट जब हिचकियों और तेज़ स्वर के रुदन में बदल गयी तब माँ का ध्यान उसकी तरफ़ गया। वह तेज़ी से गाड़ी की तरफ़ झपटी और बच्ची को लगभग घसीटती हुई अपने सीने से चिपकाये वापस उस जगह पर पहुँच गयी जहाँ पिता अपनी मातृभूमि की धूल कपड़ों पर लपेटे बाग़ों में काम करने वाले पुराने संगी-संगतियों से गले मिल रहे थे।

लड़की अपना रोना भूलकर भौचक्की-सी अपने पिता को रोते, खिलखिलाते, गले लगते, नाचते देखती रही। थोड़ी देर में माँ की तरह वह भी हँसने लगी और फिर न जाने कितनी गोदों और कन्धों पर झूलते-उछलते उस घर के दालान में पहुँची जो सालों बाद खुलने के कारण अजीब-सी सीलन भरी गन्ध से सराबोर था और माँ के बताने से पता चला कि यह उनका अपना घर था। यहीं से सत्रह साल पहले व्यापार की सनक में पिता समुद्र के रास्ते एक अपरिचित अनजान प्रायद्वीप की तरफ़ चले गये थे जिसके बारे में उन्होंने सिर्फ़ क़िस्से-कहानियाँ और वहाँ से लौटने वाले सैनिकों से सुना था लेकिन जिसका आकर्षण इतना ज़बरदस्त था कि अपनी बूढ़ी माँ की तमाम कोशिशों को नज़रअन्दाज़ करते हुए एक दिन उन्हें इस मकान में अकेला छोड़कर लम्बी यात्रा पर निकल गये थे।

पड़ोसियों ने बताया कि तीन साल पहले लड़की की दादी मर गयी। पूरे चौदह साल उसने हर शाम समुद्र की तरफ़ से आने वाली घोड़ा-गाड़ियों की प्रतीक्षा करते बितायी थी। हर दोपहर वह सेबों के बगीचों को पार करते हुए पथरीली सड़क तक जाती और निर्धारित स्थान पर, एक टूटी चट्टान पर बैठकर उस दिशा से आने वाली घोड़ा-गाड़ियों को निहारती रहती। सूर्यास्त होने पर वह चुपचाप सिर झुकाये सेबों के दरख़्तों के बीच से चलती हुई वापस लौटती। कोहरों और सर्दियों वाले दिनों में यहाँ तक कि जब बारिशें भी हो रही हों, वह छाता लिये निर्धारित समय पर चट्टान पर दिखाई देती थी। उसकी उपस्थिति के लोग इस क़दर आदी हो गये थे कि एक ख़ास वक्त पर चट्टान की कल्पना बिना उसके नहीं कर पाते थे। एक दिन जब हल्की बूँदाबाँदी और रूई के फाहों से विरल बादलों के बीच सूरज धूप-छाँह कर रहा था, वह सूर्यास्त के समय वहाँ नहीं दिखी तो चट्टान से सटे बाग़ के मालिक ने फल तोड़कर डिब्बों में भरते मजदूरों की तरफ़ देख कर कहा, ''बुढ़िया मर गयी।''

किसी ने इस पर कोई प्रतिक्रिया नहीं की। सिर्फ़ वापसी में वे बुढ़िया के घर का

चक्कर लगाते हुए आये। यह सिर्फ़ औपचारिकता थी कि उन्होंने बाहर बरामदे से अन्दर कमरे में झाँक कर देखा। एक आरामकुर्सी पर बैठे-बैठे लड़की की दादी मर चुकी थी— उन सारे कपड़ों को पहने हुए जिन्हें पहनकर वह बाहर चट्टान तक जाने वाली थी। उसके बायें हाथ की मुट्ठी की पकड़ छाते पर अभी तक ढीली नहीं पड़ी थी।

देर रात गये जब पड़ोसियों और रिश्तेदारों की भीड़ कमरे से छँटी, लड़की का पिता अन्दर गया, तब तक लड़की की माँ ने कमरों की खिड़कियाँ खोलकर सीलन भगाने की कोशिश की थी। हाँलाकि ठंडी हवा से बचने के लिए खिड़कियाँ देर तक खुली नहीं रखी जा सकती थीं पर फिर भी कुछ तो असर हुआ ही था। उस रात, जब घर में सिर्फ़ वे तीनों ही थे, पिता न जाने कब तक दरी बिछी फ़र्श पर दीवाल से पीठ टिकाये अपरिचित धुनों के लोकगीत गाते रहे। लड़की ने इससे पहले ये धुनें कभी नहीं सुनी थीं। मसूरी में वर्षों से विस्मृत धुनें कार्डिफ़ पहुँचते ही अचानक कैसे याद आ रही थीं? और यह याद आना भी कितना अदभुत था! पिता ग़ाते-गाते गीत की पंक्तियाँ भूल जाते थे... कुछ देर तक सिर्फ़ धुन गुनगुनाते... तभी माँ को कोई पंक्ति याद आ जाती... दोनों मिल कर छूटे हुए को पकड़ने की कोशिश करते और फिर अपनी असफलता पर हँसते और आगे बढ़ जाते।

लड़की कब सोई, उसे पता नहीं चला लेकिन जब उठी तो नीचे फ़र्श का दृश्य देखकर ऐसा लगा कि पूरी रात पिता गाते ही रहे थे। माँ न जाने कब बिस्तर से सरककर उनके पास चली गयी थी और दीवाल से सर टिकाये सोते हुए पिता के कन्धे पर सिर रखे बेसुध पड़ी थी। लड़की कुछ देर तो उन्हें देखती रही और जल्द ही एक बार फिर नींद के आगोश में डूब गयी।

सर्दियाँ शुरू होने पर वापसी की यात्रा आरम्भ हुई। इस बार झर रहे पत्तों वाले उदास दरख़्तों के बीच पूरा गाँव एक जुलूस की शक़्ल में उन्हें क़स्बे की सड़क तक छोड़ने गया। लड़की इस बार भी उछाली जाती हुई कन्धों और गोदियों का सफ़र तय करती रही। सेबों के बाग़ से बाहर निकल सभी कंकरीली सड़क के किनारे खड़े हो गये। उनका सामान घोड़ा-गाड़ी पर चढ़ाया जाने लगा। पिता पहले की तरह घुटनों के बल ज़मीन पर बैठ गये। अपनी धरती को चूमते हुए उनके अन्दर पहले वाला आवेग नहीं था। शायद इसके पीछे वह दिलासा थी जो पिछले कुछ घंटों से हर मिलने-जुलने वाले के सामने वे ख़ुद को दे रहे थे, "हर साल गर्मियाँ मैं यहीं बिताऊँगा।"

बीच-बीच में अगले वर्ष अपने आने की तारीख़ें भी दुहराते जा रहे थे।

अगला वर्ष फिर कभी नहीं आया। लड़की जानती है कि प्रत्येक वर्ष सर्दियों में पिता कार्डिफ जाने की जो योजना बनाते हैं, वह पूरी नहीं होने वाली। सर्दियाँ ख़त्म हो जाती हैं और जैसे-जैसे मसूरी का मौसम ख़ुशगवार होता चला जाता है पिता की इच्छाशक्ति कमज़ोर होती जाती है। हर बार कार्डिफ़ की यात्रा अगले साल और फिर अगले साल पर टल जाती है। अब तो योजना बनाते समय उतना उत्साह भी नहीं झलकता जितना शुरू के वर्षों में दिखता था।

वापसी में घोड़ा-गाड़ी की अगली सीट पर माँ-बेटी बैठे। पिता पिछली सीट पर बैठे थे। लड़की को अगली सीट असुविधाजनक लगी तो उसने पीछे जाने की ज़िद की। माँ ने लगभग दबोचते हुए पीछे मुड़कर देखने से उसे रोका। घोड़ा गाड़ी थोड़ा आगे बढ़ी तो लगा कि पीछे पिता हल्की-हल्की सिसकियाँ ले रहे थे।

माँ के हाथों के बलिष्ठ दबाव के बावजूद लड़की ने सिर पीछे घुमाकर देखा कि पिता की पीठ काँप रही थी। माँ एक हाथ से उसे पीछे देखने से रोकती हुई दूसरे हाथ से बीच-बीच में पिता की पीठ सहला रही थी।

दृश्य-दो

अगली रात फिर वही दृश्य। दूर हार्स चेस्ट नट के दरख़्त के नीचे जलती, काँपती हुई आग की लपटों के अक्स खिड़की के शीशे पर ज़्यादा साफ़ पड़ रहे हैं। इसकी वजह शायद यह है कि आज अलाव की स्थिति बदल गयी है और वह पेड़ से कुछ दूर ऐसी जगह पर है जहाँ से उसके और खिड़की के बीच कोई बाधा नहीं है या फिर शायद इसलिए कि आज लड़की बेसब्री से इन अक्सों का इन्तज़ार कर रही थी।

आज फ़र्क सिर्फ़ इतना है कि लपटों की रोशनी में कल दिखने वाला पुरुष ग़ायब था और उसकी आवाज़ भी नहीं सुनाई दे रही थी। लड़की काफ़ी देर तक शीशे से मुँह सटाये बाहर उसे ढूँढ़ने की कोशिश करती रही फिर थक कर अपनी स्टडी चेयर पर बैठ गयी। बैठ भी कितनी देर पायी? व्यग्रता उसे बार-बार खींच कर शीशे तक लाती गयी। काफ़ी देर बाद उसकी प्रतीक्षित वस्तु दिखाई दी।

अँधेरे के बीच से एक आकृति उभरती है जो, यदि पूरी एकाग्रता से शीशे पर नाक टिकाये लड़की बाहर न देख रही होती तो उससे छूट जाती। लपटों की रोशनी की ज़द में आते-आते आकृति एक बलिष्ठ फ़ौजी युवा में तब्दील हो जाती है जिसने लांग बूट और ब्रीचेज के ऊपर हल्की ऊनी शर्ट पहन रखी है। अभी तक उसके

लापता होने का रहस्य भी लपटें खोलती हैं। उसके एक हाथ में बन्दूक है और दूसरे हाथ में लटका एक छोटा-सा जानवर है ज़ो रोशनी पड़ने पर स्पष्ट होता है कि खरगोश है।

लड़की समझ गयी कि फ़ौजी आग जलाकर जंगल में शिकार करने चला गया था और अब एक खरगोश मार कर लौटा था। इसके बाद फिर कल वाला अनुभव। फ़र्क़ सिर्फ इतना था कि चट्टान से पीठ टिकाकर गिटार बजाते हुए परिचित स्वर लहरियों में गीत गाता फ़ौजी आज ऐसे कोण पर था जहाँ से उसका चेहरा साफ़ दिखाई दे रहा था। लड़की चकित थी कि एक बलिष्ठ जवान शरीर पर एक भोलेभाले छोटे बच्चे का चेहरा कैसे चिपका हुआ था!

एकटक उसे गाते हुए वह देखती है। कल की ही तरह वह पूरे शरीर से सुन रही थी। दूरी और बन्द खिड़कियाँ गीत के बोल टूट-टूट कर पहुँचने दे रही हैं पर काँपती स्वर लहरियाँ इतनी परिचित-सी हैं कि लड़की कल की तरह आज भी जोड़-तोड़ कर हर गीत पूरा कर ही ले रही है। गाने का क्रम बीच-बीच में टूटता। फ़ौजी शिकार को काटने, छीलने, भूनने जैसे कामों में लग जाता लेकिन लड़की खिड़की से हट नहीं पाती। कोई अबूझ आकर्षण उसे खिड़की से हटने नहीं दे रहा। बाहर ठंड बूँद-बूँद कर टपक रही है। खिड़की के काँच जमी बूँदों के कारण अपारदर्शी हुए जा रहे हैं। लड़की व्यतिक्रम नहीं बर्दाश्त कर पाती है और बीच-बीच में खिड़की खोलकर शीशों की बाहरी पर्त साफ़ कर देती है। हर बार सर्द हवा उसके हाथ सुन्न कर देती है पर हर बार शीशे के धुँधलाने पर वह यही क्रिया दुहराती है।

अचानक लड़की जड़ हो जाती है। क्या यह वही गीत नहीं है जिसको उसके पिता ने उस समय गाया था जब लौटते समय उनका जहाज़ लंगर उठा रहा था? लड़की की स्मृति में अब भी वह दृश्य साफ़ अंकित है। पिता डेक पर खड़े हैं और रेलिंग पकड़कर थोड़ा आगे को झुके हुए हैं। बगल में माँ और उससे सटकर छोटी लड़की। समुद्री हवाएँ थपेड़ों की तरह चेहरे से टकरा रही हैं और तीनों के बाल अस्त-व्यस्त हो रहे हैं। बिल्कुल आज की तरह। फ़र्क़ सिर्फ़ इतना है कि आज इस गीत को सुनने के लिए लड़की ने खिड़की पूरी तरह खोल ली है और चौखट को पकड़कर आगे झुके उसके चेहरे से जो हवा टकरा रही है, वह बर्फ़ीली है और बार-बार अपने बाल ठीक करती आज की लड़की उस छोटी लड़की की तरह खिलखिला नहीं रही है जो समुद्र से आने वाली हल्की ठंडी हवाओं के झोंकों से बिगड़ते अपने बालों को ठीक

करते हुए शरारत से भरी हुई थी।

रात और शीत एक साथ झर रहे हैं। सामने एक पुरुष शरीर है जो अलाव की मचलती लपटों में जल-बुझ रहा है। खुली खिड़की पर कुहनी टिकाये आगे को झुकी लड़की ठंडी हवा के थपेड़ों के बीच न जाने कब से खड़ी है और अन्दर-बाहर भीग रही है।

दृश्य-तीन

एक बड़ा हार्स चेस्ट नट का छतनार दरख़्त।

कई दिनों बाद आज फिर वही दृश्य। फ़र्क सिर्फ़ इतना है कि खिड़की और अलाव के बीच की दूरियाँ मिट गयी हैं। लड़की अलाव से थोड़ी दूर एक चट्टान पर बैठी है। अलाव की लपटें तेज़ हवा से बहक रही हैं। लपटों की काँपती परछाइयाँ लड़की के चेहरे पर अग्नि-नृत्य का भ्रम पैदा कर रही हैं। थोड़ी दूरी पर फ़ौजी शिकार में मारे गये खरगोश को पहाड़ी दाव से छील रहा है। वह एक ऐसे कोण और दूरी पर है जहाँ आग अपनी ऊष्मा के साथ तो है पर लड़की के चेहरे पर खेलती अग्नि-शिखाओं के साथ उसके पूरे शरीर को घूँट-घूँट कर पीने से फ़ौजी को रोक भी नहीं रही। सिर्फ़ वही बोल रहा है और लड़की चुपचाप सुन रही है—एकटक... अपलक। बीच-बीच में अगर बर्फ़ानी हवाओं से अस्त-व्यस्त होती अपनी लटों को ठीक करने के लिए लड़की के हाथ हरक़त न करते तो किसी को भी तेज़ और मद्धम होते अलाव के प्रकाश में शिला पर अवस्थित एक बुत का आभास हो सकता था।

लड़की चुपचाप सुन रही है और सिर्फ़ फ़ौजी बतिया रहा है। कितना कुछ कहने को है उसके पास! पेशावर से काबुल के बीच फैली कठोर और दुर्गम पहाड़ियों के बीच के भू-प्रान्तर में लड़े गये युद्ध, मृत्यु के बीच से बार-बार निकलना और फिर-फिर लौटकर उसके क़रीब पहुँच जाना। बर्बरता, बहादुरी, कायरता, घात-प्रतिघात— लड़की पलक झपकाना भी भूल चुकी है। कैसा तो अद्‌भुत क़िस्सागो है फ़ौजी! बातों के लच्छों से कहानियों के सूत कातता है। लड़की के लिए अन्दाज़ा लगाना मुश्किल है कि उसके वृत्तान्त में कितना सच है और कितनी अतिश्योक्ति। उसे सबकुछ सच जैसा ही लगता है।

अचानक फ़ौजी उठता है और लड़की की चट्टान के पास उकड़ूँ बैठ जाता है। लड़की थोड़ा असहज होती है पर फ़ौजी की आँखों और चेहरे पर न जाने ऐसा क्या है जो उसे आश्वस्त करता है। वह फिर एकटक उसे सुनने लगती है।

युद्ध गाथाएँ-मारकाट की कहानियाँ लड़की को कभी अच्छी नहीं लगतीं। कई बार पिता ने नौसैनिक बेड़ों और समुद्री लुटेरों की कथाएँ उसे सुनानी शुरू की थीं पर कभी भी उनके वृत्तान्त समाप्त नहीं हो पाते। पिता लड़की की ऊब और अनिच्छा भाँप जाते और वापस राजकुमारियों और परियों की दुनिया में उठा ले जाते। आज क्यों लड़की को युद्ध की गाथाएँ आकर्षक लग रही हैं? क्यों मन कर रहा है कि ये कहानियाँ कभी ख़त्म न हों?

फ़ौजी लड़की से दो बालिश्त लम्बा है। उकड़ूँ बैठे-बैठे भी वह लगभग उसके बराबर का लगता है। पता भी नहीं चला कि कब किस्सागोई के बीच उसका हाथ लड़की के बालों तक पहुँच गया। उसकी उँगलियाँ तब तक लड़की के बालों में फिरती रहीं जब तक उसके जूड़े की पिन खुल नहीं गयी और घने रेशमी बाल गहरे काले बादलों की तरह उसके कन्धे पर फैल नहीं गये।

फ़ौजी ने उन प्रहारों का ज़िक्र किया जिन्हें उसके मज़बूत शरीर ने काबुल और पेशावर की खड़ी चट्टानों में झेला था। लड़की सिहर उठी। फ़ौजी ने कमीज़ के बटन खोल कर उसे अपनी पीठ और सीने के वे ज़ख़्म दिखाये जो लैंडोर छावनी के अस्पताल में भर तो गये थे लेकिन अपने ऐसे निशान छोड़ गये थे जिन पर हाथ फिराते हुए लड़की की आँखें डब-डब करने लगीं।

ऊपर मरियल पीला चाँद था, नीचे झरे सूखे पत्ते और थोड़ी दूर पर हवा के थपेड़ों से नाचती आग की लपटों और उनके बीच किसी फ्रेम में जड़ी-सी लड़की एकटक फ़ौजी को सुनती रही, सुनती रही, जब तक फ़ौजी ने हौले से खींचकर उसे अपनी बग़ल में चटखते हुए पत्तों की सदा के बीच लिटा नहीं लिया।

लांग बूट, ब्रीचेज और वर्दी की खाकी कमीज़ पहने लम्बे गलमुच्छों और ऊपर के ऐंठे हुए दोनों किनारों वाली मूँछों वाला कारपोरल एलन ज़मीन पर चित पड़ा हुआ है। एक लड़की है जो औंधी उसके ऊपर लेटी है। कमीज़ की ऊपर के तीन बटनें खुली हुई हैं। लड़की की दो उँगलियाँ बटनों के बीच में रेंगती हुईं एलन के सीने पर रेंग रही हैं। उनींदा एलन बीच-बीच में चिहुँक उठता है। लगता है लड़की उसके सीने में अपने नाख़ून गड़ा दे रही है। अचानक एलन छटपटाकर आधा उठता है, वापस गिरता है और इस बार उसकी बलिष्ठ बाँहों में बँधी हुई लड़की उसमें समा जाती है। देर तक नीचे पड़े सूखे पत्ते, हरी घास और पूरी धरती काँपती रहती है।

दृश्य-चार

"तू परसों क्यों नहीं आयी ?"

"क्यों आती ?"

"मेरे ख़त का जवाब भी नहीं दिया ?"

"क्यों देती ?"

"क्यों-क्यों क्या लगा रखा है? सीधे-सीधे जवाब क्यों नहीं देती? "

"क्यों दूँ?"

"फिर क्यों?"

लड़की खिलखिलाती है। एलन के सीने पर दबे-दबे उसका दम घुट रहा है। वह एलन के पेट में ज़ोर से घूसा मारती है और ढीली पड़ गयी जकड़ तोड़कर झटके से बाहर निकल भागती है। ढलवा पहाड़ियों पर दोनों दौड़ रहे हैं। धीरे-धीरे घाटी में डूब रहा सूरज अपनी शाख से टूटकर कब छपाक से घने दरख़्तों में समा गया, पता ही नहीं चला। दौडती हुई लड़की अँधेरे मे ठोकर खाकर नर्म दूब पर गिरी पर ऐसा कैसे हुआ कि जहाँ गिरी वहाँ एलन की मज़बूत बाँहें उसे थामने के लिए मौजूद थीं। देर तक धरती, आकाश, जंगल-तारे एक दूसरे में गड्ड-मड्ड होते रहे।

दृश्य-पाँच

"बीच-बीच में तू कहाँ गुम हो जाती है? उठते, बैठते, चलते, बोलते अचानक खामोश हो जाती है। लगता है, मुझे जानती ही नहीं।"

"कितना जानती हूँ मैं तुम्हें? सिर्फ़ इतना कि जिस ज़मीन से मेरे पिता आये थे तीस साल पहले, तुम भी वहीं से आये हो। पर इससे ज़्यादा क्या जानती हूँ?"

"पगली, हम जिन्हें बहुत जानते हैं, उन्हें कितना जानते हैं? तूने एक बार लिखा भी था कि तुझे सोचकर डर लगता है कि तेरे पास तो सिर्फ़ एक काग़ज़ का टुकड़ा भर है जिस पर मेरा नाम लिखा है। किसी दिन तेरी हथेलियों से फिसलता हुआ यह टुकड़ा अनन्त में खो जाएगा और उसी के साथ मैं भी कहीं ग़ायब हो जाऊँगा। "

"और तुमने लिखा था कि हम जिनके साथ बरसों रहते हैं, उन्हें भी कितना जानते हैं? सालों साल साथ उठते, बैठते, सोते-जागते अचानक लगता है कि जो बगल में है वह नितान्त अपरिचित और अनजाना है। पर इससे मेरा डर कम तो नहीं हो जाता। तुम छुट्टी पर जा रहे हो..."

एलन ठहाका मार कर हँसता है और लड़की को बाँहों में जकड़ लेता है। लड़की तो यही चाहती थी। उसके सीने में मुँह गड़ाये सिसक रही है लड़की।

"वहाँ सिल्विया है।"

"हाँ है...तो?"

"तो क्या...?"

एलन की जकड़ मज़बूत होती जाती है। लड़की का दम घुट रहा है। उसका पुराना हथियार है एलन के पेट में घूँसा मारना। इस बार एलन उसे यह मौक़ा भी नहीं दे रहा। उसका बायाँ हाथ लड़की के पीठ पर और दाहिना कमर को इस तरह जकड़े हुए है कि लड़की की कलाइयाँ बहुत कम हिल-डुल पा रही हैं। अन्त में बड़ी मुश्किल से लड़की अपनी उँगलियाँ एलन के पेट तक पहुँचा सकी। उँगलियाँ पेट गुदगुदाती हैं और एलन की हँसी छूट जाती है। पकड़ ढीली पड़ते ही लड़की उसे ढकेल कर परे हटा देती है। लड़खड़ाने का अभिनय करता हुआ एलन ज़मीन पर लेट जाता है और लड़की उसके पास बैठ जाती है।

लड़की की आँखें और मुँह सूजा हुआ है।

"तूने सिल्विया का नाम क्यों लिया?"

"क्यों? नहीं है सिल्विया वहाँ?"

"है तो पर चार साल से उसने कभी कोई ख़त नहीं लिखा। माँ ने लिखा था कि पिछले कई सालों से उससे भी नहीं मिली। तुझे क्या लगता है कि वहाँ बैठकर मेरा इन्तज़ार कर रही होगी?"

"और अगर कर रही हो तो...?"

"तुझे मेरे ऊपर कब यक़ीन आयेगा?"

एलन झुंझलाकर उठने की कोशिश करता है। लड़की उसे हाथ के हल्के से दबाव से फिर लिटा देती है। इस बार एलन का मुँह फूला हुआ है। लड़की उसे हल्की थपकियाँ देती है। एलन थोड़ी देर तक आँखें बन्द कर पड़ा रहता है। फिर आधा उठकर लड़की को अपने हाथों के घेरे में लेकर धीरे-धीरे अपने बगल में लिटा लेता है।

दृश्य-छह

सितार की तरह बज रहे थे दो शरीर... खिंचे हुए तारों को छूते ही जो स्वर-लहरी निकलती उसमें बहुत कुछ भरा होता— आह्लाद, सीत्कार, विलाप और लास्य। शरीर सधी हुई जुगलबन्दी कर रहे थे।

अदभुत थी यह जुगलबन्दी भी। कभी एक द्रुत में होता और दूसरा इतना मद्धम कि लगता स्थिर है और कभी दोनों द्रुत और कभी दोनों मद्धम।

इस जुगलबन्दी के दोनों पात्रों के शरीर में मानो संगीत बह रहा था। संगीत क्या, समय बह रहा था या समय स्थिर था और सिर्फ़ संगीत बह रहा था... समय और संगीत दोनों में डूबते-उतराते दो शरीर बह रहे थे... एक शरीर में दूसरा बह रहा था... समय, संगीत, शरीर इन सबके बीच कहीं आनन्द बह रहा था... दो पुष्ट जाँघें सितार के तारों की तरह खिंची हुई थीं और दो जोड़ी ओंठ जल रहे थे।

तार खिंचे, कुछ इस तरह से खिंचे कि लगभग टूट-से गये। जुगलबन्दी द्रुत हुई, मद्धम हुई और धीरे-धीरे स्थिर हो गयी। दोनों शरीर एक दूसरे में गुँथे ख़ामोश पड़े रहे हार्स चेस्ट नट के छतनार दरख़्त के नीचे। ऊपर गुच्छों में खिले हार्स चेस्ट नट के फूलों के नीचे और झरे पत्तों से भरी धरती के ऊपर, निरावरण, थोड़ी दूर जल रही आग की गर्मी से ऊष्मा हासिल करते हुए।

लड़की हल्की-सी सिहरी। थोड़ी देर पहले सक्रिय शरीर आग की आँच से झुलस-झुलस जा रहे थे। निष्क्रिय एक दूसरे से चिपटे शरीरों को अचानक लकड़ी के सुलगते कुन्दे अपर्याप्त लगने लगे। लड़के ने बाँहों के घेरे में लड़की को इतने ज़ोर से जकड़ रखा था कि कई बार वह हिचकियाँ लेने लगती। लगता, उसका दम घुट जायेगा। अलसाया लड़का जकड़न कुछ ढीली कर देता।

ऊपर से शीत बरस रही थी। सर्दियाँ अभी दूर थीं, लेकिन खुले में निर्वस्त्र सोना मुश्किल था। लड़की सिहरी तो लड़के ने बाँहें ढीली कीं, उठा और आग के क़रीब जाकर उसमें कुछ सूखे पत्ते और लकड़ियाँ डाल दीं। लड़की एकटक उसकी सुडौल मांसपेशियाँ निहारती रही। उसकी पीठ, नितम्ब, टाँगें सभी ज़ख़्मों के निशानों से भरी थीं। धूप और श्रम से तपे उसके शरीर पर मांसपेशियाँ मछलियों-सी खेल रही थीं।

लपटें तेज़ हुईं और वह वापस लड़की के बगल में लेट गया। लड़के ने एक बार फिर लड़की को अपनी बाँहों में भर लिया। इस बार उसके हाथ हरक़त करते रहे। लपटें जब तक तेज़ थीं, उसके स्पर्श को सुख से भरती रहीं। हाथ शरीर की गोलाइयों और गहराइयों को नापते रहे। तेज़ हवा में नाचती लपटें कई बार उनकी नग्नता को पूरे जंगल की थाती बना देतीं तो कई बार इस कोण से गिरतीं कि दोनों शरीर अँधेरे-उजाले का अजीब रहस्य लोक बन जाते।

लड़की फिर सिहरी। आग कमज़ोर पड़ रही थी। लड़के ने बाँहों की पकड़ ढीली की पर इस बार लड़की ने उसे उठने नहीं दिया। ठंड आग की मोहताज नहीं थी। ठण्ड में धीरे-धीरे धनुष की तरह अर्द्धचन्द्राकार होता उसका शरीर, जिसके निचले हिस्से में

दोनों घुटने लड़के की नाभि से जुड़ गये थे और ओंठ लड़के के सीने पर पैबन्द थे, तड़पकर सीधा होने लगा। उसने अपनी कमज़ोर बाँहें लड़के के इर्द-गिर्द लपेट दीं। लड़के का चेहरा उसके दोनों स्तनों के बीच वक्ष पर टिक गया। जैसे-जैसे ठंड बढ़ती गयी, बाँहों का घेरा कसता गया। इस बार दम घुटने की बारी लड़के की थी। साँस लेने के लिए उसने मुँह खोला और एक स्तनाग्र उसके ओंठों से टकराया। वह धीरे-धीरे उसे चूसने लगा।

इस बार सितार बना लड़का। कुशल वादक की तरह लड़की उसे बजाती रही।

दृश्य-सात

चीड़ के जंगलों के बीच खिले जाडला के पौधे। लड़की फ़ौजी को बताती है कि ये फूल बारह वर्ष बाद खिलते हैं। आज पहली बार लड़की साहस कर दिन में बाहर निकल आयी है। फ़ौजी को इन्हीं फूलों को दिखाने जिनके खिलने को पहाड़ी फूलों का कुम्भ कहते हैं। फूल के इस कुम्भ पर असंख्य मधुमक्खियाँ थीं, तितलियाँ थीं और तरह-तरह के कीट-पतंगे थे जिनके नाम लड़की पहेलियों की तरह फ़ौजी से पूछती है और उसके न बता पाने पर खिलखिला कर हँसती है और फिर तरस खाकर बताती।

वे चीड़ की पत्तियों से ढँकी धरती पर बैठ जाते हैं। खिलवाड़ करते-करते लड़की को अचानक कुछ याद आता है।

''तुमने लिखा था कि तुम्हारे पहाड़ी साईस ने एक गीत सुनाया था, उसे तुम मुझे सुनाओगे। ''

''गाकर ?'' फ़ौजी शरारत से पूछता है।

''हाँ गाकर।'' लड़की उसी शरारत से कहती है।

''पर मुझे तो गाना आता ही नहीं।'' फ़ौजी नर्वस हो जाता है।

''पर मुझे तो गाकर ही सुनना है।''

देर तक खिलवाड़ चलता है। अन्त में एलन जितनी याद है, उतनी ही कथा गद्य में सुनाता है।

कथा एक सुन्दर पहाड़ी लड़की फ्यूली की थी। वह इतनी सुन्दर थी कि दूर-दूर से उसको ब्याहने की इच्छा लिये गबरू जवान उसके माँ-बाप के पास पहुँचने लगे। पर वह प्यार तो भूपू से करती थी। दोनों के परिवार एक-दूसरे के दुश्मन थे इसलिए उनका ब्याह नहीं हो सका और फ्यूली कहीं और ब्याह दी गयी। विवाह के बाद भी दोनों का प्यार समाप्त नहीं हुआ। एक दिन जब फ्यूली भूपू से मिलकर

लौट रही थी तो पति ने उसे जान से मार दिया। तब से फ्यूली फूल बन कर पहाड़ों पर खिलती है। लोककथा के अनुसार फ्यूली सिर्फ़ एक साधारण पीला फूल नहीं है बल्कि कामनाओं को पूरा करने की उद्दाम लालसा का प्रतीक भी है।

फ्यूली की कथा सुनकर न जाने क्यों लड़की उदास हो जाती है। एलन निरा फ़ौजी ज़रूर है पर यह समझना उसके लिए मुश्किल नहीं है कि लड़की किस सम्भावना से उदास हुई है।

वह धीरे-धीरे उसकी पीठ सहलाता रहता है।

दृश्य-आठ

"तुम मुझे छुटकू क्यों कहते हो? क्या मैं इतनी छोटी लगती हूँ?"

"तू बातें तो करती है बूढी दादी की तरह, पर है छुटकू ही। मैं तुझे छुटकू ही कहूँगा। पर तूने मेरे लिए कोई नाम नहीं तलाशा?"

"तलाश लिया, पर बताऊँगी नहीं।" लड़की शरारत पर उतारू है।

"बता न!" एलन उसे गुदगुदाता है। लड़की हँसती है और इन्कार में सिर हिलाती रहती है।

एलन के सामने अधिक देर तक यह इन्कार नहीं चल पाता।

"मैंने पहाड़ियों के गीतों में एक सम्बोधन सुना है। तुम्हारे लिए वही इस्तेमाल करूँगी। अगले ख़त में देख लेना।"

एलन नहीं मानता। फिर से गुदगुदाना शुरू कर देता है। आख़िर जब हँसते-हँसते आँखों में पानी आ जाता है, लड़की टूट जाती है।

फ़ौजी की छाती में मुँह गड़ाये हुए वह कहती है, "मैं तुम्हें मितवा कहूँगी। हो न तुम मेरे मितवा?"

देर तक फ़ौजी उसे अपनी बाँहों में भरे खड़ा रहता है।

दृश्य-नौ

अगस्त के अन्तिम दिन की दोपहर, घर में पिता को दोपहर के भोजन के बाद की तन्द्रा में छोड़कर लड़की भीगती हुई इस घने झुरमुट में आकर बैठ गयी है। बादल अभी-अभी टूट कर बरसे हैं। लड़की जब घर से निकली, बारिश रुकी हुई थी। पिता सो रहे थे पर कभी भी जग सकते थे, बारिश भी कभी भी फिर से शुरू हो सकती थी। हड़बड़ाहट में वह घर से निकली तो छाता लेने की सुध भी नहीं रही। एलन आज रात जा रहा है लम्बी छुट्टी पर अपने वतन। आमतौर से वे दिन में नहीं

मिलते पर आज ज़ोख़िम उठाकर भी वह मिलने आयी है।

मसूरी का मौसम— थोड़ी देर पहले जम कर बरसते बादल न जाने कहाँ ग़ायब हो गये थे पर अचानक वे फिर कब कहाँ से आ टपकेंगे इसे कोई नहीं जानता। लड़की जब घर से निकली थी, बादल उसके घर में भरे थे। जब बाहर निकली तब भी बादलों के बीच से आयी और थोड़ी ही देर में जब बादल बरसे तब उसे याद आया कि हड़बड़ी और उत्तेजना में वह छाता लेना ही भूल गयी है। लड़की जहाँ बैठकर एलन का इन्तज़ार कर रही थी, वह चार-पाँच घने दरख़्तों और उन पर लिपटी लताओं से बना था जिसकी खोज एलन ने अपनी छोटी-सी प्रेमयात्रा के दौरान की थी।

शिकार का शौक़ीन एलन छावनी से निकल भागने की फ़िराक़ में रहता था। शाम की रोल-कॉल के बाद अक्सर वह बैरक से ग़ायब हो जाता। वह एक ख़ुशमिजाज़ खिलन्दड़े सिपाही के रूप में जाना जाता था और उसके दोस्तों की संख्या इतनी बड़ी थी कि रात-बिरात चेकिंग पर वह कभी पकड़ा नहीं गया और अगर पकड़े जाने की नौबत आयी भी तो उसका कोई न कोई दोस्त किसी न किसी तिकड़म से उसे बचा लेता। छुट्टियों में, ख़ास तौर से रविवार को गिरजाघर जाने की जगह वह शिकार की तलाश में लैण्डोर के आसपास भटकता।

ऐसे ही भटकते हुए उसने एक बार लड़की को ढूँढ़ा था और एक दोपहर इस रहस्य लोक तक पहुँचा था जहाँ दिन में भी इतना सन्नाटा और अँधेरा होता कि बगल से पूरी पलटन गुज़र जाए और उसमें छिपे दो प्रेमियों को तलाश न पाये।

दो-तीन बार उसके बहुत ज़ोर देने पर लड़की इस अँधेरे एकान्त में आयी थी। एक तो दिन में निकलना बहुत मुश्किल था, दूसरे लड़की उन कीड़े-मकोड़ों से डरती थी जो हर समय किसी वनस्पति से टपकने को तैयार दिखते थे और एलन जिन्हें उसे चिढ़ाने के लिए कभी भी अपनी हथेलियों पर उठाकर उसकी तरफ़ बढ़ा सकता था। हर बार वह चिहुकती, एलन खिलखिलाता और जब उसकी हथेली का कीड़ा उड़ जाता तब लड़की उसकी पीठ और पेट पर मुक्के बरसाती और तब तक बरसाती रहती जब तक एलन उसे अपनी बाँहों में भर नहीं लेता।

आज तो लड़की ने ही दिन में मिलना तय किया था। रात में तो मिलना ही था पर लड़की हर मुमकिन समय उसके साथ बिताना चाहती थी।

बाहर फिर बारिश शुरू हो गयी। अन्दर सघन छतनार आश्रय में लड़की एलन का इन्तज़ार कर रही है। बाहर पानी गिरने की तेज़ आवाज़ आ रही है। चारों तरफ़

वनस्पतियों का इतना मज़बूत आवरण है कि न सिर्फ़ उनसे छन कर आना प्रकाश के लिए मुश्किल है बल्कि बारिश की बूँदें भी ज़्यादातर हिस्सों को नहीं भिगो पा रहीं। लड़की भी ऐसे ही एक सूखे हिस्से में एक मोटे दरख़्त की जड़ पर बैठी है। बाहर जितनी तेज़ आसमान की बारिश है, उससे तेज़ उसका मन भीग रहा है। वह सख़्ती से मुँह भींचे अपनी रुलाई रोक रही है।

एलन छुट्टियों में घर जा रहा है। आज उसकी रवानगी है। हालाँकि अब वह स्वस्थ हो चुका है और उसे अपनी पलटन वापस जाना है लेकिन अफ़सरों से अपने सम्बन्ध के कारण उसने उन्हें मना लिया है कि वह विलायत छुट्टी मना कर वापस लैण्डोर आएगा और फिर यहाँ से पलटन के लिए उसकी रवानगी होगी। कारण एक ही है। पलटन वापस जाने के पहले वह लड़की के साथ थोड़ा और वक्त गुज़ारना चाहता है। दोनों के साझे सपने हैं। इस बार एलन लड़की के पिता से मिलेगा और उनसे उसका हाथ माँगेगा। लड़की को पता है कि थोड़ी मुश्किल होगी। पिता की निगाह में उसके लिए जो लड़का है, उसे भी वह जानती है। पर उसे यह भी पता है कि माँ के मरने के बाद अब कोई ज़िद ऐसी नहीं है जिसे वह पिता से मनवा न सकेगी।

विलायत से जो तार आया है, उसके मुताबिक़ एलन की माँ सख़्त बीमार हैं। पता नहीं, लम्बी समुद्री यात्रा के बाद जब एलन वहाँ पहुँचेगा, वह जीवित उसकी प्रतीक्षा कर भी रही होगी या नहीं। वह यह भी जानती है कि एलन अपनी माँ से कितना प्यार करता है। लम्बी रातों में उसकी बाँहों में भिंची उसने घंटों उसे अपनी माँ के बारे में बातें करते सुना है। कई बार चिढ़कर उसने ऊबने का नाटक भी किया है पर एलन को अच्छा लगेगा यह सोचकर फिर उसे कुरेद-कुरेदकर माँ के बारे में बोलने को प्रोत्साहित किया है और सप्रयास एकाग्रता से उसे सुना है। अचानक माँ की बीमारी के तार ने उनकी योजना गड़बड़ा दी।

एलन के पलटन वापसी के दिन क़रीब आ रहे थे और वह किसी भी दिन लड़की के पिता के पास जाने की तैयारी कर रहा था। लड़की लगभग रोज़ उसे अपने पिता के स्वभाव और आदतों के पाठ पढ़ाती और खिलखिलाते हुए उसे वे संवाद रटाती जिसे एलन को उनके सामने दोहराना था, जिसे वह हर बार भूल जाता। शायद जान-बूझकर। माँ की बीमारी का तार मिलने पर लड़की समझ गयी कि अब वह उसे नहीं रोक पायेगी। उसने कोशिश भी नहीं की बावजूद इसके कि विलायत में बीमार माँ के अलावा सिल्विया भी है।

आज लड़की के आँसू रुक नहीं रहे हैं। एलन से बिछुड़ने के दर्द के साथ कहीं यह सिल्विया के वहाँ होने का डर तो नहीं है?

लड़की जानती है कि सिल्विया का नाम लेने पर एलन हँसता है। कई बार चिढ़ाने के लिए जानबूझ कर सिल्विया का ज़िक्र करता है। लड़की नहीं चिढ़ती और बनावटी उपेक्षा से कन्धे उचकाती है तो फिर ऐसे प्रसंग ले आता है जिनमें सिल्विया हो और जब लड़की रूआँसी हो जाती है तो उसे बाँहों में भरकर सिर्फ़ हँसता रहता है।

उसकी हँसी से लड़की भ्रमित हो जाती है। कई बार यह हँसी इतनी निश्छल और निष्पाप लगती है कि उसे ख़ुद पर कोफ़्त होने लगती है। पर कई बार एलन उसे जादूगर की तरह लगता है जो उन्मुक्त हँसी से उसे छल-छल जाता है।

कहीं वह एलन को खोने तो नहीं जा रही?

मुलाक़ातों के शुरुआती दिनों में एक बार उसने कहीं पढ़ा कि यू लव टु लूज़ देन यू अगेन लव ऐंड यू अगेन लूज़। पढ़ते ही उसकी आँखें छलछला उठी थीं। उसी शाम उसने एलन को ये पक्तियाँ सुनायीं। पर वह तो निरा फ़ौजी था। सिर्फ़ खुलकर हँस सकता है। इस तरह के वाक्यों को अर्थाना उसके बस का नहीं। लड़की ने चिढ़ कर तय किया कि कभी कोई गम्भीर चीज़ उसे पढ़कर नहीं सुनाएगी।

तो क्या वह एलन को खोने जा रही है?

"हा ऽऽऽऽ...।"

लड़की नहीं डरती। आज वह डरना भी नहीं चाहती। उसे पता है कि यह एलन है। उसका पुराना तरीक़ा है। अचानक प्रकट होकर हाऽऽऽ कह कर लड़की को डराना और फिर अपने वक्ष से चिपटा उसे हौले-हौले आश्वस्त करना।

आज उसे डरने का भी होश नहीं है। पहले भी दो-तीन बार वे उस झुरमुट में मिले हैं पर लड़की कभी भी अन्दर अकेले नहीं घुसी है। अगर कभी उसके पहले पहुँची भी है तो बाहर ही मँडराती रही है। अन्दर साँप, बिच्छू, कीडों, मकोडों— न जाने किन-किन जानवरों की कल्पना करती रही है। आज तो कब से अकेले अन्दर बैठी है। प्रिय को खोने के भय ने तो कहीं उसे सुन्न तो नहीं कर दिया है?

एलन ख़ुद उदास है। लड़की नहीं डरती तो वह और उदास हो जाता है। उसका हाथ पकड़कर एक बड़े पेड़ की जड़ों पर अपने बगल में बैठा लेता है।

"छुटकू, मैं आज आते समय सोच रहा था कि इस करोडों-करोड़ इन्सानों वाली दुनियाँ में क्या यह भी हो सकता था कि हम कभी नहीं मिलते? बिना एक

दूसरे को जाने यहाँ से विदा हो जाते?''

लड़की कुछ नहीं बोलती, चुपचाप बायें पैर के अँगूठे से ज़मीन कुरेदती रहती है।

''मैं जल्दी लौटूँगा।''

''मुझे पता है।''

डबडबाई आँखों से लड़की एलन को देखती है।

''खाक पता है। मैं नहीं लौटूँगा!''

एलन को शरारत सूझती है।

''मुझे पता है...।''

लड़की किसी तरह रुँधे गले से कह पाती है।

''क्या पता है? वहाँ सिल्विया मेरा इन्तजार कर रही है— ये पता है तुझे?''

एलन उसे हँसाने की कोशिश करता है।

''मुझे पता है।'' लड़की दृढ़ता से अपने आँसू रोकने की कोशिश कर रही है। ''तुम लौट आओगे।''

एलन ख़ुद उदास हो जाता है। उसका बेफ़िक्र खिलन्दड़ापन न जाने कहाँ ग़ायब हो जाता है। चुपचाप अपनी बायीं बाँह पर टिके उसके सर को दाहिने हाथ से सहलाता रहता है, देर तक... पता नहीं कितनी देर तक।

''मुझे तैयारी करनी है।''

''तैयारी करके क्यों नहीं आये...?'' लड़की रूठती है।

''पागल... तैयारी क्या इतनी जल्दी हो जाती है! मुझे वर्दी के बहुत से आइटम स्टोर में जमा कराने हैं। जाने के पहले एडजुटेंट के सामने पेश होना है। रास्ते के लिए अपना सामान बाँधना है और फिर... और फिर...''

एलन वाक्य अधूरा छोड़कर शरारत से मुस्कराता है।

लड़की अचकचाकर उसकी तरफ़ देखती है।

''जेम्स से भी तो मिलना है।''

लड़की रोना भूलकर उसके पीठ पर मुक्के बरसाने लगती है। एलन यही तो चाहता था। वह तब तक मुक्के खाता रहता है जब तक लड़की हँसने नहीं लगती।

''मेरी सौतन सिल्विया नहीं, जेम्स है।''

एलन खिलखिलाकर हँसता है। दोनों हँसते हैं। आज वे उस सावधानी को भी भूल जाते हैं जिसके तहत उनके संवाद लगभग फुसफुसाते हुए या बहुत धीमी

आवाज़ में होते हैं।

जेम्स से लड़की शुरू से चिढ़ती है। उसे कभी भी समझ नहीं आया कि जेम्स में ऐसा कौन सा चुम्बक है कि एलन और दूसरे फ़ौजी उसकी तरफ़ खिंचे चले जाते हैं। एलन ने जितना कुछ बताया है उसके अनुसार जेम्स यारों का यार है। फ़ौजी उसके साथ बैठकर शराब पीते हैं, जुआ खेलते हैं और हार जाने पर उससे उधार लेते हैं। एलन की उससे कुछ ख़ास ही पटती है। जेम्स के चलते कई बार लड़की से वादा करके एलन नियत समय पर नहीं पहुँचा और कई बार मुलाक़ात जल्दी ख़त्म करके भाग गया। हर बार वह झूठ बोलता है और हर बार उसका झूठ पकड़ा जाता है। लड़की रूठने लगती है तो वह अपना कान पकड़कर झूठ क़बूल करता है और लड़की हर बार उसकी इस बात पर विश्वास कर लेती है कि वह आइन्दा जेम्स के चक्कर में नहीं पड़ेगा।

आज भी एलन एक बार जेम्स से मिलने जा रहा है। लड़की को ग़ुस्सा आ जाता है। अब पता नहीं कब मुलाक़ात हो! पर उसे पता है कि एलन उसे मना लेगा।

काफ़ी मनुहार के बाद लड़की मान जाती है। एलन अभी सीधे छावनी जाएगा। अपना सामान पैक करेगा, एडजुटेंट के सामने पेशी कराकर अपनी रवानगी करायेगा, थोड़ा समय जेम्स के साथ बितायेगा और फिर वापस लड़की के पास आएगा। सबकुछ भगदड़ में होगा लेकिन दूसरा कोई उपाय भी नहीं है। यहाँ से देर रात चलकर सुबह राजपुर रोड पहुँचा जा सकता है। वहाँ दिन भर आराम कर देहरादून के लिए बैलगाड़ी मिल सकती है।

लड़की जानती है कि और कोई उपाय नहीं है कि बातों का धनी एलन छलिया है। उसे मना ही लेता है। लड़की को कुछ नहीं पता कि क्या कहना है। वह जाने के लिए उठ खड़े हुए एलन से चिपटकर सिर्फ़ रोती रही।

रोते हैं भूत भी

क्या भूत भी कभी रोते हैं?

यह कोई मुश्किल सवाल नहीं है। कम से कम इस भूत से दोस्ती करने से पहले तक तो मैं यही समझता था। रोना-धोना तो मनुष्यों की कमज़ोरी है। एक बार भूत योनि में पहुँचते ही वे इस दुर्बलता से मुक्त हो जाते हैं। मेरा अनुभव था कि भूत ग़जब के क़िस्सागो होते हैं— किसी मँजे-सधे कथाकार की तरह वे बिना भावुक हुए बड़े उतार-चढ़ाव वाली कथा सुना सकते हैं। अगर भावुक हुए तो फिर गये काम से। मनुष्य हो जाएँगे या कम से कम भूत तो नहीं ही रहेंगे। भूतों के बारे में मेरी समझ अपनी नानी से सुनी कथाओं से बनी थी जिसके अनुसार चुड़ैलों के पाँव उलटे होते हैं और उनकी आँखों में पानी नहीं होता।

इस भूत ने मेरी इस धारणा को उलट-पलट दिया। इस भूत ने मेरी कई धारणाओं को उलट-पुलट दिया था, मसलन मेरा मानना था कि भूत सबकुछ जानते हैं या सबकुछ जान सकते हैं।

मेरा अनुभव कहता था कि भूत झूठ नहीं बोलते। मनुष्यों से भिन्न उन्हें झूठ बोलने की ज़रूरत भी नहीं है। वे कौन से राग-द्वेष के चक्कर में पड़े हैं कि झूठ बोलेंगे! इस भूत ने तो मेरी सारी समझ ही बदल कर रख दी थी। ऐसा तो नहीं कहूँगा कि यह झूठ बोलता है पर इसे क्या कहें कि कई बार सच छिपाने के लिए यह मेरा सवाल टाल जाता या फिर ऐसा गोलमोल जवाब देता कि सच-झूठ की विभाजक रेखा धुँधली पड़ जाती।

जब मेरा यह मित्र भूत रोया तो सच मानिए मैं गड़बड़ा गया। किसी भूत को

रोते देखने के लिए मैं प्रस्तुत नहीं था। मैं तो यह मानने के लिए ही राजी नहीं होता कि कोई भूत रो भी सकता है अगर मैं ख़ुद इसे रोते नहीं देख लेता।

मैंने भूत से सिर्फ़ इतना पूछा, "तुम्हें क्या लगता है कि एलन ने सचमुच हत्या की थी?"

"मुझे नहीं मालूम।"

भूत की आवाज़ कुछ लड़खड़ाती-सी लगी।

"तुम्हें मालूम है। तुम भूत हो, तुम्हें सबकुछ मालूम है। जेम्स को किसने मारा?"

मेरी आवाज़ कुछ सख़्त हुई।

"मैं नहीं जानती।"

मुझे लगा इस बार उसकी आवाज़ कुछ और कमज़ोर हुई है।

मैंने मौक़े का फ़ायदा उठाया। मैं समझ गया कि उस पर भावनात्मक दबाव बनाया जा सकता है। मैंने आजिज़ी से कहा, "बता दो मेरे दोस्त भूत! तुम जानती हो कि मेरे लिए यह कितना ज़रूरी है। पहले मैं सिर्फ़ एक ऐसी कहानी पर काम कर रहा था जिसमें मेरे अख़बार को दिलचस्पी हो सकती थी। इस स्टोरी से पत्रकारिता के मेरे करियर को ब्रेक मिलता। पर अब तो एक बड़े शिलाखंड की तरह यह पूरा प्रसंग मेरी आत्मा पर सवार हो गया है। बिना सच जाने मुझे मुक्ति नहीं मिलेगी। मुझे बताओ न, किसने मारा था जेम्स को... ?"

मैं गिड़गिड़ाने लगा। मैंने अपनी दोस्ती का वास्ता दिया, भूतों की साख की दुहाई दी और अन्त में वह किया जो अपने किसी मित्र के लिए नहीं कर सकता था। मैंने अपनी आत्मा के एक-एक ज़ख़्म उसे दिखाये। ये सारे ज़ख़्म जो मुझे इस दर्दनाक कथा ने दिये थे। मेरी आत्मा पर ये ज़ख़्म कैसे टँके? मैं तो मात्र एक श्रोता था इस पूरे आख्यान में। इसे सुनते-सुनते कब मैं इसका हिस्सा बन गया— मुझे पता भी नहीं चला। जब तक मुझे हत्यारे का पता नहीं चलेगा, मेरी मुक्ति नहीं हो सकेगी। मेरी ही क्यों, इस त्रासदी के किसी भी पात्र की मुक्ति हो पाएगी क्या?

मुझे जेम्स याद आया। कान से जबड़े तक तेज़ धार वाले टिन से कटा उसका चेहरा..., गले में बने सूराख़ से बोलने की कोशिश करता हुआ...।

अचानक एक रात मॉल पर मुझसे उसकी मुलाक़ात हो गयी। इस बीच मेरी दिनचर्या हो गयी थी शाम होते-होते रिप्ले बीन के भूत से मिलने किराये वाले मकान में पहुँचना, जल्दी-जल्दी रास्ते में ख़रीदे हुए खाने को निगलना और फिर

रिप्ले बीन का इन्तज़ार करना। बुढ़िया कभी तो फ़ौरन आ जाती और कई बार इन्तज़ार कराती। रुक-रुक कर कथा के जितने अंश वह मुझे दिखाती, सुनाती या पढ़ाती उन्हें देख, सुन या पढ़कर वापस अपने होटल लौटना। उस किराये के मकान में न तो बिजली थी और न ही सोने का माकूल इन्तज़ाम, इसलिए रोज़ ही मैं वापस आ जाता। ऐसी ही एक रात जो ज़रा ज़्यादा ही ढल गयी थी और जिसमें कोहरा हल्की बूँदों में तब्दील होकर बार-बार चेहरे को गीला कर रहा था, अपने दोनों हाथ पैंट की जेब में डाले मैं तेज़ रफ़्तार से चलते हुए ठंड से बचने की कोशिश कर रहा था। सड़कें सुनसान थीं और होटल के लिए सड़क मुड़ने ही वाली थी कि वह मुझे दिखाई दिया।

हुआ कुछ ऐसा कि उस दिन रिप्ले बीन ने मुझे विस्तार से मिसेज़ सैमुअल के केमिस्ट शॉप के बारे में बताया था। उस अभागे जेम्स के बारे में जिसकी क़ब्र पर खुदा हुआ था कि अपने दोस्त के हाथों मारा गया, सुनते हुए मेरा मन भीग गया था। बात-बात पर हँसता था जेम्स। छावनी में मशहूर था कि जब जेम्स और एलन मॉल पर ठहाके लगाते थे तो लैंडोर डिपो तक उसकी गूँज सुनाई देती थी। कैसे-कैसे सपने देखे थे मिसेज़ सैमुअल ने! बिना बताये पूरी मसूरी जानती थी कि जेम्स जल्दी ही उनकी उँगली में अँगूठी पहनाने वाला है। एक-एक पैसा जोड़कर जेम्स सपने बुन रहा था। मिसेज़ सैमुअल मसूरी की सम्पत्ति बेच देगी और जेम्स की बचत के साथ मिला कर इतना हो जाएगा कि वे वापस विलायत चले जाएँगे, देहात में कहीं फार्म हाउस बना कर आराम से ज़िन्दगी बिताएँगे। पर जो कुछ हुआ उसकी उम्मीद किसे थी? हत्या के बाद बरसों तक मसूरी में इसी हत्या की चर्चा होती रही। मिसेज़ सैमुअल का तो रो-रोकर बुरा हाल था। मसूरी में पढ़े जाने वाले अख़बारों 'मसूरी टाइम्स' और 'स्टेट्समैन' में कितने सम्पादकीय लिखे गये, दर्जनों पाठकों के पत्र छपे और एलन को फाँसी सुनाए जाने के बाद तमाम बहसें हुईं, ज़्यादातर लोगों की राय थी कि ऐसे मित्रद्रोही के लिए फाँसी की सज़ा बहुत कम थी। उसे तो टुकड़े-टुकड़े कर चील-कौओं को खिला देना चाहिए था।

रिप्ले बीन जब यह कथा सुना रही थीं तो मेरे मन में भी अवसाद के साथ-साथ ग़ुस्सा भरा हुआ था। जब वह दिखा, तब तक ग़ुस्सा कम नहीं हुआ था। दरअसल मैं आज जब रिप्ले बीन से विदा लेकर रवाना हुआ था, मेरे मन में कहीं न कहीं एक उत्सुकता थी कि उस जगह को ढूँढ़ निकालूँ, जहाँ केमिस्ट की वह दुकान थी जिस पर जेम्स काम करता था और जिसके सामने मसूरी में पहला बिजली का खम्बा

गाड़ा गया था। कथा से उपजा जेम्स के लिए दुख और एलन के लिए ग़ुस्सा मन में लिये मैं रिप्ले बीन के विवरण के अनुसार केमिस्ट शॉप की जगह तलाशने की कोशिश कर ही रहा था कि बिजली के एक खम्बे के नीचे खड़ा हुआ जेम्स मुझे दिख गया।

मैंने चौंक कर ध्यान से खम्बे को देखा। अरे! यह तो सौ साल से भी ज़्यादा पुराना सागौन के मज़बूत तने वाला खम्बा था जो अपने आसपास के कंक्रीट के खम्बों से एकदम अलग दिखाई दे रहा था। मैं रोज़ इधर से गुज़रता हूँ पर मेरा ध्यान इधर क्यों नहीं गया कि मसूरी नगरपालिका ने इतिहास को सुरक्षित रखने के लिए सागौन की पुरानी लकड़ी वाले खम्बे को सुरक्षित रख रखा था। कोहरे में बूँद-बूँद टपकती रोशनी में जेम्स खड़ा था। चेहरे पर अभी भी वही भाव था जो अपने हत्यारे को सर पर शीशे की बोतल से प्रहार करने को उद्यत देख कर आया होगा। वही अविश्वास, आश्चर्य और भय का भाव जो किसी मित्रहन्ता हत्यारे को देखकर एक खुशमिज़ाज निश्छल व्यक्ति के चेहरे पर आ सकता था। बायें कान से जबड़े तक को चीरता हुआ और दाहिने कान के पास तक पहुँचा हुआ घाव भी बहुत स्पष्ट नज़र आ रहा था। ख़ून का रिसना बन्द हो जाने के कारण घाव अपनी गहराई के साथ ध्यान खींच रहा था। केवल वह सूराख़ जो उसकी ठोड़ी के नीचे और गर्दन के मध्य में था, मुझे तब दिखाई दिया जब उसने बोलने की कोशिश की और घरघराहट की अस्पष्ट-सी ध्वनि मुझे सुनाई दी। लगता था वह कुछ कहना चाहता था। कटे-फटे चेहरे पर दर्द की लक़ीरें थीं और उसकी हर कोशिश के असफल होने पर ये लक़ीरें पछाड़ खा-खाकर उसकी बची-खुची त्वचा पर गिर रही थीं और उसके साथ-साथ मुझे भी झकझोर रही थीं।

क्या था जो वह बार-बार मुझसे कहना चाह रहा था ? उस दग़ाबाज नराधम का नाम मुझे बताना चाह रहा था या कुछ और? हर बार उसके गले के सूराख़ से गों-गों की आवाज़ निकलती और कुछ न कह पाने से व्याकुल उसकी असहाय कातर निगाहें मुझे बेध देतीं।

मैं आपसे सच-सच कह रहा हूँ कि मैं अपने जीवन में पहली बार किसी भूत से भागा। क्या यह डर था ? या वेदना की उस पराकाष्ठा से भागने का मेरा प्रयास, जिसे झेल पाना मुझे असम्भव-सा लगा। मैं जब होटल पहुँचा तब भी क्षत-विक्षत जेम्स अपने कटे गले से गों... गों... करता मेरा पीछा कर रहा था।

शायद तभी से जेम्स मेरी आत्मा पर ज़ख़्म बन कर टँक गया था और बिना

हत्यारे का पता लगाये मुक्ति सम्भव नहीं थी— उसकी न मेरी। पर भूत पर किसी दलील का असर नहीं पड़ रहा था। वह कुछ नहीं बताता। हाँ यह ज़रूर होता कि कुछ और दृश्य चित्र मुझे दिखाने लगता है।

फ़ादर कैमिलस और जल्लाद कल्लू मेहतर के बीच का संवाद

कितना मुश्किल था कल्लू का प्रश्न, "फ़ादर आपको लगता है कि साहब कतल किये हन?"

फ़ादर कैमिलस चुप्पी साधे हुए हैं। काश उनका मन भी कल्लू की तरह निर्मल और पारदर्शी होता। कल्लू स्वामिभक्त है। उसके अन्दर शंका है पर कल सुबह चार बजे एलन को वह फाँसी पर चढ़ायेगा। जिस सरकार का नमक पिछली दो पीढ़ियों से उसका परिवार खा रहा है उसके हुक़्म के उल्लंघन की वह सोच भी नहीं सकता। आँखें मूँदे फ़ादर देखते हैं— पीछे बँधे हुए दोनों हाथों और आँखों पर काली पट्टी बाँधे फाँसी के तख्ते पर एलन खड़ा है, उसके गले में फन्दा डालते हुए कल्लू एक बार ठिठकता है पर रस्सी खींचते समय उसके हाथ फिर से जल्लाद बन जाते हैं। सधे हुए और तटस्थ। खटाक की आवाज़ होती है और एलन के पैरों के नीचे का पटरा हट जाता है। उसका शरीर हवा में झूलने लगता है।

कैसे सिर्फ़ एक मुलाक़ात से कल्लू के मन में यह शंका उत्पन्न हो गयी? फ़ादर कैमिलस ने तो तीन लम्बी दोपहरियाँ एलन की कोठरी में उससे संवाद करते गुज़ारी हैं, फिर क्यों नहीं उनका मन स्वीकार कर पाता कि एलन पूरी तरह दोषी है? या वे भी मानते हैं कि एक बेगुनाह आदमी फाँसी पर चढ़ाया जा रहा है। पर ऐसा कैसे हो सकता है कि एक निर्दोष अँग्रेज़ को अँग्रेज़ जज द्वारा मृत्युदंड दे दिया जाए? वह भी जब हुकूमत भी अँग्रेज़ की हो। फ़ादर कैमिलस गहरे ऊहापोह में हैं।

यहाँ तक कि जब नैनी पुल पर इक्के से गुज़रते हुए वे अपनी डायरी में अंकित एलन द्वारा कल्लू को दिया पता लिखा पृष्ठ चिन्दियाँ-चिन्दियाँ कर नीचे बह रही वेगवान यमुना की धारा में उछालते चले जाते हैं तब भी यह द्वन्द्व उनके मन-मस्तिष्क पर छाया हुआ है। वे क्यों नहीं एलन को निर्दोष मान पाते? या क्या वे सचमुच उसे हत्यारा मानते हैं?

मैं भूत से सिर्फ़ इतना जानने की कोशिश करता हूँ कि आख़िर किसका पता था जिसे चिन्दियाँ-चिन्दियाँ उड़ाकर फ़ादर कैमिलस आश्वस्त होना चाहते थे कि उसका पता दुनिया में किसी को न लगे? मैं यह भी जानना चाहता हूँ कि कौन है वह जिस

तक मरने के पहले एलन यह सन्देश भेजना चाहता था। नो रिग्रेट्स माय लव। मरते हुए भी जिसे आश्वस्त करना चाहता था एलन कि कोई अफसोस नहीं है मेरे प्राण?

पर भूत ने कितनी आसानी से मेरी जिज्ञासा को खारिज कर दिया, "मुझे पता नहीं।"

इसी तरह का उत्तर उसने दूसरे दृश्य चित्र के बाद भी दिया।

राजपुर से सात लोगों का एक काफ़िला टट्टुओं पर चला आ रहा है। पतली पगडंडी, दाहिने तरफ़ ऊँची-ऊँची पहाड़ियाँ और बायें वेगवान पहाड़ी नदी की सर्पीली धारा। तीन आगे और तीन पीछे चल रहे सवारों के बीच चल रहा है एलन! पीठ पर एक फ़ौजी पिट्ठू है जिसमें उसकी ज़रूरी रोज़मर्रा के सामानों के साथ कुछ अँग्रेज़ी में लिखे ख़त हैं। सौभाग्य से कोतवाल की नज़र सराय में उसके कमरे की तलाशी लेते समय उन पर नहीं पड़ी थी। सरसरी तौर पर पिट्ठू को उलट-पुलटकर देखने के बाद उसने एलन को चलते समय इसे अपनी पीठ पर लादने की इजाज़त दे दी थी। इस समय एलन के दिमाग़ में जो अन्धड़ चल रहा है, मुख्यतः इसी पिट्ठू को लेकर है।

थोड़ी दूर आगे चलकर जहाँ बायीं ओर की ढलान इस लायक़ हुई कि वहाँ से सावधानी से उतरते हुए नदी तक पहुँचा जा सके, एलन ने शौच की इच्छा ज़ाहिर की। आगे-पीछे चलने वाले सवार भी थक चुके थे और उन्हें भी थोड़े आराम की ज़रूरत महसूस होने लगी थी। कोतवाल ने दोनों गोरे सवारों से विचार-विमर्श किया और फिर उसके इशारे पर अपने-अपने खच्चरों से नीचे उतर गये।

खच्चरों की रस्सी थामे सारे सवार सावधानी से नदी की तलहटी में उतरने लगे। कोतवाल ने कभी आँखें तो कभी हाथों के इशारे से अपने साथी पुलिसकर्मियों को इस तरह से फैला दिया कि वे एलन के दायें-बायें लगभग पचास गज का घेरा बनाकर ऐसे स्थानों पर जम गये कि अगर एलन भागने की सोचता भी तो उनकी गिरफ़्त से भागना सम्भव न होता। सामने इतनी तेज़ धारा से पहाड़ी नदी बह रही थी कि नदी में कूदने की बात सिर्फ़ आत्महत्या का इरादा रखने वाला ही सोच सकता था।

एलन के बायें हाथ की कलाई को बायें पैर के टखने से एक रस्सी से मज़बूती से बाँधा गया था। रस्सी सिर्फ़ इतनी ढीली थी कि वह बस किसी तरह चल सकता था। वह न तो भागने का इरादा होने पर तेज़ भाग सकता और न ही नदी में तैरने की सोच सकता था।

दाहिने हाथ से टट्टू की रस्सी पकड़े और बाँया हाथ बायें पैर से सटाये धीरे-धीरे लगभग घिसटता हुआ एलन नदी के नज़दीक पहुँचा, उसने अपने खच्चर के मुँह पर प्यार से दो-तीन थपकी दी और फिर उसकी रास छोड़ दी। खच्चर मुँह ऊपर उठाकर हिनहिनाया, थोड़ी देर खड़ा रहा और फिर नदी किनारे उगी घास चरने लगा।

एलन नदी के किनारे एक चट्टान के पीछे बैठ गया और बमुश्किल बायें हाथ को खींचकर ऐसी स्थिति तक ले गया जहाँ से दाहिने हाथ को मदद मिल सकती थी। फिर दोनों हाथों की मदद से उसने पीठ पर बन्धे पिट्ठू को खोला और उसे घसीट कर सामने रख लिया।

सूरज अभी चढ़ा नहीं था। उन्हें दो घंटे से अधिक समय खच्चरों की पीठ पर बैठे हो गया था। सामने कलकल करती पहाड़ी नदी का बर्फीला जल था, जो बीच में तेज प्रवाह के बावजूद किनारों पर चट्टानों से टकराकर मन्द धाराओं में टूटकर बह रहा था, पूरे शरीर में सुख की झुरझुरी फैलाने वाली शीतल बयार थी, सबकुछ अलसाने वाला था। एलन से कुछ दूरी पर लगभग अर्द्धचन्द्राकार वृत्त में सारे सवार नदी के किनारे बैठ गये। उनके खच्चर नदी के किनारे उगी घास चरने में मशगूल हो गये।

पुलिसवालों में सिर्फ़ कोतवाल था जो चैतन्य था। वह जब चुल्लू में भरकर अपने मुँह पर पानी के छींटे मार रहा था तब भी इस कोण से घुटनों पर बैठा था कि बौछार पड़ने से बन्द आँखें जब खुलें तब नजरें एलन पर ही पड़ें। बाक़ी सवारों ने अपने-अपने जूतों के तस्मे खोल दिये थे, पेटियाँ ढीली कर दी थीं और पगड़ियाँ भीगने से बचाते हुए किसी न किसी चट्टान पर रख दी थीं। वे सभी बीच-बीच में एलन को देख लेते थे।

उन्होंने एलन को एक बड़ी चट्टान के पीछे जाते देखा। वह एक हाथ से पिट्ठू घसीट कर ले जा रहा था। उन्होंने उसे एक बड़ी चट्टान के पीछे उकड़ूँ बैठते देखा। उसका सिर्फ़ सिर दिख रहा था। सभी मुँह अँधेरे उठकर चले थे, कई घंटे खच्चर की पीठ पर बैठने से उत्पन्न थकान और नवजात सूरज की हल्की तपिश की ऊष्मा से अलसाये-से वे अलग-अलग क्रियाएँ सम्पादित करते रहे। अचानक कोतवाल ने हवा में कुछ सूँघा। जिस तरह एलन अस्वाभाविक तेज़ी से नदी की तरफ बढ़ रहा था, उसे कुछ ख़तरा-सा लगा। एलन के दाहिने हाथ में कुछ था, दूर से सिर्फ़ सफ़ेद-सफ़ेद-सा काग़ज़ के टुकड़ों जैसा, जिसे कोतवाल समझ नहीं सका पर इतना उसकी समझ में आ गया कि कहीं कुछ होने वाला है जिसे नहीं होना चाहिए। जूते वापस पहनने का समय नहीं था। वह नंगे पैर साथियों को ललकारता हुआ दौड़ा पर ब्रीचेज में कसा उसका भारी शरीर जब तक एलन तक पहुँचा वह

अपना काम कर चुका था।

कोतवाल रोक नहीं पाया पर उसकी समझ में तो आ ही गया कि एलन ने जिन चिन्दियों को नदी की तेज़ धार में बहा दिया है वे ज़रूर कुछ ऐसे महत्त्वपूर्ण दस्तावेज़ थे जिनका इस हत्या के मामले से गहरा सम्बन्ध हो सकता था।

कोतवाल ने नदी की तेज धार को असहाय दृष्टि से देखा। काग़ज़ की चिन्दियाँ तेज़ धार में छोटी-छोटी डोंगियों-सी बही जा रही थीं।

इसके बाद एलन की लात-घूसों से पिटाई, उसकी मुश्कें बाँधे जाने और लगभग उछाल कर अपने टट्टू पर बिठलाकर मसूरी की यात्रा शुरू करने वाले काफ़िले के दृश्यचित्रों में मेरी कोई दिलचस्पी नहीं थी। मैं तो सिर्फ़ यह जानना चाहता था कि वे कौन से काग़ज़ात थे जिन्हें एलन ने चट्टान के पीछे उकड़ूँ बैठकर पिट्ठू में से निकाला था और स्वतन्त्र दाहिने हाथ से मसल कर उनकी चिन्दियाँ बनायीं और लगभग घिसटते हुए नदी के तट पर ले गया था।

भूत के पास सिर्फ़ एक जवाब था। उसे नहीं पता कि उन काग़ज़ों में क्या लिखा था।

मैंने भी ज़िद पकड़ ली। भूत को क्या नहीं पता? या भूत अगर जानना चाहे तो उसके लिये क्या मुश्किल है? काल और समय को व्यतिक्रमित करता हुआ भूत कहीं भी पहुँच सकता है, कुछ भी देख सकता है, क्या कुछ नहीं जान सकता?

कई बार भूत की आवाज़ कमज़ोर पड़ी, मुझे लगा कि वह अब टूटा, तब टूटा; पर हर बार उसकी काँपती आवाज़ स्थिर हो जाती। वह नकार में सिर हिलाने लगता।

मुझे रिप्ले बीन के भूत पर बेहद ग़ुस्सा आ रहा था। कई बार मन किया कि सामने रॉकिंग चेयर पर बैठी, कई बार मज़े में और कई बार घबराहट में झूलती रिप्ले बीन नामक इस बुढ़िया को नोच-चोथ लूँ।

मसूरी में आने के दूसरे ही दिन शाम को माल पर मैं मटरगश्ती कर रहा था और थक जाने पर सड़क के किनारे लगी रेलिंग से सटकर खड़ा हो गया था। नीचे वादी में सफ़ेद रूई के फाहों जैसे बादल टहल रहे थे, सूरज डूबने को था तथा सड़क पर चहल-पहल कम थी। थोड़ी दूर पर उकड़ूँ बैठे और अपने सामने रखी अँगीठी पर ठिठुरते हुए भुट्टा भूनते बच्चे से मैंने एक भुट्टा भूनने के लिए कहा और उसी के बग़ल में फुटपाथ पर लगी एक तिब्बती की दुकान पर सजे सामान देखने लगा। विचित्रता और विविधता से सजी दुकान थी। ऊनी कपड़े, स्वेटर, रंग-बिरंगे पत्थर, मालाएँ और

अलग-अलग चित्रों वाले पोस्टर। आज रिप्ले बीन को सामने रॉकिंग चेयर पर झूलते देखकर उनमें से एक पोस्टर याद आया।

सूरज की किरणों और उम्र के अनगिनत सालों के थपेड़ों से झुलसी पहाड़ी ताम्बई त्वचा, साफ़-साफ़ पढ़ी जा सकने वाली एक-एक झुर्री और इन सबसे अलग समुद्र की गहराइयाँ नापती करुणा से लबालब आँखें, जो कई बार भ्रम पैदा कर रही थीं कि उनके एक कोर में एक बूँद अटकी हुई है और जिसे देखकर भ्रम होता था कि तब टपकी कि अब टपकी— उस पहाड़ी बुढ़िया का पोस्टर मुझे याद आया। ऐसा लगा कि बूढ़ी रिप्ले बीन को सामने बैठाकर चित्रकार ने वह पोस्टर तैयार किया है।

बुढ़िया रिप्ले बीन के रॉकिंग चेयर पर आगे-पीछे झूलते भूत को देखकर मुझे ऐसा लगा कि उसकी एक आँख की कोर पर एक आँसू अटका हुआ है।

मैंने अपना सिर झटका और अपनी समझ को लानत भेजी। भूत कभी नहीं रोते। वे मनुष्यों से इसी अर्थ में भिन्न हैं कि वे चाहें भी तो नहीं रो सकते। शायद रोना ही मनुष्य को मनुष्य बनाता है।

वातावरण बहुत बोझिल हो गया था। मुझे पता था कि बिना इसे हल्का किये भूत से कुछ नहीं कहलवाया जा सकता। मैंने माहौल बनाने के लिए पुराना नुस्ख़ा अपनाया। रिप्ले बीन से उसके पिता की बातें शुरू कीं।

"मैडम कल डैडी आये थे?"

"नहीं। कल नहीं आये थे।" रिप्ले बीन की आवाज़ अब भी भारी थी।

मैंने उसे सहज बनाने के लिए चिढ़ाया, "आपने तो बताया था कि कल फिर डाँट रहे थे?"

"कल नहीं, परसों।"

पिता की चर्चा से वह खुलने लगी, "बूढ़ा सठिया गया है।"

सौ साल का भूत अपने से पचीस साल बड़े भूत को सठिया गया बता रहा है और अभी भी उसकी डाँट से डरता है। मुझे हर बार की तरह इस बार भी सुनकर मज़ा आया। पिछले कुछ दिनों में ही हुई मुलाक़ातों की तरह आज भी उसने पिता के तमाम क़िस्से सुनाये।

पहली बार मुझे एक भुलक्कड़ भूत मिला था जो उन प्रसंगों को दुहराता रहा जिन्हें पिछले दिनों वह सुना चुका था। यह उसकी अद्‌भुत क़िस्सागोई थी या उन प्रसंगों से जुड़े मनोरंजक विवरण, मैंने उसे एक बार भी नहीं टोका कि इसे मैं पहले सुन चुका हूँ; बल्कि कई बार तो किसी प्रसंग के सूत्र टूट जाने पर मैं उसे याद दिला

देता और वह वहीं से शुरू हो जाता।

पिछले कई बार की तरह इस बार भी मिलने पर पिता ने रिप्ले बीन को इस बात पर डाँट पिलाई थी कि क्यों उसने अपने जीवन के अन्तिम वर्ष मसूरी के बाहरी इलाक़े में इस सौ साल पुराने खंडहर हो चुके घर में बिताये थे।

इस पर आश्चर्य मुझे भी था। जिस घर में पिता के साथ रिप्ले बीन के जीवन के अधिकांश वर्ष बीते थे उसके बारे में माल रोड वाले किताबों के दुकानदार ने सम्मान और आतंक के मिले-जुले भावों से मुझे जो कुछ बताया था, उससे एक ऐसे भव्य पहाड़ी विला की तस्वीर मन में उभरती थी, जिसके स्थापत्य, इर्द-गिर्द सलीके से उगाई गयी वनस्पतियों और अन्दर इस्तेमाल किए गये महागनी या बर्मा टीक के फर्नीचर— सबसे एक ख़ास तरह की सुरुचि टपकती थी।

ऐसे मकान को बेचकर रिप्ले बीन क्यों किराये के मकानों में भटकती रही? अन्तिम दिनों में लगभग खंडहर जैसे इस मकान में रही थी जिसमें दो कमरे थे। एक बड़ा कमरा जहाँ बैठकर वह मुझे कारपोरल एलन की दुखान्त प्रेमकथा सुना रही थी और दूसरा एक छोटा-सा कमरा जो हमेशा बन्द रहता था और जिसमें रिप्ले बीन ने हमेशा यह कहकर जाने से रोका था कि उसमें सिर्फ़ कबाड़ भरा हुआ है।

पिता की इस बार की डाँट पर भी रिप्ले बीन बस मिमियाकर यह कह पायी कि उसने उस आलीशान मकान को सिर्फ़ इसलिए बेचा ताकि वे अपनी कुबड़ी बहन और अर्द्धविकसित भाई की देखभाल कर सकें।

हर बार की तरह पिता इस बार भी उनके जवाब से सन्तुष्ट नहीं हुए और हर बार की तरह इस बार भी पैर पटकते हुए चले गये। पिता की स्मृति ने शायद रिप्ले बीन को कुछ सहज किया। भूत की आँखों में फिर वही दोस्ताना शरारत दिखाई दी जिसका मैं आदी था। मैंने मौक़े का फ़ायदा उठाया।

"मैडम रिप्ले बीन क्या आपको यक़ीन है कि मि. जेम्स की हत्या कारपोरल एलन ने ही की थी?"

मेरे अन्दर का पेशेवर पत्रकार जग गया था और मुझे लग रहा था कि अब दोस्ती-वोस्ती का चक्कर छोड़कर मुझे सीधे मतलब की बात पर आ जाना चाहिए। शायद मुझसे ग़लती हो गयी थी। भूत मुझसे इस तरह के सवाल की उम्मीद नहीं कर रहा था। उसका चेहरा भिंच गया और किसी तुनकमिज़ाज बुढ़िया की तरह उसने ख़ामोशी अख़्तियार कर ली।

"मैडम रिप्ले बीन, आप बतातीं क्यों नहीं कि मि. जेम्स की हत्या किसने की

थी?"

"मैडम रिप्ले बीन आप जानती हैं...।"

"मैडम रिप्ले बीन..."

"मैडम रिप्ले बीन हत्यारा कौन था?"

मेरी रणनीति काम कर गयी। मज़बूती से दाँतों को भींचे चेहरे की झुर्रियों पर आते उतार-चढ़ाव को रोकने का प्रयास करते हुए रिप्ले बीन यकायक फट पड़ी।

"मुझे क्या पता? मैं थी क्या वहाँ पर? मुझे नहीं पता हत्यारा कौन है।"

"तुम्हें सब पता है। तुम हर जगह हो सकती हो।"

"मुझे कुछ नहीं पता।"

मैंने चौंककर देखा। भूत के भिंचे चेहरे की बायीं आँख से एक बूँद टपकी। हो सकता है, मुझे फिर भ्रम हुआ हो। पर एक बात तो साफ़ थी कि निशाना सही लगा था, थोड़ा दबाव डालने पर वह टूट सकती थी।

"कारपोरल एलन ने देहरादून से आते समय पुलिसवालों को धोखा देकर जो काग़ज़ नदी में बहाये थे, उनमें क्या लिखा था?"

"मुझे नहीं पता।"

"तुम्हें सब पता है। तुम क्या नहीं जानतीं?"

इस बार मैं चीखा। मैंने वकील और पत्रकार दोनों की भूमिकाएँ ओढ़ ली थीं। मुझे लगा कि ज़रा से दबाव में सामने का गवाह टूट सकता था।

"क्या बहाये गये काग़ज़ लड़की के ख़त थे जो उसने एलन को लिखे थे?"

"मुझे नहीं पता।" भूत ने घुटी-घुटी आवाज़ में कहा।

"सिर्फ़ हाँ या ना में जवाब दो।"

किसी घाघ वकील की कुटिल मुस्कान मेरे चेहरे पर चिपकी हुई थी। कुछ-कुछ फ़िल्मी कोर्टरूम वाला दृश्य था।

"मैं नहीं जानती।"

"क़त्ल की रात एलन ने थोड़ा वक़्त एक लड़की के साथ बिताया था, कौन थी वह लड़की?"

मैंने फिर से एक शातिर वकील की तरह उसकी आँखों में आँखें डालकर पूछा।

उसने अपनी आँखों नीची कर लीं। एक कमज़ोर-सा उत्तर मिला, "मैं कुछ नहीं जानती।"

"मुझे सिर्फ़ हाँ या ना में जवाब दो।" मैंने लगभग चीखते हुए पूछा, "वही लड़की थी न जिसके ख़त उसने नदी में बहाये थे?"

"मुझे नहीं पता।"

"हाँ या ना?"

इसके बाद जो घटा वह पूरी तरह अनपेक्षित था। मैं पहली बार ऐसे भूत के सामने बैठा था जो धीरे-धीरे सुबक रहा था। हालाँकि आँखें अब भी उसकी सूखी थीं। मैं जानता था कि आँसू मनुष्यों को मिली सौगात हैं। बदक़िस्मत भूतों के ऐसे नसीब कहाँ कि उनकी आँखों से आँसू टपके। पर इस तरह रोना तो अन्दर तक छील देता है। मैंने अपनी सूखी खाँसी की कल्पना की। दमे का मरीज़ होने के कारण अक्सर मुझे इस सूखी खाँसी का दौरा पड़ता था जिसमें अन्दर का बलगम सूख जाता है और मैं खाँसते-खाँसते बेदम हो जाता हूँ। आराम तभी मिलता है जब थोड़ा-बहुत बलगम बाहर निकल जाता था। उसकी सुबकियाँ भी ऐसी ही लग रही थीं। हौले-हौले काँपता शरीर बेचैनी और तड़प से भरा हुआ था। जब तक आँसू नहीं छलकेंगे उसे चैन नहीं मिलेगा और आँसू उसकी क़िस्मत में कहाँ थे!

पर भूत रोया। यह भी मेरे जीवन का विलक्षण अनुभव था— आँसुओं से तर झुर्रीदार चेहरा। आँसुओं से भीगते ही चेहरे का खुरदुरापन न जाने कहाँ ग़ायब हो गया। एक स्निग्ध, कोमल, कातर चेहरा कुछ कहने के लिए व्याकुल था।

रोने का यह क्षण अचानक अनायास आया। मेरे अन्दर का वकील पूछ बैठा, "आख़िर उस लड़की ने अदालत में आकर बताया क्यों नहीं कि हत्या के वक़्त एलन उसके पास था— उसके अपने पास— उसके बिस्तर में।"

यही वह सवाल था जिसे सुनते ही भूत के होठ फड़फड़ाये, झुर्रियाँ कुछ और लटक गयीं और रॉकिंग चेयर पर टिकी उँगलियाँ कुछ अजीब-सी हरक़तें करने लगीं। पता नहीं यह घबराहट थी या अपनी रुलाई रोकने का प्रयास था जिसके चलते उसका पूरा शरीर काँपता-सा लगा।

जो कुछ भी था... था बहुत अस्वाभाविक ही। ऐसा लगा कि मेरी घूरती आँखों का ताब सह नहीं सका भूत और वह फट पड़ा।

"लड़की कायर थी। कितना चाहती थी कि चीख-चीखकर दुनिया को बता दे कि एलन हत्यारा नहीं है पर डरती थी...!"

मैं उसे एक मिनट भी सोचने का मौक़ा नहीं देना चाहता था।

"किससे डरती थी लड़की?"

"अपने पिता से डरती थी। तुम नहीं जानते कि कैसा वक़्त था!"

इतना कहते-कहते वह रोने लगा पर मुझे अपने सवाल का जवाब मिल गया।

जब से इस कहानी का श्रोता मैं बना था मुझसे यही गुत्थी नहीं सुलझ रही थी। आज का वक़्त होता तो हिन्दी सिनेमा के किसी क्लाइमेक्स की तरह अदालत में जज के फ़ैसला सुनाने के ठीक पहले एक सुन्दर और बदहवास स्त्री भागती हुई आती और बड़े नाटकीय अन्दाज़ में हवा में हाथ लहराती हुई चीखती, "रुक जाइए जज साहब! जिसे आप फाँसी की सज़ा सुनाने जा रहे हैं वह तो पूरी तरह से बेकसूर है।"

फिर वह थोड़ी देर तक अदालत में मौजूद वकीलों और मुवक्किलों की उत्सुक फुसफुसाहट का आनन्द लेती, जज के ऑर्डर-ऑर्डर कहकर मेज़ पर हथौड़ा पटकने से उत्पन्न ख़ामोशी को चीरते हुए हवा में नाटकीय अन्दाज़ से हाथ लहराते हुए घोषित करती, "हुजूर जिस समय जेम्स का क़त्ल हुआ था उस समय तो एलन मेरे पास था... मेरे अपने शयनकक्ष में...।" और फिर अपनी निगाहें झुका लेती।

लेकिन ऐसा नहीं हुआ।

एलन अदालत में खड़ा होकर सिर्फ़ अपने निर्दोष होने की दुहाई देता रहा। उसने एक बार भी इतने महत्त्वपूर्ण साक्ष्य की तरफ़ अदालत का ध्यान आकर्षित नहीं किया और ख़ामोशी से फाँसी के फन्दे पर चढ़ गया।

एलन का आचरण तो मैं समझ सका पर लड़की को क्या हो गया था? एलन उसे जिस बदनामी से बचाना चाहता था उसे क्या वह स्वयं नहीं ओढ़ सकती थी? जिसका प्यार पिछले कई महीनों से झंझावात की तरह उसके तन-मन को झिंझोड़ रहा था उसको चुपचाप फाँसी चढ़ते कैसे देख पायी होगी वह? क्या देहरादून के सेशन अदालत में चल रहे मुक़दमे की जानकारी उस तक नहीं पहुँच पायी होगी? ऐसा हो ही नहीं सकता। जेम्स की हत्या मसूरी की पहली हत्या थी और इस घटना से पूरा योरोपीय समुदाय इतना आन्दोलित था कि उन दिनों **मसूरी टाइम्स** और **स्टेट्समैन** सिर्फ़ इसी हत्या की ख़बरों से भरे रहते थे। अख़बारों में वर्षों पाठकों के पत्र छपते रहे। हत्या के कारणों और हत्यारे को मिलने वाले दंडों को लेकर उत्तेजित पत्रों से अख़बारों के पन्ने रँगे रहते थे। मुखपृष्ठों पर कचहरी में चलने वाली कार्यवाही के विवरण छप रहे थे, चर्च और ड्राइंगरूमों में सिर्फ़ इसी हत्या की चर्चा हो रही थी— ऐसा बिल्कुल सम्भव नहीं था कि लड़की को अदालत के कटघरे में खड़े एलन की दुखान्तिका के बारे में पता न चला हो। फिर कैसे वह चुपचाप सब कुछ झेलती रही?

इस सवाल का जवाब सिर्फ़ भूत दे सकता था।

मैंने उसे चैन से रोने भी नहीं दिया।

"अब पिता से ऐसा भी क्या डर?" मैंने इस प्रश्न को तीसरी बार दुहराया।

रोते हुए भूत की आवाज़ सिर्फ़ आँसुओं से नहीं रुँधी। शायद यह झुँझलाहट और खीझ थी जिससे उसकी भर्रायी हुई आवाज़ टूट कर मुझ तक पहुँची, "वह अलग वक़्त था। मल्लिका विक्टोरिया का वक़्त। ख़ास तरह की नैतिकता का वक़्त। एक लड़की के लिए वह क़बूल करना कि वह विवाह के पहले किसी मर्द के साथ सोयी थी, बहुत मुश्किल था। तुम आज उस समय की कल्पना नहीं कर सकते।"

भूत ने थोड़ा दम लेने की कोशिश की।

आँसुओं और हिचकियों का वेग कुछ थमा। मुझे लगा कि थोड़ी देर में वह कुछ स्थिर होगा तो मैं आगे बात करूँगा लेकिन अचानक जैसे कोई बादल फट पड़ा हो इस तरह उसने भिंची आवाज़ में फिर रोना शुरू कर दिया।

"और वह कायर भी तो थी।" इतना ही कह पाया भूत। इसके बाद वह सिर्फ़ रोता रहा।

मैंने चौंककर उसे देखा। कहीं वह कन्फ़ेशन तो नहीं था?

मैं कब तक बैठता? भूत का रुदन किसी स्त्री के एकान्त विलाप की तरह था। नि:शब्द लेकिन अन्दर तक मथ देने वाला। वह मेरे अस्तित्व से बेख़बर सिर्फ़ रोता रहा-रोता रहा।

मैं समझ गया था कि अब हमारी दोस्ती के ख़त्म होने का मुक़ाम आ गया है। रुदन की स्वर लहरियों को धीरे-धीरे पीछे छोड़ता हुआ मैं सिर झुकाये चुपचाप वहाँ से निकल गया।

□□□